KB116681

Love yourself,

Find your story.

한 사람 한 사람의 삶은
자기 자신에게로
이르는 길이다.

길의 추구,
오솔길의 암시다

Demian.

어쩌면 데미안과 위대한 개츠비를 다시 읽은 그 날, 제 인생이 달라지고 있었다는 생각이 듭니다. 늘 일을 하면서도 '내가 하고 싶은 게 뭘까'에 집중했습니다. 그렇지 않으면 마음에 들게 완성해낼 자신이 없었습니다.

그러면서 자연스레 내 안의 이야기를 꺼내는 작업을 하게 됐습니다. 경험을 축적하고 그 안에서 나만의 이야기를 발견하고 날 세워진 메시지로 만들어 타인에게 전달하는 것. 이 일이 제게는 무척이나 중요했고, 또 즐거웠습니다.

지난 8년간 꾸준히 무대 위에 섰습니다. 치열한 무대 뒤에는 늘 어느 정도의 아쉬움과 어느 정도의 만족감이 어지럽게 뒤섞였습니다. 이 감정의 정체를 알아차리기 위해 짧은 무대 위의 순간을 끊임없이 복기했습니다. 이 글은 지난 2013년부터 지금까지 <실전 PT 이야기>라는 제목으로 썼던 8년간의 기록입니다.

나의 '일'이자 '삶' 그리고 '늘 미완인 채' 완벽으로 가고자 하는 태도에 관하여

2020년의 끝자락,
생일을 맞이하며.
채자영

<실전 PT 이야기> TMI

1. '스토리젠터'는 '스토리(Story)'와 '프리젠터(Presenter)'의 합성어이다. 2015년 팟캐스트를 처음 시작하며 만든 닉네임으로 "프레젠테이션을 할 때, 내 이야기처럼 하는 것이 중요하다."라는 의미를 담아 만들었다. 지금은 조금 더 확장된 형태로 "세상에 꼭 전해져야 하는 이야기를 말하는 프리젠터"라는 의미로 사용하고 있다.

2. 2013년 아워홈 전문 프리젠터로 입사하여 2017년 정규직을 퇴사하고, 자발적 비정규직으로 다시 재입사했다.

3. 지금도 일주일에 2번은 아워홈에 출근하고, 나머지는 필로스토리 공동대표로 다양한 영역에서 이야기 만드는 일을 한다.

4. 이 글은 Facebook에 2013년부터 현재까지 <실전 PT 이야기>라는 이름으로 연재한 글이다. 총 160편의 글을 썼고 그 중 몇 편을 골라냈다.

5. 모든 글은 그 당시 쓴 현장감 넘치는 '일기'와 2020년의 시선으로 다시 본 코멘트로 구성되어 있다. 모든 글의 코멘트는 '***'로 시작한다.

6. 처음 시작할 용기를 얻고 싶은 사람은 '본질'부터, 발표에 대한 명확한 팁을 얻고 싶은 사람은 '차이'부터, 일과 삶의 태도가 궁금한 사람은 '정수'부터 읽는 것이 좋다.

목차

들어가며.
대화: 이야기의 힘을 믿는 '스토리젠터'

마치며.
나의 일과 삶, 그리고 이야기에 관하여

들어가며.

서로 가장 잘 이해하려고 노력하는 파트너,
필로스토리 공동대표 김해리와의 대화

이야기의 힘을 말하는 '스토리젠터'

채자영과 성수동 골목을 헤매던 날들을 기억한다. 좋아하는 브랜드, 좋아하는 사람, 좋아하는 문장 너머의 이야기를 끊임없이 '프레젠테이션' 하던 그의 직업은 전문 프리젠터, 아니 **'스토리젠터(Storysenter)'**라 했다. "모든 일의 본질에는 '이야기'가 있다고 생각해." 자신의 수식어를 스스로 정하는 신기한 사람이었다.

아나운서, 전문 프리젠터, 그리고 스토리 디렉팅 그룹 필로스토리 창업. 그가 프레젠테이션한 건은 반드시 수주한다고 해서 '채수주'라는 별명이 붙을 정도로 화려한 이력을 가진 그가, 반짝반짝 빛나는 모습으로 무대에 서는 그가, 일상에서는 난데없이 이경영 성대모사를 선보이며 '똑같지 않니?'하고 뿌듯해 하는 사람이라면 믿을까. 그는 유쾌함과 진지함 사이를 자유롭게 넘나들 줄 알았고, 어설픈 편견들을 자주 무너뜨렸다. 채자영의 주변엔 늘 사람들이 모인다. 옆에서 그 모습을 가만히 보고 있으면 마음이 좋아진다. 모두가 웃는 얼굴이기 때문이다. 지난 여름, 그를 만나기 위해 지방에서 올라온 소녀가 있었다. 해사하게 웃으며 종이를 꽉 채워 쓴 편지를 내밀던 대학생도 있었다. 아이돌도 아닌데, 이게 대체 무슨 일이지.

누구나 자신만의 고유한 이야기가 있고, 그 이야기는 세상에 표현되어야 한다며 **'FIND YOUR STORY'**라는 슬로건으로 활동하던 '이야기 덕후' 채자영이 모두의 이야기를 발견하도록 돕는 '필로스토리'를 창업한 것은 어쩌면 자연스러운 수순이었구나, 생각하게 됐다. 그의 이야기를 조금 다르게 들어보고 싶어 대화를 청했다.

내 안의 진짜 이야기를 찾아서

해리 자영님은 '직관을 따르는 사람'이라는 생각이 들어요. 남들이 뭐라든, 내 안의 목소리에 귀 기울이는 사람이라고 해야 할까요.

자영 생각해보니, 인생에서 진짜 중요한 것을 결정 짓는 '선택의 순간'에 늘 직관을 따랐던 거 같아요. 오랜 시간 내 몸에 축적된 생각과 마음이 향하는 곳. 시간이 흐를수록 점점 그게 맞다는 생각이 강해졌고, 이제는 '내가 나의 직관을 믿어주자.'는 마음이 커요. 설사 그 선택이 빠르게 갈 수 있는 지름길이 아니라고 해도 스스로 선택하고 옳다는 걸 증명해냈을 때의 뿌듯함과 쾌감이 있어요. 타인이 아닌 나 스스로에게 증명해내는 일이랄까요.

해리　누군가의 시선을 의식해서 선택을 한 적도 있었나요?

자영　무지 많죠. 아직 내 안의 기준이 단단해지기 전에는 늘 그런 선택을 했어요. 타인의 눈에 멋져 보이고 좋아 보이는 것을 아무런 생각없이 그대로 따랐던 거죠. '아나운서가 되어야겠다'라고 했을 때도 그랬어요. 부모님이나 선생님, 세상 사람들의 눈에 맞춰서 한 선택이었던 것 같아요. '너 이거 하면 좋을 것 같아'라고 해서 했는데 결과적으로 그게 저에게는 좋지 않은 선택이었다는 걸 알았어요. 짧은 시간이었지만 마음이 정말 힘들었거든요. 그때 깨달았죠. 누군가에게 정말 좋은 선택이 나에겐 아닐 수 있구나.

해리　직관을 따르기 위해서는 어떻게 해야 할까요?

자영　직관을 따른다는 건 늘 어려운 일이에요. '내가 진짜 원하는 게 맞나?' 들여다보고 확신을 갖는 과정이죠. 아나운서가 되기로 결정했을 때에도 저 스스로는 충분히 고민했다고 생각했는데 그게 아니었다는 걸 알았을 때, 정말 힘들었어요. 진짜 '나'를 바라보기 위해서는 어떻게 해야 하지?라는 질문이 가슴에 짙게 남았어요.

제가 그런 고민들을 치열하게 했기 때문에 다른 사람들에게도 그 경험을 나눠주고 싶은 마음이 생겼고요. 선택을 내리고 결정을 내리기 위해서는 단순해져야 한다는 걸 알았어요. 단순해지지 않으면 결단을 내리기가 어려워요. 본질만 남기고 다 버리는 거죠. 안 그러면 계속 고민과 걱정이 꼬리를 물어요. 부수적인 건 버리고 본질만 생각해야 그걸 따를 수 있는 용기가 생겨나는 것 같아요.

해리   단순해져야 한다는 말이, 솔직해져야 한다는 말처럼 들리기도 해요. 하지만 '솔직함'과 '무례함'은 구분될 필요가 있어요. 타인을 불편하게 만들지 않으면서 스스로의 감정을 존중하는 채자영 특유의 솔직함이 신선했어요. 그 '밸런스'의 기술이 있다면?

자영　저는 원래가 솔직하고 감정 표현에 거리낌이 없는 성향이에요. 언어적 감수성을 키우고 인문학을 공부하면서 그런 모습은 조금씩 사라졌지만, 어릴 적엔 말로 많은 사람들에게 상처를 줬을 거예요. 그렇지만 감정을 숨기거나 거짓말을 하며 타인과의 '벽'을 만드는 것이 더 무례할 수 있다고 생각해요. 저는 늘 누군가와 연결되고 싶었고, 그래서 솔직하면서도 무례하지 않을 수 있는 저만의 생존 방법을 찾게 된 거죠.

프리젠터로 일하면서 상대방의 상황에서 생각해보는 것, 그 사람의 입장이 되어보는 것에 대한 훈련을 한 게 일상에서도 큰 도움이 됐어요. 프레젠테이션을 할 때 상대방이 무엇을 원하는지, 그 마음을 파악하는 게 중요하거든요. 그러려면 이 사람이 어떤 걸 좋아하는지, 무엇에 관심이 있는지, 아주 사소한 단서들을 키워드 삼아 관찰해야 하죠. 프레젠테이션 하는 것과 선물 하는 것이 비슷하다고 생각해요. 내가 전하고 싶은 마음을 상대방이 관심 있고 듣고 싶어하는 말로 치환하는 것. 날 것의 감정과 마음을 정성스럽게 포장해서 건네는 것.

스킬은 기본, 프레젠테이션의
매력을 결정하는 건 '자기다움'

해리 전문 프리젠터라 하면 '말 잘하는 법', '시선 처리' 그런 스킬에 대한 이야기를 많이 하게 될 것 같은데요. 자영님은 그런 스킬보다는 본질에 관심이 있어 보여요. 특별한 이유가 있나요?

자영 어느 순간부터 회사에서 중요한 프레젠테이션은 제가 맡아서 하기 시작했어요. 감사했죠. 프리젠터를 시작하고 주변 선배들에게 들었던 칭찬이 "자영이 프레젠테이션은 자연스러워."라는 거였어요. 자연스럽다는 게 뭘까? 그때부터 고민했죠. PT를 잘하는 사람들을 보면 대부분 자연스러워요. 그 프레젠테이션 뒤에는 엄청난 연습이 있고요. 치열한 연습을 통해 완전히 내 것이 될 때까지 단련하는 게 자연스러움의 비밀인 것 같아요.

하지만 자연스러움은, 스킬적인 부분을 단련한다고 해서 완성되는 게 아니라 나만의 매력을 섞었을 때 정말 개인적인 매력이 보여질 때 나오는 것이라고 생각해요. 그런데 많은 사람들이 보통 말 잘하는 스킬만 궁금해하는 것 같아요. 스킬만 마스터하면, 최고의 프리젠터가 될 수 있을 거라고 생각하기도 하죠. 그 사람만이 가진 매력을 더해야 진짜 자연스러움, '잘한다'는 프레젠테이션이 된다고 생각해요.

해리 그래서 '이야기'를 스스로의 키워드로 삼고 오랫동안 '말'의 본질을 파헤쳐 왔고 '이야기의 힘'을 강조하고 있어요.

자영 당연히 스킬도 중요해요. 전 다만 누구나 당연하다고 생각하는 본질, 그 본질을 놓치지 않았으면 하는 마음에서 계속해서 이야기해요. 전문 프리젠터로 활동

하면서, 많은 사람들이 저에게 '프레젠테이션 스킬'을 물어봤어요. 말을 잘 하는 '스킬'도 물론 중요하지만 너무 그것만 물어보니까, 답답한 마음이 들었어요.

'왜 말을 잘 해야 돼?' 저는 이 질문부터 다시 생각했어요. 그 사람의 '말'이 좋다는 건, 그 사람의 '생각'이 좋다는 것이에요. 화려한 언변이나 스킬이 아닌 생각, 아이디어가 좋은 것이죠. 아이디어가 단단해지지 않은 상황에서 스킬만 단련하면 껍데기뿐인 말이 돼요.

스킬도 중요하지만, 생각을 단련하는 것은 더 중요해요. 하지만 그건 시간이 오래 걸리는 일이니까, 많은 사람들이 빨리, 말을 잘 할 수 있는 스킬을 배우고 싶어해요. 스킬을 말하는 사람들은 이미 많으니까 나는 본질을 조금 더 말하는 사람이 되고 싶었던 거 같아요.

나다움을 '프레젠테이션'하는
이야기의 힘

해리 최근에 브랜드 스토리 개발 전문 그룹 '필로스 토리'를 창업해 자기다움을 발견하고 싶은 개인과 브랜드를 위한 콘텐츠와 서비스를 만들고 있어요. '스토리젠터'라는 나만의 직업을 만들고, 'FIND YOUR STORY'라는 슬로건으로 활동해 온 것, 그런 모든 것들이 천천히 쌓여 자연스럽게 하게 된 일이라고 생각해요. '자기 자신과 너무 잘 어울리는 일을 하게 됐구나'라는 생각도

들었고요. 이야기의 힘을 계속 강조해 왔는데, 우리는 왜 우리의 이야기를 찾아야 할까요?

자영 '스토리젠터'라는 이름을 만들고, 나만의 콘텐츠를 쌓고, 그걸 다른 사람들과 공유하면서 제 삶의 변화를 느끼기 시작했어요. 팟캐스트도 했었는데, 그것도 처음에는 재미로 했어요. 그런데 너무 신기하게 만 명이 넘는 사람들이 다운로드를 받는 거예요. 그런 과정들이 신기했고, 그런 과정 속에서 내가 가진 걸 다른 사람에게 나눠줬을 때 어떤 일이 생기는지 깨달았어요.

내가 가진 나의 이야기를 나만 보는 게 아니라 쑥스럽고 창피해도 다른 사람 앞에 드러냈을 때의 힘을 느꼈어요. 어떤 사람은 위로를 받기도 하고, 어떤 사람은 공감을 하기도 하고, 또 어떤 사람은 그걸로 인해 새로운 일을 시작하게 되기도 하더라고요.

사람은 혼자서는 살 수 없잖아요. 누구나 타인에게 좋은 영향력을 주고 싶은 욕구가 있을 거라고 생각해요. 그런데 그게 되려면, 사실 스스로 어떤 것을 원하는지 생각의 정리가 되어 있어야 하고, 내 스스로 만족할 수 있는 삶을 만들어야 해요. 건강한 에너지를 만드는 거죠. 내가 건강해야 좋은 에너지를 타인에게도 줄 수 있는 여유가 생겨요. 그렇게 되려면 내가 진짜 어떤 삶을 원하는지를 잘 들여다보고, 행동하고, 지금 하고 있는 고민, 나아가려고 하는 방향, 그 '과정의 이야기'를 누군가에게 전하는 용기가 필요해요. 완성된 이야기가 아니라도 괜찮아요. 지금 부족해 보이고 하찮아 보이는 이야기를 보여주는 게 중요해요. 분명 누구에게나 그런 순간이 있거든요. 너도 그래? 나도 그랬어. 하고 인간이라면 누구나 겪을 마음의 고민들을 나누는 거죠. 용기를 가지고 세상에 말하고, 이를 통해 누군가와 교류가 일어나면 에너지가 순환되고 그게 결국 나의 건강함을 더 커지게 만들더라고요. 그게 이야기의 힘이라고 생각해요. 누군가와 대화를 할 때 내가 어떤 이야기를 했는데 상대방이 진정성 있는 눈빛으로 공감하며 바라봐 줄 때 그 만족감이 크잖아요. 그게 꼭 친한 친구가 아니어도, 인간으로서 다른 타인과 나눌 수 있는 감정이라고 생각해요. 그리고 그걸 더 많은 사람들이 느껴봤으면 좋겠어요.

해리 '나다움'을 발견하는 것, 나를 가장 잘 표현하는 이름을 찾으려면 어떻게 해야 할까요?

자영　프리젠터라는 직업을 좋아하고 정말 흠뻑 빠져서 일했어요. 그렇다 보니 일종의 직업병일 수도 있는데, 프리젠터는 항상 '같지만 다른 무언가', 차별화 포인트를 발견하고 말해야 해요. 사실은 크게 다르지 않은 서비스라 해도, 조금이라도 다른 점을 찾아내서 이야기하는 것이죠. '파격'은 들어본 적도 없는 것, 완전히 판을 바꾸거나 완전히 새로운 것을 하는 게 아니라 기존에 있던 것을 살짝 비트는 것에서 발생한다고 해요. 그게 사람에게도 똑같이 적용된다고 생각하고요.

'내가 진짜 원하는 내 모습이 뭘까'를 많이 고민하는 게 중요해요. 내가 생각하기에 중요하고 내가 만들어가고 싶은 내 모습을 선언하는 것. 내 인생에 있어서만큼은 스스로 결정짓고 선택하는 단호함이 필요하죠. 나에 대한 단호함과 자기 확신, 사실 아주 큰 용기가 필요한 일이잖아요. 해봤는데 아닐 수도 있죠. 저는 실패해도 괜찮다, 아 이게 아니었구나 하고 다시 돌아서는 것에도 큰 용기가 필요하다고 생각합니다.

두려워도 생각이 단단해질 때까지 끈질기게 내 마음의 뒤편으로 가보는 게 필요한 것 같아요. '생각의 지구력'이라고 해야 할까요. 고민하는 것도 체력이 정말 많이 소모돼요. 특히 당장 내 생계에 도움되지 않는 '나'에 대한 고민, 지금 당장이 아닌 먼 미래를 위한 고민이라면 더 그렇죠. 하지만 생각이 단단해지면 언어도 분명해져요.

해리 아나운서, 전문 프리젠터, 그리고 지금 필로스토리를 창업하기까지. 연결되는 일이면서도 어떻게 보면 다른 일들을 해왔어요. 일반적인 커리어는 아닌 것 같아요. 사실 하나만 했어도 충분히 잘 했을 것 같은데 계속해서 변화를 시도해 왔어요. 그 이유가 궁금해요.

자영 어릴 때부터 내일, 일년 뒤가 아니라 10년 뒤까지, 아주 멀리 보는 것이 습관이었어요. 현재를 위한 이익보다는 먼 미래를 상상하면서 선택을 하는 버릇이 있었던 거 같아요. 어른들과 대화하는 걸 어릴 때부터 즐겼는데, 그 덕이 아닐까 싶어요.(웃음) 사실은 당장 돈을 많이 벌 수 있는 방법, 사회적으로 '성공했다'는 말을 들을 수 있는 선택지는 당연히 있어요. 그런데 그건 저와 잘 맞지 않는다는 생각이 들었어요. 넓게, 깊이 있게, 나만의 성장 속도에 맞춰서 하고 싶은 일의 영역을 더 많이 확장할 수 있는 것. 그게 저한테 중요해요. 그리고 성장 욕구가 강한 편이에요. 가까운 사람들에게 '성장덕후'라고 놀림을 당할 만큼요. 세상의 속도에 맞춰서 빠르게 성장하는 게 아니라 저만의 템포가 가는 게 정말 중요하고요. 친한 지인에게 '너는 식물 같아'라는 말을 들은 적이 있어요. 식물은 항상 햇빛을 찾아 성장하잖아요. 그 표현이 좋았어요. 지금에 머물러 있지 않고 어디론가 나아가고 싶고, 오늘보다 더 나은 내가 되고 싶고, 내일 조금 더 괜찮은 어른이 되고 싶고. 그런 마음들이 저를 움직이게 해요.

해리 '자기다움'에 대해서 이야기하다 보니 궁금해지는데요. 스스로의 모습 중 어떤 모습을 가장 좋아하나요?

자영 옛날부터 '귀엽다'는 말을 듣는 걸 좋아했어요. 귀엽다는 말은 정말 사랑스러운 말 같아요. 제가 진짜로 좋아하는 사람들을 만났을 때 하는 유치한 짓이 있어요. 그럴 때는 초등학교 때 얼굴이 그대로 나와요. 그 때 웃던 얼굴이 똑같이요. 유치한 말장난이나 유치한 짓을 하는 제 모습이 너무 좋아요. 이렇게까지 내가 유치해질 수 있다니. 요즘엔 주성치 영화에 빠져 있는데요. 주성치를 보고 깔깔거리면서 웃는 제 모습이 좋아요. 내가 겨우 저런 유머를 보고 있는 웃을 수 있는 인간이라니! 너무 치열하고, 무게감이 많이 느껴지는 일을 하다 보니, 일상에서는 반대로 가벼워지는 순간들이 너무 좋은 것 같아요. 그걸 넘나드는 감각이 좋다고 해야 하나요. (웃음)

***

함께 인터뷰한 김해리는,

예술경영을 전공한 후, 다양한 영역에 문화예술을 연결하는 전문기획자로 활동하고 있습니다. 창작의 영역, 브랜드 커뮤니케이션의 영역, 도시문화의 영역을 넘나들며 이야기를 만드는 일을 꾸준히 해 왔습니다.

우리가 함께 만든 필로스토리는,

자신만의 스토리를 찾고 싶어하는 개인과 크리에이터, 브랜드를 위한 제품과 콘텐츠, 서비스를 만듭니다. 자체적인 스토리 개발 프로세스를 정립하고 툴을 개발해 누구나 자신의 스토리를 발견하고 정리할 수 있도록 전문적으로 돕습니다. 필로스토리가 생각하는 스토리는, 보다 나다운 삶과 일을 만들어 나가는 힘입니다. 필로스토리와 함께 나만의 고유한 이야기를 발견하고 세상에 표현해 보세요. 연남동 '기록상점'에 필로스토리의 이야기 작업실이 있으니 언제든 놀러 오세요.

늘 함께해줘서
참 고맙고 든든한 해리와
2020년 봄, 기록상점 앞에서.

"

아이폰이 세상에 공개되던 날,
애플의 스티브잡스는 탁월한 프레젠테이션으로
회사의 가치를 높였다. 비즈니스 현장에는
늘 스스로의 가치를 고객에게 말하는
프레젠테이션이 있다. '전문 프리젠터'는
회사의 얼굴이자 목소리이다.
적게는 수천만 원 많게는 수억 원이
왔다 갔다 하는 입찰 현장에서 회사를
대표하여 청중을 설득한다. 상상 이상의
막중한 책임감과 긴장감이 함께한다는 말이다.

"

2013년 아워홈 중부지사의 프리젠터로 첫 발령을 받았다.

본질 本質

업의 본질을 찾다.

(2013 ~)

2013년 '전문 프리젠터'라는 이름으로 아워홈에 입사했다. '프리젠터'라는 직업이 정확히 무엇을 하는지 몰랐지만 내가 하고 싶은 일이라는 강한 확신이 있었다. 수많은 방황과 실패 후에 만난 이 직업은 내 삶의 한 줄기 빛과 같았다. 광고 PD, 아나운서…. 주변 사람들에게 '도대체 네가 하고 싶은 게 뭐냐?'라는 질문을 들었을 때 머뭇거리며 말하지 못했던 나에게 이 일은 손에 잡히는 실체처럼 다가왔다. 하룻밤 신기루처럼 느껴지던 것이 드디어 눈 앞에 있었고 그걸 두 손으로 꼬옥 움켜쥐었다. 직접 사람을 만나 '눈'을 보고 '말'하는 일. 누군가의 '마음'을 흔들어 놓는 일. 서울에서 하던 모든 걸 포기하고 청주라는 도시로 내려갔다. 오래 방황한 만큼, 누구보다 잘 해내고 싶었다. 그 누구보다도 나 스스로에게 그동안의 포기와 실패, 그러니까 내 선택이 옳았다는 걸 증명해내야 했다. 그렇지 않으면 더는 나아갈 자신이 없었다. 그런 간절한 마음으로 이 일을 시작했다.

2013년 4월 ~

전문 프리젠터의 시작 [그 시작의 선언]

안녕하세요, 채자영입니다. 4월부터 아워홈의 공식 프리젠터로 취업했습니다. 단순히 방송인이 아니라 '동기부여가'라는 삶의 방향을 정하고 달려온 저에게 대중 앞에 더 많이 설 수 있는 기회가 찾아와 기쁩니다. 제가 항상 추구해 오던 것, 생각하는 대로 살아가는 것을 이루기 위해 더욱 노력하겠습니다! 또 경기도, 서울 촌년이던 제가 청주라는 새로운 도시에 가서 삶을 경험할 수 있는 기회를 얻게 됐습니다. 후에 더 큰 사람이 되기 위해 지금 더 넓은 경험을 할 수 있게 되었다고 생각합니다. 앞으로 형식에 구애받지 않고 말의 껍데기보다는 그 안의 진심을 전할 수 있는 사람이 되기 위해 노력하겠습니다. 많은 조언을 주신 분들 진심으로 감사합니다. 안주하지 않고 계속해서 성장하는 모습, 꼭 보여드리겠습니다. 모든 것은 내 안에 있다!

실전 PT 이야기 #1

오늘 회사 입사 후, 공식적인 첫 PT를 했다. 신입사원 OJT 기간이라서 그렇게 대중 앞에서 서고 싶었는데 못 서서 지쳐가던 중 갑자기 잡힌 기회. 그런데 목감기에 우울 모드에 어제 지친 몸으로 연습하는데 진짜 울고 싶었다. 눈물 찔끔 참으면서 연습하고 오늘 PT를 하는데 신기하게도 갑자기 눈빛이 살아난다.

"난 역시 사람들 앞에 서야 해. 그 수는 많으면 많을수록 좋겠어. 내가 뒤로 빠져있는 게 아니라 재미있게 주도하고도 싶어."

비 오는데 많은 생각이 든다. **지금 다니는 회사에서 '프로'라는 이름을 달 때까지 진짜 열심히 할 거다.** 진짜. 그리고 더 큰 대중 앞에 서는 거다.

***

첫 PT 때의 긴장감과 부담감은 이루 말할 수 없었다. 회사 내에서 새로운 직무인 '전문 프리젠터'에 대한 기대감이 컸고, 나는 그 기대감에 그대로 부응해야 했다. 하지만 극도의 긴장감 때문에 몸의 컨디션이 좋지 않았다. 무대 위에 오르기 전까지는 다 망한 기분이었다. 200%를 보여줘도 모자랄 판에 제 실력도 못 낼 것 같았기 때문이다. <u>하지만 신기하게도 무대 위에 오르니 아픈 몸은 생각나지 않았다. 그때 직감했다. 이 일과 사랑에 빠지리라는 것을.</u>

실전 PT 이야기 #2

무언가를 배우고 싶다.

아나운서 준비생 시절, 나는 매일같이 연습하면서 스스로 "이제 됐다."라는 말을 한 적이 있다. 그리곤 그 재능을 어딘가에 쓸모 있게 사용하고 싶어 안달했었다. **'이제 난 준비가 됐어'라는 마음가짐이 나에게 어떠한 힘으로 작용해 나를 이끌었다. 그 힘은 굉장히 강렬해 정말 어딘가로 나를 이끌었고 어딘가에 나를 정착 시켜 주었다.** 하지만 지금은 뭔가 공허하다. 누군가가 다 만들어 놓은 그림에 내가 단 몇 장 더한다고 해서 그 그림이 전체적으로 변화할 거라고 생각하지 않는다. 내 것이 아닌 것을, 아직 잘 모르는 것을 변화시키기 위해 수박 겉핧기식으로 건드리는 건 싫다.

모든 일에는 중심이 있다. 변화하기 위해서는 그 중심을 건드려야 하는 법이다. 그런데 아직 나에겐 그 중심을 건드릴 만한 힘이 없다. 패기만 있을 뿐. 언제쯤 그 힘을 길러 나만의 것으로 온전히 받아들여 변화시킬 것인가. 갈증이 난다.

✳✳✳

이 글을 쓰던 날, 그 장면이 아직도 생생하게 떠오른다. 내 머릿속엔 수많은 생각이 복합적으로 떠올랐다. 그 중 '과연 내가 이 직업을 잘 선택한 걸까?' 하는 질문도 있었다. <u>너무나 단단하게 잡혀 있는 기존 방식에 내가 끼어들 틈은 없었다.</u> 아무도 나의 말을 듣지 않았다. 나는 그들에게 아직 '이방인'이었을 뿐이다. 아직 회사 동료로, 같은 직원으로, 인정받지 못했다.

실전 PT 이야기 #3

역시 가장 중요한 것은 질의응답! PT 잘하고 마지막에 힘없이 픽 쓰러질 수가 있다. 또 **회사에서 가장 능력을 인정받는 사람이 바로 질의응답 잘하는 사람이라는 걸 깨달았다.** 아직은 선뜻 나서지 못하지만, 곧 질의응답도 끝내주게 해보자.

***

'<u>진짜 프로</u>'들의 세계에 한 발자국 가까이 간 날.

실전 PT 이야기 #4

▶ 담당자가 강조하고 싶은 부분과 강조하고 싶지 않은 부분이 무엇인지 명확하게 물어본다.

▶ 클라이언트에게 질문을 자주 던진다. 아주 쉽고 굳이 대답하지 않아도 되는 것들.

▶ 웃음을 만들어 내자.

▶ 나 자신에게 떳떳하다면 주변에서 어떤 이야기가 들려와도 자신감을 잃지 않을 수 있다. 고로 앞으로는 **남에게 잘 보이는 것이 아닌 나 스스로 만족할 만한 PT를 만들어 내자.** 대중과 '소통'했다고 스스로 느껴질 만큼의 PT를 하자.

***

타인의 이야기는 늘 나를 긴장시킨다. 그런 이야기에 롤러코스터처럼 기분이 왔다 갔다 하는 내가 싫다.

<u>스스로 '이야기 자존감'을 키워야겠다고, 처음 생각했</u>
<u>다.</u> 흔들리지 않기 위해서가 아니라 나만의 중심을 지키면서 오르락내리락 하고 싶어서.

실전 PT 이야기 #5

프리젠터는 단순히 말을 잘하는 사람이 아니라 내용을 잘 전달하는 사람이다. 그런 면에서 나는 아직 내용 숙지가 담당자보다 잘 안됐기 때문에 부족한 부분이 많다. 그런데 슬슬 완전 잘 알진 못하지만 좀 아는 것처럼 보이는 스킬이 키워지는 것 같다. 좋은 건가 나쁜 건가 모르겠지만. 하여튼 어느 정도 준비 기간을 가지고 하는 프레젠테이션은 내가 '이야기'하는 것 같아 좋지만 바로 전 날 부랴부랴 준비하는 프레젠테이션은 달달 외우는 기계 같아서 싫다.

* 항상 배우는 자세를 잃지 말자.

* 언제 어디서든 자만과 자신감을 혼동하면 안 된다. **자신감은 갖되 자만하지 말자.** 자만은 나 자신에게 너무나 큰 독이 될 터이니.

실전 PT 이야기 #6

PT시 가장 중요한 것은 PT하는 당일, 누가 몇 명 들어오느냐, 이다. 특히 중요한 것은 연령대와 성향. 의상부터 메이크업까지 클라이언트에 맞춰 그야말로 '연출' 해야 한다. 오늘은 오랜만에 마이크를 잡았다. 한 손에는 마이크, 한 손에는 포인터. 보통 직접 손으로 지시하는 게 가장 좋기에 오늘은 손이 바쁘게 움직였다. 다음부턴 될 수 있으면 마이크는 안 잡는 걸로.

아직도 오프닝에서 상대방과 나의 '교차점'을 맞춰가는 게 가장 어렵다. 그 단서 혹은 소재를 찾아내는 것이. PT는 반응이 바로바로 오기에 터무니없는 걸 이야기하면 싸늘한 반응이 곧바로 느껴진다. 고민하면 답이 나온다고 했으니 일상에서도 고객군 별로 좋은 오프닝 레퍼런스를 만들어 보자.

***

이날 이후로 일주일에 한 번씩 청주 서점에 가서 '문장 수집'을 했다. 매거진 속 나온 광고 문구들을 수집하고, 좋은 카피라이팅은 기억해 두었다가 새롭게 적용해 활용하였다.

실전 PT 이야기 #7

▶ 딱딱한 말투로 진행하다 한 번씩 솔직하게 엉뚱한 소리를 하면 청중은 웃더라.

▶ 민망한 척도 알고 보면 전략.

▶ 질의응답에 나오는 질문은 보통 거기서 거기, 모범답안을 만들자!

이제야 조금씩 스스로 즐기며 -감정조절도 하고 자리도 이동하고 등등- PT를 하게 된 것 같다. 오늘 내 마지막 멘트를 듣고 선배가 감동받아 눈물이 '찔끔'했다고 칭찬해주니 그동안의 야근이 다 보상받은 기분이다. PT는 **치열한 시간 싸움이다.** 20분의 제한 시간, 첫 연습 PT는 29분. 내용이 줄기는커녕 늘어만 나고 빠르기를 조절하며 안착한 시간 24분! 후아, 오프닝과 클로징 빼면 그래도 얼추 20분. 참 길고도 짧은 시간이다.

＊＊＊

  수없이 리허설해야 하는 가장 큰 이유는 '시간 싸움'
에 있다. 어떤 부분을 더 말하고 덜 말할 것인가. 계속
말해보고 들어보는 수밖에 없다. 1분 1초를 다툰다는
것이 새삼 이런 거구나 싶다.

실전 PT 이야기 #8

▶ PT가 있는 날 아침은, 어떤 옷을 입을까 하는 고민부터 시작된다. 고객의 특성에 따라 세련되게 단정하게 혹은 패셔너블하게 입어야 한다. 아나운서 안 하면서 옷 걱정은 안 할 줄 알았는데 …

▶ 예기치 않은 부분에서 청중의 반응이 빵! 터질 수 있다. 그 순간을 절대 그냥 지나치지 말자.

▶ 약 40분가량 마이크 들고 있었더니 왼쪽 팔근육이 그새 뭉쳤다. 무선 마이크 구매 요청해야겠다.

　프리젠터로서 가장 희열을 느끼는 순간은 아무래도 PT를 모두 끝낸 뒤, 무대를 내려오는 순간이다. **우리 회사 사람들보다 고객들이 날 보는 눈빛이 달라졌을 때 기분이 제일 좋다.**

실전 PT 이야기 #9

스토리가 있는 프레젠테이션. 나는 그것을 원한다. 좀 더 감동적이고 좀 더 느낄 것이 있는 프레젠테이션을 하고 싶다. 하지만 나의 모든 내용은 '듣는 이'에 한정된다. 거두절미하고 진짜 내용만 듣고 싶다면 나는 그렇게 해야 한다. PT는 글쓰기와 같다. 국문학과 교수님들은 항상 말씀하셨다. 잘 쓴 글은 누구나 쉽게 읽을 수 있는, 잘 읽히는 글이라고. 어려운 단어를 써서 이해하기 어려운 글은 단지 자신을 과시하기 위한 글이다. 말도 마찬가지이다. **중학생이 들어도 이해할 수 있을 정도로 쉽게 느낄 수 있도록, 문어체를 구어체로 바꾸는 것이 '좋은 말'이다.**

생각보다 프레젠테이션으로 공정하게 결정되는 경우는 드문 것 같다. 키-맨 작업, 제안 내용, 지인 영업활동 등 변수가 너무나 많다. 그 자리에서 투표한 결과로 깔끔하게 결정될 수 있는 PT를 하고 싶다. 아니 나중엔 그런 자리에 갈 수 있도록 더 노력할 거다. 하아, 사과는 이제 보기도 싫네. 큭.

* * *

오프닝으로 '사과 이야기'를 했다. 프레젠테이션 전날, 마트에 홀로 가 12개의 사과를 사고 금박 포장지로 손수 포장을 했다. 심사위원들에게 주는 깜짝 선물이자 '사과 이야기' 각인시키기. <u>노력은 결과를 배반하지 않는다고 했던가. 전략은 잘 통했고, 결과도 좋았다.</u> 잊지 못할 프레젠테이션 중 하나.

실전 PT 이야기 #10

진짜 신기하다. 머리도 아프고 잘해야 한다는 압박감으로 입맛도 없고 준비하는 기간은 정말 너무 힘든데, 발표하는 그 순간, 그 피로가 싹 사라진다. 그것도 꼭 청중이 있어야 한다. 듣는 이가 있어야 나는 신나서 발표를 한다. 혼자서 아무도 없는 공간에서 할 때와는 차원이 다르다.

연습도 되도록이면 누군가 앞에서 해야 하는 거구나. 그 누군가도 나에게 질타의 말을 할 수 있는 -그러니까 내가 어느 정도 긴장감을 가질 수 있는- 사람이어야 하는구나. 그런데 그야말로 실전같이 하는 연습은 너무 많이 하면 좋지 않다. 뭇 가수들이 무대를 내려와서 다리에 힘이 풀려 덜덜 떨듯이, 20~30분짜리 PT를 실전처럼 하고 나면 진이 빠진다. 나중엔 그 PPT에 내가 질려 꼴도 보기 싫어질 수도 있다.

프레젠테이션으로 전 세계 사람들을 감동시킨 프리젠터, 나승연은 이런 말을 했다. "Practice and Practice." **연습하는 것도 요령껏 해야 한다.** 단순히 많이 본다고 많이 외운다고 잘 할 수 있는 게 아니다. 프레젠테이션은 모든 것을 내 것으로 만든 뒤에 청중들을 '이해'시키는 것이며, '소통'하는 것이다. 그러므로 모든 것을 내가 이해하고 숙지해야 한다. 프레젠테이션은 하나의 "대화"이다.

***

"자영님은 얼마나 연습하세요?" 사람들이 종종 연습을 얼마나 하냐고 묻는다. 그런데 실제로 연습의 '총량'이 중요한 것은 아니다. 얼마나 이 내용을 잘 이해하고 있는가, 포인트를 잘 짚는가, 내 언어로 순화했는가, 실전처럼 해보았는가. 이런 것들이 중요하다. 다음의 순서에 따라 연습하는 것이 가장 효율적으로 빠른 시간 안에 프레젠테이션을 잘할 수 있는 방법이다. 꼭 이 순서를 따르는 것이 중요 포인트다. 특히 4장짜리 슬라이드는 앞뒤 맥락을 파악하는 데 도움을 준다.

[효율적으로 '연습'하는 나만의 방법]

① A4 용지 한 장에 **4장의 슬라이드**가 나오게 프린트한다.

② 4장의 슬라이드를 보면서 작은 소리로(소리는 작지만 완벽하게)

처음부터 **말을 한다**. 그러면 각 슬라이드마다 어떤 말을 해야 하는지

감이 온다.

③ 컴퓨터로 실제 슬라이드를 보면서 **애니메이션**을 완벽하게 숙지하며

처음부터 진행해 본다.

④ **일어나서 실전처럼** 프레젠테이션을 한다.

⑤ **스크립트를 작성한다.** 여기서 스크립트는 외우기 위한 대본이 아닌

내 머릿속에 있는 말을 깔끔하게 정리하는 글이다.

⑥ 다시 한번 프린트한 4장짜리 슬라이드를 보며 **혼자 점검**한다.

⑦ 사람들 앞에서 **최종 리허설**을 한다.

실전 PT 이야기 #11

축하해주세요! 생애 처음으로 이런 짜릿한 기분을 느꼈습니다. 100억짜리 물건을 PT로 제가 따냈어요! 1차 점수 제로 베이스, 완전히 프레젠테이션으로 결정되는, 그것도 아주 공정하게 하는 방식. 프레젠테이션을 마친 뒤 2시간 뒤에 점수 취합해서 바로 결정되는 물건을 수주했습니다. 프리젠터로서 온전히 프레젠테이션으로 평가받았다는 것에서 더욱 뿌듯함을 느낍니다. **생애 첫 애사심을 느낀 순간이기도 합니다.** 너무 기뻐 오늘은 잠 못 들 거 같네요. 이 기운 몰아서 아자아자 파이팅!

***

아마도 이날의 희열이 지금까지 나를 일터로 되돌아오게 하는지도 모르겠다. 우리는 프레젠테이션을 마치고 사무실로 돌아가는 길이었다. 그런데 돌아가는 길, 갑자기 전화벨이 울렸다. "네? 네! 감사합니다!"라고 과장님이 전화를 끊는 순간, 자동차 안에 있던 4명은 너나 할 것 없이 크게 소리를 질렀다. 나이를 떠나, 직급을 떠나, 한마음으로 기뻐한 그 순간을 잊을 수 없다. '한팀' 그리고 '한마음'이라는 게 이런 거구나. 처음으로 애사심을 느꼈다. 그렇게 큰 기쁨을 누렸던 적이 일생에서 몇 번 없었던 것 같다. 그날은 우리 모두 밤 늦도록 수다를 떨며 집으로 돌아가지 않았다.

실전 PT 이야기 #12

짜고 치는 고스톱 속에서도 꿋꿋하게 표정 하나 변하지 않고 질의응답까지 마치기엔 아직 내공이 부족한가 보다. 나 당황하는 거 티났슈?

그래도 이건 좀 너무하다. 1차 PT 때 정말 열심히 준비하고 잘해서 우리가 '완승' 했는데 2등 업체와 차이가 너무 많이 나서 변별력이 떨어진다고? (PT도 단 2개 업체만 진행) 그래서 진행한 2차 PT. 그래 이번에도 멋지게 이겨 주겠어! 하고 갔는데 심사위원들의 기운이 아주 남다르다. 이건 뭐 아주 죽자고 덤벼드는 분위기.

그럴 거면 2차 진행하지 말고 그냥 너희가 하지. 2차까지 열심히 준비한 우릴 두 번 죽이다니.

그래도 덕분에 "적을 품는 대화법"에 관심이 가기 시작했다. 이제 적을 우리 편으로 만드는 법, 아니 우리 편까지는 아니어도 완벽하게 논리적으로 고개를 끄덕이

게 만드는 법을 공부할 거다. 지독하게. 한 번 제대로
붙어 보자!

***

나라는 사람은 정말 지는 것을 이렇게나 싫어했구나,
새삼스럽게 알게 된다. 재미있는 건 저런 분위기 속에서
도 결국 우리가 승리했다는 것. 삶은 알 수 없는 것, 프
레젠테이션은 더 알 수 없는 것이다.

실전 PT 이야기 #번외

아, 이런 폭풍 쾌감을 어찌하면 좋으리까! 지난번 12편에서 징징거리던 물건을 수주했습니다. 1차 PT 결과 [10 : 0], 2차 PT 결과 [7 : 3] (2명은 심지어 상대편)

누군가는 '열심히'하지 말고 '잘'하라고 이야기하는데 열심히 하면 결국 잘하게 되는 거라고 생각합니다. 정말 최선을 다했고, 의도적으로 우리를 비하하는 질문에 땀 뻘뻘 흘리며 질의응답을 했습니다. 웃음을 잃지 않으려 (정색은 곧 나 당황했소, 라는 것 같아) 무진장 노력했습니다. 결국 마지막에 팀장님한테 "왜 이리 웃었냐"며 혼이 났지만 역시나 웃음이 답입니다. **웃음은 곧 여유입니다.** 이번 PT를 통해 또 한 번 지혜를 얻습니다!

10억짜리 물건! 우리를 무너뜨리려는 적이 너무 분명해서 꼭 이기고 싶은 물건이었는데, 아 정말 짜릿합니다. 정말 전 제 일을 더욱 사랑하게 될 것 같습니다. 이

렇게 짜릿한 경험이, 그 무엇보다 큰 쾌감이 또 있을까
요!!

　　PS. 아니 10 : 0 이 말이나 됩니까. 완승이라니 !! 미
추어버리게 기쁩니다.

＊＊＊

　　다시 봐도 웃기다. 진짜 기쁜 것 같다. 이땐 참 진심
으로 무대 위에 섰고, 진심으로 결과에 대해 기뻐했구
나, 새삼 깨닫는다. 다시 이때의 마음으로 돌아갈 수 있
을까.

실전 PT 이야기 #13

리허설하는데 '아, 내가 영혼 없이 말하고 있구나'라는 생각이 들었다. 자만이 인간에게 가장 큰 독이라더니. 100억 물건 이후, 우리 팀도 나도 잠시 자만의 늪에 들어간 듯하다. '항상 진심을 담아 이야기하는' 문구. 나의 메일이나 소개 마지막에 적는 이 말. 진심을 잊지 말자.

짧게는 10분에서 길게는 40분. 잠깐의 시간이지만 청중과 내가 진정으로 소통한 PT 이후에는 자꾸만 청중이 보고 싶고 생각난다. 이런 걸 보면 나도 참 신기하다. **내 말에 고개를 끄덕여준 사람, 나의 눈 맞춤을 살갑게 받아준 사람. 한 사람 한 사람이 기억에 남는다.**

프로젝터! 너는 왜 이리 건조한 바람을 자꾸 내뿜는 거니. 리허설할 때도 회의실에서 PT할 때도 이 녀석 때문에 숨을 제대로 쉴 수가 없다. 목이 건조하면 발음도 꼬이는데. 이 건조함을 타파할 방법은 없을까? 건조함에 발음이 살짝 꼬여 당황스러울 땐 청중의 눈을 보며 심호흡해 본다. 그들에게 친구처럼 말을 걸어본다.

"PT 참 잘하시네요!" 매번 들어도 좋은 말. 사실 매번 하는 PT지만 할 때마다 나는 이 말을 기다린다. 내 프레젠테이션을 처음 들었을 나의 청중에게. 오늘도 수고했어, 짝짝짝!

PS. 울 엄마 정말 사랑해 ♥

＊＊＊

나를 위해 늘 기도해주는 엄마 덕분에 마음이 든든하다. 엄마는 지금도, 여전히, 나를 위해 기도하신다.

실전 PT 이야기 #14

담당자가 장표를 어떻게 만들어 놓든지 간에 앞에 서서 발표하는 건 결국 나. 내가 회사의 얼굴이 되어 대표로 이야기하는데 창피당하기는 정말 싫다. 아, 피곤하게 완벽주의자가 되어가는 거 같다.

프레젠테이션을 하면 할수록 인문학의 힘을 느낀다. 정작 사람들 가슴을 울릴 수 있는 건 스토리이니까. PT를 잘하고 싶다면 '프레젠테이션 잘하는 법'류의 스킬을 키워주는 책보다 고전소설 한 번 더 읽으시길.

오프닝 그리고 클로징. 내일은 수미쌍관이다! 다양하고 새로운 시도를 많이 해보자. 피곤하니까 이제 자야지.

　담당자도 아닌데 밤늦은 시간까지 제안서 자료의 오타를 수정하고, 자료의 그리드 선(일정하게 여백을 줄 수 있도록 만든 가이드라인)을 맞추고 있는 나 자신을 보며 많은 생각이 들었다. 결국 마지막에 모든 무게감을 이겨내고 무대 위에 오르는 건 '나'이기 때문에 최종 검수도 허투루 할 수 없다. 그리고 이때부터 슬슬 '스토리 덕후'의 기미가 보인다.

실전 PT 이야기 #15

단 한 번의 기회를 잡기 위해 최선을 다하는 사람. 누군가 '프로'를 이렇게 정의했던 거 같다. 지금 내가 느끼는 이 감정이, 서서히 프로의 모습으로 가고 있다는 이야기겠지.

예전엔 아무런 거리낌 없이 그저 사람들 앞에서 소통하고 진행하는 게 좋았는데 지금은 그들에게 최고의 모습만 보여주고 싶다. 내가 가진 최고의 모습. 이런 욕심이 날 발전시키는 동시에 슬프게 만든다.

아, 어제 새벽까지 진짜 열심히 준비하고 무대에 오르기 전까지 사람들과 만날 생각으로 많이 설렜는데 누군가 단 한 번의 실수로 준비한 것을 다 보여주지 못했다. 진짜 속상하다. 분위기도 좋고 내가 많이 이끌어갈 수 있는 환경이었는데.... "하하, 날씨도 오락가락하는데 우리 장표도 긴장을 했는지 잘못 올라왔네요!" 다음번엔 태연하게 이렇게 말해주리라. 꼭.

* * *

찔리는 사람, 손들어! 이날 이후로 최종 프레젠테이션 자료를 가기 전까지 수십번 확인하는 버릇이 생겼다. 아마 현장에 있는 사람은 알 거다. 우리의 파일은 최종본만 수십 개씩 생긴다. 최종_1, 최종_2, ★진짜 최종, ★진짜 최종_1. 이런 식이다. 그러니까 마지막 프레젠테이션 전에는 최종 파일만 바탕화면에 깔아 놓고 나머지는 다 안 보이는 폴더에 숨겨놓는다.

실전 PT 이야기 #16

소위 높으신 분들이 많이 들어올수록 분위기는 산만 그 자체. 물론 기업 문화에 따라 다르긴 하지만 이번 PT 는 중간에 전화 받는 것은 물론 서로 수근 수근 이야기 까지 나눠 주셨다. 크흐, 이런 열악한 환경에서도 집중력을 잃지 않고 내 패턴을 유지하는 건 정말 어려운 일! 더 더 집중하자. 몰입하자.

잠시라도 내가 PT에서 빠져나오는 순간, 나와 청중은 많은 것을 놓치게 된다. **집중력을 잃는 순간이 바로, 내가 진심으로 이야기를 하지 않거나 청중과의 소통이 제대로 이루어지지 않는 순간이기 때문이다.**

또 한 번 세상 참 좁다고 느낀 이 날, 영훈 오빠랑 같이 찍은 기업영상 진행했던 분이 PT 심사위원으로 들어왔다!

＊＊＊

　프레젠테이션 현장에서 가장 중요한 것 중 하나가 '청중을 오해하지 않는 것'이다. 청중이 내 발표를 듣지 않고 갑자기 딴짓을 한다 거나 밖으로 나간다거나, 뚱한 표정으로 나를 쳐다볼 수 있다. 발표할 때엔 이런 사소한 행동들이 굉장히 거슬리고 또 나를 당황시킨다. 하지만 이제 알고 있다. 이런 일련의 행동에 사실 별다른 의미가 없다는 것을. 누군가는 집중을 잘 못 하는 사람일 수도 있고 누군가는 정말 급한 전화를 받았을 수 있고, 누군가는 나의 발표에 심하게 몰입한 걸 수 있다. 그러니 괜한 오해도 하지 말고, 그 반응에 괜히 쫄지도 말자.

실전 PT이야기 #17

"프로가 뭘 그런 걸 물어봐."

"에이~ 아마추어같이 무슨 연습이야. 잘하잖아"

프로니까, 아니 프로가 되고 싶어 그러는 겁니다. 정말 잘 모르는 사람들은 들어가기 전까지 웅얼웅얼 연습하는 나에게 와서 저런 말을 한다. 상황별 작은 요소들이 모여 어떤 영향을 끼치는지 알지 못하는 사람들이 저런 말을 한다. 처음엔 나도 그들의 말에 멈칫, 하며 몰래 숨어 연습하기도 했다. 그런데 이제 알 것 같다. 진짜 프로는 실전 무대에서 얼마나 멋지게 빛을 발하느냐에 달린 거니까.

막 뛰다가 잠시 숨돌리는 타이밍, 나에겐 사실 이 타이밍이 제일 힘들다. 기분이 차악 가라앉으면서 내가 잘하고 있는 건가, 이런저런 생각도 든다. 이럴 땐 의욕도 없고 축 처져 끌려가듯 일상에 몸을 맡긴다. 그러다 오전에 문득 '채자영 너 지금 뭐 하고 있냐?' 라는 질문이 새삼 나를 흔든다. 참 작은 인간으로 태어나서 이 세상에서 무얼 하겠다고 내가 이리도 열심히 살고 있나, 처음엔 허탈함으로 버둥거리다가 나중엔 스윽 웃었다. 내가 하고 싶은 게 떠올랐기 때문이다. 그래, 나 지금 이 자리에 있어도 언젠가 더 멋진 사람이 되어야지.

내가 꿈꾸는 것보다 더 멋진 사람이 되고 싶다. 꼭.

***

저 당시엔 몰랐는데 이게 바로 '번아웃'증상이었다. 아무런 의욕도 생기지 않고 일상에 끌려가는 삶. 나는 열심히 생을 살아가는 만큼, 번아웃도 잘 온다. 이제는 번아웃이 와도 고민하거나 벗어나려고 노력하지 않는다. 그저 힘을 빼고 쉰다. <u>번아웃이 '조금 쉬어라'는 몸의 신호라는 것을 깨달았기 때문이다.</u>

실전 PT 이야기 #18

그리 손익이 나지 않는 건이었다. 그래서 방심한 듯했다. 아니 방심한 건 아니지만 상대방이 이렇게 달려들 줄 예상 못 했다는 말이 맞겠다.

수주(승리)한다는 건 어찌 보면 눈치싸움. 상대방과 가격적인 면이나 서비스적인 면이나 비슷한 수준에서 조금 높게 제안해야 가장 효과적이다. 터무니없이 질러버리면 고객은 그 실효성에 대해 의심을 품게 되고 고객의 니즈를 만족시킬 정도가 아니면 아예 선정대상에서 제외된다.

그런데 이건 제안의 문제가 아니었다. 고객의 입장에서, 어찌 보면 성의의 문제였다. 무언가를 바리바리 싸들고 온 상대방에 비해 우리가 가진 건 제대로 된 제안과 프레젠테이션뿐이었다. 팀장님 얼굴은 곧 사색이 되었다.

프레젠테이션 5분 전, 우리는 급하게 오프닝 멘트와 클로징멘트를 수정했다. 상대방을 비판하지 않으면서 우리를 돋보이게 할 수 있는 말, **언제나 방점은 상대방을 비판하지 않는다는 것**. 아주 은유적으로 상대방의 약점을 짚어주자.

대한민국 국민이라면 다 관심을 가졌을 2014 소치 동계 올림픽으로 시작했다. 다행히 다들 '음, 나도 어제 봤어'라는 표정으로 살포시 미소 짓는다. 표정이 그리 나쁘지 않다. 더 더 진심이 느껴지게 강조하고 강조해서 이야기하자.

***

경쟁 프레젠테이션은 늘 그렇듯 순발력이 중요하다. 현장에서 얼마나 수많은 내용이 바뀌는지 알면 아마 놀랄 것이다. 시시각각 변화하는 그 내용을 완벽하게 무대 위에서 말하려면, 모든 내용을 '암기'하는 것이 아니라 '이해'하는 것이 필요하다.

실전 PT 이야기 #19

성공적인 프레젠테이션을 하기 위해 들어가기 전 내가 하는 기도문이 있다.

"제발 프레젠테이션에 들어오는 모든 사람이 저한테 뿅 가게 해주세요!"

남녀노소 불문, 모든 사람들이 나의 자신감에 목소리에 표정에 반해, 신뢰를 가지고 믿게 만드는 것. 오늘은 청양고추가 유명하다는 청양까지 프레젠테이션을 하러 가 칠갑산 맑은 물을 마시며 프레젠테이션을 했다. 후후. 담 주엔 제주도까지 날아가 프레젠테이션이다. 신난다.

***

나는 '자랑 플렉스Flex'를 이때에도 하고 있었다. <u>사람은 참 안 변해.</u>

실전 PT이야기 #20

프리젠터를 시작하면서 여러 무대에 오르면서 내가 항상 말하던 것인데, 하아 이번 PT에서 뼈저리게 느꼈다. 대화는 한 방향에서 이루어질 수 없다. 들어주는 청자와 말하는 화자가 존재해야 대화가 성립한다. 그리고 대화는 청자와 화자의 소통이 잘 될 수록, 잘 이루어진다. 당연한 진리다.

그런데 청자가 잘 들어주지 않는다면? 청자의 표정이 무관심하고 심지어 시선마저 회피한다면? 그냥 대화라면 그것은 이미 죽어버린 대화다. 하지만 프레젠테이션은 다르다. 아무리 청자가 듣기 싫어해도(듣자고 불러놓고 잘 안 듣는 것도 참으로 웃긴 노릇이지만) 화자는, 그러니까 발표자는 끝까지 최선을 다해 대화의 끈을 놓지 말아야 한다.

프리젠터로서 가장 힘든 순간은 청중 앞에 선 순간부터 벽이 느껴지는 때이다. 그럴 땐 대부분 이미 내정자가 있거나 앞서 발표한 경쟁팀에 맘이 쏠렸거나 혹은 이미 너무 많은 시간이 지연되어 지쳐버렸거나 하는 상황이다. 후자라면 그래도 분위기의 반전이 용이하겠지만 제아무리 달변가가 와도 전자의 상황에서 분위기를 반전시키는 것은 꽤나 힘들 것이다. 그래도 우리는 끝까지 최선을 다해 준비해간 것을 모두 보여줘야 한다. 누군가가 듣기 싫다 손사래를 쳐도 얼굴빛 하나 변하지 않고 생글생글 웃으며 대화를 이어 나가야한다.

신기한 것은 그렇게 듣기 싫다 손사래 치던 사람도 끝까지 이어가면 결국에 약간의 미소를 보여준다는 점. 이번에도 하나 배운다.

프레젠테이션은 발표가 아니라 청중과 나누는 '대화'이다. 그리고 프리젠터는 어떠한 상황에서도 대화의 끈을 먼저 놓지 않는 사람이다.

***

프레젠테이션은 '대화'이다. 하지만 대화의 성립 구조가 조금 다르다. <u>안간힘을 쓰고 대화가 끊어지지 않도록 노력한다. 그것이 나의 일이다.</u>

실전PT 이야기 #21

도망가고 싶기도 했다. 3개의 통합 입찰, 매출이 이렇게 큰 물건은 나에게 더욱 부담감이 가중된다. 햇살은 좋았고 코코아 카푸치노는 맛있었다. 커피숍에서 멍하니 밖을 바라보는데 이대로 어디론가 떠나고 싶었다. 빨리 나에게 주어진 이 무게를 던져버리고 싶었다. 이렇게 고민하고 부담되는 상황은 언제나 그랬듯이 결국 하나의 결론으로 귀결된다.

"최선을 다해서 해보고 아님 말지."

약간의 쿨함을 가지고 나니 마음이 한결 가볍다. 열심히 준비했으니 이제 멋지게 보여줄 일만 남았다. 경쟁사에서 작업이 다 되어있다는 소문이 파다했고 어떻게든 우리가 뒤집어야 하는 상황이었다. 오프닝부터 클로징까지 완벽한 구상을 위해 그 회사의 홈페이지를 수십 번씩 들어가고 제안서를 밤새 만들고는 아예 처음부터 다시 만들기도 했다. 이렇게까지 하고 나니 '그들에게 빨리 보여주고 싶다. 빨리 만나고 싶다' 하는 생각이 든다. 아니 어쩌면 난 준비가 다 되었으니 '빨리 끝내 버리고 싶다'일지도.

생각보다 집중된 분위기에 너무 긴장해 발음이 몇 번 씹히긴 했지만 관건은 질의응답에 있었다. 약 40분 가량의 질의응답 시간. 오래 고민하고 오래 애정을 쏟았기에 단 한 번도 당황하지 않고 대답할 수 있었고 이 덕분에 우리가 원하는 방향으로 분위기를 끌어갈 수 있었고, 나를 잘 모르던 사람에게 '새로운 모습을 봤다'라는 말을 들었으며 팀장님께 '와 자영씨 진짜 멋지다'라는 말을 들었다.

그리고 오늘 클라이언트 쪽에서 문자가 왔다. 결과도 좋다. 열심히 준비하고 멋지게 무대에 서는 것. 이 일이 좋다.

*　*　*

　나도 도망치고 싶은 순간이 있다. 엄청난 부담이 내 어깨를 짓누른다. 그런 순간엔 언제나 '최선을 다하고 아님 말지'라는 생각을 한다. 신기하게도 일단 눈 앞에 주어진 일들을 최선을 다해 하다 보면 나름의 일하는 리듬감과 플로우가 생기고 어느 순간 '준비가 됐으니 어서 보여주고 싶다'는 생각이 든다. 그러니 너무 먼 미래는 생각하지 말고, 눈 앞에 있는 것부터 최선을 다해보자.

실전 PT 이야기 #22

'컨디션 극복하기' 프로가 되기 위한 첫 번째 조건이지 싶다. 울타리 하나 없는 사회 (난 가끔 야생이라고 말하지만) 속에서는 감기에 걸려 아파도 '아이고, 안쓰럽다'라기 보다는 '왜 감기에 걸렸을까'하고 질타를 받을 수 있으니까. 이건 뭐 오기가 생겨서 "내 기필코 멋지게 해내리라." 이런 생각을 가지고 아파도 꾹 참고 일하는 수밖에 없다.

***

컨디션도 능력이다. 내 몸 상태를 가장 좋은 상태로 유지하는 것이 프로답게 일할 수 있는 가장 기본적인 방법이다.

실전 PT이야기 #23

대체로 외국계 기업이나 젊은 기업에 가면 자유롭고 적극적인 분위기에서 프레젠테이션을 할 수 있다. 좋은 점은 반응이 바로바로 나오기 때문에 나 역시 더욱 싱싱한 말로, 그러니까 피드백을 받아들이고 받아 치는 식의 생동감 넘치는 PT를 할 수 있다는 것이고, 나쁜점이라 하면 중간중간 툭툭 들어오는 질문으로 나의 흐름이 툭, 끊겨버릴 수 있다는 것이다.

파워 피티 수업을 들으면서 이승일 대표님이 'FLOW' 이야기를 하셨는데 오늘 나만의 플로우를 찾은 느낌이다.

프레젠테이션을 마치고 "와, 프레젠테이션은 제일 잘 하셨어요!"라는 말과 함께 "질문이 있었는데 차마 끊지를 못하겠더라구요" 하신다. 아! 상대방이 질문할 틈도 없이 스스로 이 프레젠테이션에 집중해서 청중을 이끌어 갔던 것인가. 만족스러운 프레젠테이션을 마치고 나면 결과야 어떻든 간에 나는 나만의 교훈을 얻는다. (아직 결과는 안 나왔지만!)

다음 장에 어떤 내용이 나올지 미리 예측하고 그 내용이 나오기 전에 말로 사람들에게 안내한 뒤, 포인터를 눌러 장표를 넘기는 것. 이것이 나만의 Flow이다. 청중의 반응을 살피지 않고 후루룩 넘어간다는 것은 아니다. 청중이 이해하고 반응할 공간은 남겨두어야 한다. 이 느낌적인 느낌은 실전 경험이 많아야 생길 것 같다. (제 아무리 리허설이라 해도 처음 듣는 청중과 반응이 같을 수는 없으니) 리허설로 감을 익히고 싶다면 매번 다른 청중 앞에서 연습하는 걸 권한다.

***

나만의 플로우Flow라고 말했던 이 방법이 무엇인지 이제 정확하게 설명할 수 있다. <u>장표와 장표 사이를 채우는 것. 앞 뒤 장표 간에 개연성을 만들어주는 것. 자연스러운 발표를 하는 사람과 하지 않는 사람의 차이다.</u>

실전 PT이야기 #24

"복장은 곧 삶의 방식이다."

– 이브 생 로랑 –

프레젠테이션 할 때 가장 먼저 담당자에게 물어봐야 할 3가지는 1) 선정방식 (키 맨 파악) 2) 심사위원 구성 (남녀 성별, 몇 명) 3) PT 장소이다. 이미 제안 내용이 확정되었다면 프리젠터는 그 제안 내용을 키 맨에게 어떻게 효과적으로 전달할지, 매력적으로 어필할지 고민해야한다.

오늘 프레젠테이션 청중은 젊은 남성 20명! 준 군인 (?)이란다. 남성 심사위원이 많다면 최대한 여성성을 강조해 나의 매력이 곧 제안의 매력으로 이어질 수 있도록 하는 것이 비결이라면 비결이다. 일단 머리는 푸르는 것으로, 화장도 눈꼬리는 조금 더 아래로, 색상은 깔끔하게 실루엣은 드러나게. 결과는 들어가자마자 박수 받았다. 그리고 12:8 로 이겼다. 하하하!

이브 생 로랑은 복장은 곧 삶의 방식이라고 했다. **경쟁 PT에서는 프리젠터가 곧 제안내용이나 다름없다.** 단, 주의해야할 것 한 가지! 절대 절대 섹시한 옷은 피할 것.

***

비즈니스 상에서 복장이 중요한 이유는 다양하다. 특히 우리 회사의 전문성과 그동안의 고민을 보여주는 제안 프레젠테이션 자리에서 제대로 된 복장을 갖춰 입는 것은 상대방에 대한 예의이다. 이브 생 로랑이 '복장은 곧 삶의 방식'이라고 했던 이유는 복장에 따라 나의 행동 반경이 달라지고 몸가짐이 달라지고 또 태도가 달라지기 때문이다. 그러니 비즈니스 상에서 옷을 입을 땐 상대방을 한 번 더 생각하고 입어야 한다.

실전 PT이야기 #25

컨디션 난조. 기분도 다운, 몸도 다운, 날씨도 꾸물 꾸물. 원래 프레젠테이션 전에 우유나 커피는 절.대. 마시지 않지만 오늘은 왠지 모르게 마시고 싶은 마음이 들었다. 사실 이제는 웬만큼 잘할 수 있다는 자신감이었는지, 아이스 아메리카노 한 잔을 원 샷! 얼음도 아그작 아그작 씹어 먹었다. 그런데 아니나다를까 에어컨 바람 아래에서 내 목은 건조주의보. 커피까지 마셨으니 건조함은 더 극에 달한다. 그래, 아무리 수월해졌다고 해도 프로정신은 잊지 말자.

오늘 프레젠테이션에서 가장 뿌듯했던 건, 클로징 멘트에 키맨이 고객를 끄덕끄덕 무릎을 탁!쳤다는 것. 저 흐뭇한 미소에 모든 피로가 싸악 가신다.

내가 처음 프레젠테이션 할 때 제일 어려워하던 오 프닝 클로징 팁을 주자면, 사람은 누구나 자신에게 이

득이 되는 이야기에 관심을 보인다. 아무리 높은 분이라 할지라도! 그들이 알지 못하는 그 사람들의 비즈니스 현황을 신문, 인터넷 뉴스 기사를 통해 꼼꼼하게 조사하자. 그러면 백발백중 고개 끄덕임과 흐뭇한 미소를 선물받을 것이다.

그리고 다시한번, 프로정신을 잊지말자.

***

'프로답게 일하는 것'이 어려운 이유는 수많은 유혹을 이겨내야 하기 때문이다. 이 정도면 됐지 뭐, 이번 한번만, 이렇게까지 했는데 등등.... 타협하지 않고 최선을 다해 최상의 퍼포먼스를 만들어내는 것. 이것이 프로의 일이다.

실전 PT이야기 #26

전문 프리젠터로 이직을 하면서 제일 큰 고민은 '아나운서스러움'을 벗어내고 '자연스럽게' 나의 이야기를 이끌어가는 것이었다. 카메라 앞에서는 아주 작은 행동도 부산스러워 보이고 거슬려 보이기 때문에 경직된 태도가 기본, 꼭 필요한 행동만 하는 훈련이 필요하다. 하지만 프리젠터는?

가히 최고라 불리는 프리젠터를 보면 느낄 수 있다. 일상에서 이야기하는 듯한 자연스러움. 그 자연스러운 이야기에 우리는 매력을 느끼고 빠져든다. 이미 몸에 익숙해져버린 정형화된 동작, 이제는 그것을 버리기 위한 훈련이 필요했다.

타 팀에서 나의 프레젠테이션을 처음 본 대리님이 이런 말을 해주었다.

"자영 씨는 무난하게 아나운서처럼 진행하는 게 아니라, 강약 조절을 하면서 흡입력 있게 청중을 끌고 가는 것 같아요."

잠시 고민했다. 어떤 게 더 좋은 거지? 그러다가 처음 프리젠터로 오면서 내가 추구하던 가치가 생각났다. 좋은 방향으로 가고 있는 것 같다. 물론 상황마다 다르겠지만, 내가 추구하는 프레젠테이션은 어쨌든 청중과의 소통이고 그걸 위해서라면 전자보다는 후자가 당연히 낫지 않겠나.

* * *

지금은 이 생각이 더욱 확고해졌다. '현장'에서 말하는 일은 생각보다 쉽지 않다. 그 현장에 얼마나 자연스럽게 녹아 드느냐, 얼마나 자연스럽게 이야기를 하는가가 승패를 결정한다. 과거엔 힘 빼기가 자연스러움을 만들어낸다고 믿었다. 하지만 이제는 힘을 빼려면 먼저 완벽해져야 한다는 것을 알고 있다. 그래서 힘빼기가 그만큼 어렵고 힘든 법이고, 고수들만 할 수 있는 것이다. 자연스러움은 결국 완벽함에서 온다.

실전 PT 이야기 #27

유난히 내가 잘하고 싶은 프레젠테이션이 있다. '잘'해야만 하는 게 아니라 그냥 잘하고 싶은 날. 중요한 물건, 돈을 많이 벌어다 주는 물건을 떠나서 그냥 순전히 내 스스로의 실력을 평가해보고 싶은 욕심이다. 순전히 내 욕심. 오늘이 그랬다. 오프닝 클로징을 직접 만들었지만 그냥 마음에 들고 재밌고!

젊은 회사. 젊은 회사는 딱 청중을 처음으로 마주했을 때부터 반응이 다르다. 훨씬 자유롭고 유연한 분위기가 온 회의실에 감돈다. 오늘은 얼씨구나, 내 세상이구나 하며 신이 나서 프레젠테이션을 했다. 속도 조절, 자리이동, 표정까지. 재밌다 재밌어.

끝나고 담당자 한 분이 나에게 엄지 손가락 두 개를 들어 주셨다. 인재를 두었다며 격한 칭찬도 아끼지 않았다. 역시 즐기면서 하는게 최고인가보다.

***

무엇이든 즐기는 자를 이길 순 없다. <u>즐기기까지의</u> <u>마음과 환경을 만드는 것이 어렵지만.</u>

실전 PT 이야기 #28

금요일 저녁, 갑자기 부름을 받았다. 그래 이건 '부름'이다. 급작스럽게 회사의 오너라인 전무님이 진행하는 200억 프로젝트 TFT가 되어 프레젠테이션을 하게됐다. 입사 1년 만에 회사를 대표하는 물건을 하게 되다니! 회사 내에서 내 능력을 인정받은 것 같아 너무 좋았다. 그런데 그것도 잠시....

우리에게 남은 시간은 3일, 하지만 아무 것도 확정된 내용이 없다. 보통은 늦어도 프레젠테이션 하루 전엔 확정된 제안 장표가 나와서 내가 발표를 연습하는 시간인데 이건 아무것도 정해지지 않은 채 계속 제안 내용이 바꼈다. 미친 것 같았다. 도대체 나보고 어떻게 하라는 거지?

거의 10명이 넘는 팀장님들이 새벽 4시까지 브레인스토밍을 했다. 회사소개 장표 헤드 타이틀 하나를 두고 어떤 표현이 맞는지에 대해 2시간을 회의했다. 프레젠테이션 당일 새벽 3시에 확정된 내용이 나왔고 나는 4시 30분까지 스크립트 작성을 했다. 그리고 프레젠테이션 당일 아침 9시에 리허설을 했다. 사실 프레젠테이션을 현장에서 하는 건 별 부담감이 없었다. 오히려 회사 내부 타 팀원들 앞에서 처음으로 하는 리허설이 문제였다. '잘한다고 해서 불렀는데 얼마나 잘하는지 한 번 보자'라는 느낌이니까. 리허설 들어가기 전, 사업부장님이 나에게 말씀하셨다.

"자영 씨, 전무님이랑 일 처음 하죠? 원래 그러시니까 뭐라고 해도 마음에 담아 놓지 마요. 그럼 같이 일 못해요."

라고 말하고는 웃으셨다. 이 말을 듣고 오히려 마음이 풀어졌다. 나는 속으로 '뭐라고 하든 이미 모르겠다. 내 방식대로 하자, 내 방식대로!!'라는 생각을 되새겼다. 여기서 '내 방식대로'라 하면 그냥 아무것도 없고 당당함이 최우선이다.

리허설이 시작됐다. 나는 실전보다 더 최선을 다해 오프닝을 시작했다. 짧은 문장이지만 모든 감정을 담아, 임팩트 있게! 다행히 전무님이 마음에 드셨는지 칭찬을 해 주셨다. 주변에서 나보다 더 긴장했던 팀장님들은 안 하던 칭찬을 하신다며 다같이 너스레를 떨었다. 리허설을 잘 마치고 실전 현장으로 향했다.

이제 실전, 실전만 남은 상황. 실전에 전무님은 안 들어오지만 사장님은 함께했다. 회사에서 제일 높은 사람들과의 첫 프로젝트. 매출 볼륨이 꽤나 큰 건. 나는 정말 잘해내고 싶었다.

***

지금 생각해보면 내가 리허설하기 전, 나보다도 회사의 다른 임원 분들이 더 긴장했으리란 생각이 든다. 그렇지만 나는 늘 그런 부담감 보다도, 잘 해내야겠다는 다짐 보다도 '배 째라지'라는 마음으로 무대 위에 오른다. 이런 저런 전후 사정을 다 따지고 나면 다리가 후덜거리고 온 몸이 떨리기 때문이다. 지금 나의 팀장님이 이때 나에게 해주었던 말이 오래도록 가슴에 남는데 새벽에 멘붕에 빠진 나에게 이런 말을 해주셨다.

"자영아, 어차피 이제 와서 제일 잘할 사람은 너야. 그냥 하고 싶은 대로 해"

그렇다. 그렇게 열심히 준비한 사람은 나 밖에 없고, 이제 와서 다른 사람이 한들 나보다 잘할 수는 없을 것이다. 이 말이 얼마나 큰 위로가 되었던지. 나는 늘 무대 위에 오르기 전 부담이 밀려오는 순간에 이 말을 되새긴다. "지금, 이 자리에서 제일 잘할 사람은 나뿐이다."

실전 PT 이야기 #28 _뒷이야기

　그래, 이제 실전이다. 프레젠테이션 장소에 도착했다. 생각보다 분위기가 딱딱했다. 경직된 분위기, 인사 후 박수조차 나오지 않는 그런 분위기. 나는 차분하게 프레젠테이션을 이어갔다. 그리고 사람들에게 '이야기'를 건네려고 부단히 노력했다.

　PT가 끝나고 질의응답 시간, 심사위원 중 키 맨인 사장님이 직접 마이크 잡고 진행도 했다. "재밌네, 프레젠테이션을 너무 잘해서 질문이 별로 없나봐요"하며 호탕하게 웃으셨다. 발표는 성공적이었다. 마지막에 발음이 몇 번 씹혔지만 그런건 전혀 중요하지 않았다. 아니, 그런 건 중요한 것이 아니란 걸 이번에 깨달았다.

　전체적으로 사람들의 흥미를 유발하고 이끄는 능력, 나만의 흐름으로 사람들을 리듬에 태워 끝까지 나

의 말에 귀를 기울이게 하는 능력, 청중을 압도하는 힘. 프레젠테이션에서는 이것이 전부였다.

　PT는 인원 제한 때문에 우리팀에서 나를 포함하여 총 5명이 들어갔다. 발표장에서 나오는 순간, 사장님이 웃으며 "너무 잘했어, 수고했다." 하셨다. 사업부장님은 "오늘 들은 사람들은 우리 회사가 어떤 회사인지 확실히 알았을 거야. 중학생이 들어도 이해할 만큼 쉽게 풀어서 잘 설명해줬으니! PT는 완벽했어!" 라고 말씀해주셨다.

　초중고 계주(달리기) 반 대표 나가본 적이 있는가? 나는 항상 계주 선수로 뛰곤 했는데 순간, 그때 생각이 났다. 어떤 반, 팀, 회사를 대표해 나가는데 모든 사람들이 응원해주는 것. 달리기가 끝나고 들어왔을 때 느껴지는 많은 사람들의 격려. 속으로 연신 '대박'을 외치며 들뜬 기분을 감출 수가 없었다.

　매일같이 새벽 4시까지 '미친 거 아닌가요, 헐, 대박, 저 어떻게 해요?'를 외쳤지만 이렇게 무대 앞에 서고 나면 모든 것이 보상을 받는다. 힘들었지만 한 단계 더 성장할 수 있었던 계기. 큰 무게감을 이겨내는 법, 결국엔 내가 가지고 있는 가치관과 능력대로 최선을 다하는 것.

이번 20분의 프레젠테이션을 통해 나는 정말 많은 걸 깨달았다.

*　*　*

이때의 경험을 계기로 프레젠테이션에서 진짜 중요한 것이 무엇인지 알게 되었다. <u>현란한 스피치 스킬이 아니라 표면적으로 드러나지 않는 사람들과의 관계 맺기.</u> 우리가 일반적으로 '소통'이라는 이름으로 말하는 것들을 몸으로 이해하고 체득하게 되었다. 현장에 있는 사람들만 알 수 있는 기대감에 찬 눈빛과 그 공기. 나는 이 날 이후로, 이런 것을 만들기 위해 프레젠테이션을 한다.

실전 PT 이야기 #29

'프로'라는 말, 능력보다는 태도에서 오는 것 같다. 최근 회사 내에서도 이전에 함께 해보지 않았던 새로운 부서의 팀과 프로젝트를 자주 진행한다. 새로운 사람들과 일을 하면서 그동안 당연하게 생각했던 것들에 대해 다시 생각한다. 프레젠테이션 당일, 대기실에서 팀장님이 묻는다. "준비 다 됐어요?" 나는 자신 있게 웃으며 대답한다. "(당연한 듯) 네." 그러자 호탕하게 웃으며 말한다.

"역시 프로는 이런 데서 차이가 난다니까, 조금 더 준비해야 해요. 이런 말이 안 나오잖아."

지금 당장 무대 위에서 나의 실력을 증명해야 하는 자리. 그 자리 앞에서 자신 있게 나에 대한 믿음을 보여주기가 쉬운 일은 아니다. 이런 대답을 하기 위해 나는 얼마나 많은 노력을 했던가. 언제나 집으로 돌아가 홀로 연습하는 수없이 많은 시간들.

충분한 연습 후에 드디어 찾아오는 것들이 있다. 그 중 하나가 바로 자신감. 자신감을 얻기 위해 내가 해야 할 일은 연습뿐이다. **스스로를 믿어 주기 위해 최선을 다해 연습할 것. 스스로의 모습이 마음에 들 때까지 단련할 것. 그리고 잘 해낼 것.**

* * *

무심코 했던 대답에서 프로의 자세가 무엇인지 깨달았던 날.

실전 PT이야기 #30

매년 사내에서 프레젠테이션 경진대회를 연다. 이번엔 사장님 이하 각 부장님 100여명의 직원이 참석하고, 총 19팀, 4명의 사내 프리젠터의 특별전이 있다. 프레젠테이션을 할 때 가장 긴장될 때는 평가 받는 자리이다. 나는 오후 5시 반, 사람들의 발표가 모두 끝난 뒤 사내 프리젠터 중 첫 번째로 발표를 하게 됐다. 자유 주제였고 잘하고 싶었기에 부담감이 어마어마했다. 아워홈에서 '최고의 프리젠터'라는 말을 듣고 싶었다.

나는 프리젠터인 만큼 좀 더 새로운 모습을 선보이고 싶었다. 그래서 터치 스크린 방식의 (물론 모든 것은 포인터로 조작하는 나의 연기였고 동영상으로 구현된 것이었지만) 장표와 프리젠터가 마치 '하나'인 것처럼 움직임대로 따라다니는 프레젠테이션을 준비했다.

무대에 오르자, 많은 사람들이 뒷자리까지 서서 기대의 눈빛으로 나를 바라보고 있다. 오프닝은 청중의 직접적인 참여를 통해 딱딱한 분위기를 풀 수 있도록 마련했다. 다행히 청중의 웃음이 터졌다. 그렇게 클로징까지 술술 풀어갈 수 있었다. 터치스크린 방식으로 프레젠테이션을 선보이자 사람들이 '오'하며 탄성을 질렀고 맨 뒷자리에 서서 보던 사람들은 장난스러운 몸짓으로 내 행동을 따라하기도 했다.

"자영씨의 프레젠이션 힘은 자신감인 것 같습니다. 청중을 바라보는 눈빛이나 제스쳐, 말투 모든 것이 자신감에 넘쳐있네요!"

무대에서 내려오자 진행을 하던 인재육성팀장님이 말했다. 맞다. 프레젠테이션은 설득이 아니라 내가 가진 확신을 전달하는 것이라 생각하기에 무엇보다 '확신' 즉 '자신감'이 넘치는 태도를 가지고 싶다. 다행히 그 마음이 전해진 것 같다. 그리고 누군가 지나가다 마주한 나를 보며 프리젠터 중 제일 잘한다고 했다. 내가 제일 듣고 싶었던 말이었는데, 드디어 오늘에서야 듣게 된 것이다. 이제 한 가닥 큰 것들이 지나갔다. 너무너무 지치는 순간들이 찾아왔지만 이 한 마디가 나에게 정말 많은 힘을 줬다.

'지치면 지는 거고, 미치면 이기는 겁니다.' 그래. 이왕 하는 거 아니 이왕 잘하고 싶은 거 즐기면서 미친 척하고 아니 미쳐서 해보지 뭐. **지난 1년간 힘든 적도 많았고 내가 한 노력만큼 보상받지 못하는 것 같아 속상한 적도 많았는데 역시 그런 것들은 그냥 스쳐가는 게 아니었다. 나도 모르게 내 안에 차곡차곡 쌓여가고 있다.** 하루 종일 다시 무대 위 순간으로 돌아가 날 바라보던 사람들의 눈빛을 되새기며, 행복해하고 있다.

***

직업적 특성 상 보여줘야 할 땐 보여줘야 하는 상황을 종종 마주한다. 그럴 땐 뒤에 숨지 않고 적극적으로 나서서 최선을 다한다. <u>결과가 어떻든지 간에 최선을 다하면 후회는 없다. 그리고 이런 마음으로 하면 대부분 결과도 좋다.</u> 신기하게도 타인에게 이 마음이 전해지기 때문이다.

[5초 만에 청중을 사로잡는 '인사법']

많은 사람이 오프닝을 시작하기 전에 청중과 처음으로 눈을 맞추는 인사 시간을 허술하게, 후루룩 넘어가 버린다. 하지만 프로들은 안다. **첫인사에서 느껴지는 당당함과 자신감! 그것에서부터 제안의 신뢰성은 형성된다.**

첫째, 무대에 올라서고 청중을 잠시 바라본 뒤 (이때 중요한 것은 청중들이 '시작할 준비가 됐는지'를 보는 것이다!)

둘째, 모두 집중이 된 상태라면 (심사위원 모두 자리에 앉아있는지, 문은 잘 닫혔는지, 불은 적절하게 꺼져 있는지 청중이 중간에 일어나는 일이 없도록 모든 것이 완벽한지 확인해야 한다!)

셋째, 아주 당당하고 차분한 목소리로 한 음절, 한 음절 힘을 주어 가며 인사를 한다.

넷째, 여기에 여유로움을 담을 수 있는 약간의 미소까지! 당당한 목소리에서 '우리가 전문가다'라는 자신감을 줄 수 있고, 안정적인 차분한 목소리에서 '우리는 준비가 많이 되었다'라는 느낌을 안겨줄 수 있다!

이러한 인사를 건네면 고개를 숙이고 제안서만 뒤적이고 있던 청중도 고개를 든다. 특히나 이번 프레젠테이션에서는 내가 인사를 하자마자 심사위원이 만족스러운 미소를 띄더니 놀라움이 담긴 수근거림을 한다. 아, 이번 심사위원들은 이런 입찰을 처음으로 경험하는 일반인들이었다. 이럴 때 이 인사의 효과는 더더욱 배가 된다! 청중과 처음으로 대면하는 '인사'에서 당당함과 자신감으로 청중의 마음을 사로잡는 것. 단 5초면 된다.

실전 PT 이야기 #31

연습은 실전처럼 실전은 연습처럼. 어느 한 뮤지컬 배우의 말이다. 연습은 실전처럼? 오호, 나는 원래 리허설때 100%로 하지 않는다. 이 말은 100% 혼신을 다해 하지 않는다는 말이 아니다. 청중의 표정, 반응 속도, 리액션을 가늠할 수 없기에 리허설은 그저 나 홀로 하는 쇼에 불과하다.

프레젠테이션을 하면 할수록, 물론 오늘 한 프레젠테이션을 통해서도 역시나 느끼는 것은 내 손의 각도가 90도인지 60도인지, 이러한 것들이 아니라 **청중의 반응을 얼마만큼 이끌어냈고 나는 그들의 반응에 어떻게 반응했는가가 프레젠테이션의 본질이라는 것이다.**

예를 들어 사람들이 가장 많이 하는 실수 중 하나는 질문을 던져 놓고 스스로 바로 대답해버리는 것인데, 질문을 던졌으면 청중들이 '질문에 대한 답이 뭘까' 궁금해할 시간 적어도 2-3초 정도는 기다려줘야 한다. 아주 기본적인 것 같지만 막상 무대에 올라서면 1분이 10분같이 느껴지기에 저지르는 실수다.

프레젠테이션은 연습을 실전처럼 할 수 없다. 그저 실전은 실전대로 열심히 청중에게 메시지를 던질 수 밖에 없다.

* * *

나는 정말 모든 것을 현장에서 배웠다. 이론적으로 누군가에게 배운 지식이 아니라 현장에서 사람들의 눈빛과 호흡과 말을 통해 전해지는 것들. 그런 경험이 지금의 나를 만들었다.

실전 PT 이야기 #32

축하해주세요! 250억 수주 확정!

진짜 진짜 진짜 힘든 여정이 막 끝났다. 내 생에 제일 고생한 프레젠테이션이자, 스스로 제일 마음에 들었던, 처음으로 스스로의 기준에 '완벽하다'고 생각한 프레젠테이션이었다. 한 번의 PT를 위해 했던 수십 번의 연습과 수많은 리허설이 주마등처럼 스쳐간다.

의상도 며칠을 고민했는데 이번에는 좀 강렬한 인상을 줄까 싶어 빨간색 원피스를 골랐다가 아뿔싸! 심사위원 대부분이 교수라는 사실이 떠올라 바로 올 화이트로 깔끔하게 연출을 했다.

진짜 웃겼던 건 프레젠테이션 당일 아침에 한 리허설을 망쳤다는 것. 그것도 웃음 때문에! 너무 오랜 시간 연습하고 시간을 끌어온 프로젝트여서인지 파리 한 마

102

리 때문에 실없이 웃음이 터졌다. 처음 느껴보는 실수와 분위기에 사람들 표정은 경직되고 나도 순간 식은땀이 났다. 프레젠테이션 장소에 가서도 나 홀로 마인드 컨트롤. 정신 차리자, 잘해야 한다, 잘 할 수 있다.

그리고 PT할 때만 느낄 수 있는 가장 강렬한 짜릿함! 내 이야기에 초집중한 사람들의 표정을 보는 것, 내 이야기를 듣고 고개를 끄덕이며 평가표를 끼적이는 것. 이건 마치 드라마의 한 장면처럼 나에게 묘한 기운을 불어넣어준다. 이게 진정한 소통의 힘인 건가. **이제는 프로젝트가 수주 된 것 보다도 프레젠테이션 할 때 청중과 소통하는 게 더 짜릿하다.**

* * *

이 날 리허설의 중요성을 다시 느꼈다. 리허설이 중요한 이유는 실전 무대에서의 마인드 컨트롤에 영향을 주기 때문이다. 실전 무대 위에 오르기 전, 마치 트라우마처럼 웃는 나의 모습이 떠올랐다. 이 날 이후로, 단한 번의 작은 리허설이라도 진지한 태도로 임한다.

실전 PT 이야기 #33

이 한 번의 프레젠테이션을 위해 얼마나 많은 시간을 보냈던가! 벤치마킹에 현장 방문에 자료수집에, 제안서 작성, 오프닝 클로징 구성, 스토리라인 구성, 별첨 자료, 마지막 다듬기까지. 그런데 이상하게도 PT를 준비하는데 긴장이 하나도 안 되고 마음이 너무 편안하다. 내년 물건 중에 제일 큰 물건인데, 참 이상하지.

프레젠테이션 하러 현장에 들어선 순간, 보통 이런 입찰 경쟁은 심사위원이 대부분 얼음장처럼 차가운 싸한 분위기를 연출하는데 오호라, 이번엔 웃어 주기도 하고 뭔가 화기애애하다. 그런데 발표해야 하는 정중앙에 키 맨이 앉아있다. 순간 '어떻게 하면 키 맨과 눈을 마주치면서 발표할 수 있을까' 라는 생각했다. 그리고 자리 이동을 권했다. 결국 발표가 가장 잘 보이는 자리로 위원장님은 자리이동을 했고 키 맨과 눈을 마주치면서 발표할 수 있었다.

청중의 반응을 하나하나 살피고, 청중의 눈빛에 힘을 받아 발표하는 나에게 아직도 시큰둥한 청중은 너무 힘들다. 다시한번 느끼지만 발표장에 들어온 모든 청중이 나에게 우호적이지 않다는 것을 알게 된다. 재빨리 나에게 우호적인 청중으로 시선 바꾸기를 하며 마음의 안정을 찾고 장표에 집중해본다. 표정이 굳은 청중은 대체로 2가지 부류인데 너무 집중하다 보니 자신도 모르게 '뚱'한 표정을 짓게 되는 사람, 이 평가에 정말로 참여하기 싫었거나 완벽하게 경쟁사 편인 사람. 전자면 다행이지, 후자면 발표를 마치고도 뭔가 마음이 찜찜하다.

내가 장표의 오른쪽에 서는 것과 왼쪽에 서는 것은 느낌이 많이 다르다. 아무래도 오른손잡이어서 오른쪽에서 서서 오른손으로 화면을 가리키는 것이 편하다. 오늘은 키 맨과의 눈맞춤 때문에 부득이하게 왼쪽 편에 서게 됐는데 100% 만족스러운 PT를 하지 못했다. 그리고 점점 누군가의 기준보다 가장 까다롭고 깐깐한 건 스스로 정한 기준이라는 생각이 들었다. 나 원래 이런 사람 아닌데, 만족은 더 큰 만족을 부르는 것인가. 생각해보니 '잘 해야 한다'라는 압박감보다 '잘 하고 싶다'는 욕심이 있었을 때 더 완벽하게 발표를 해낸 것 같다.

발표가 끝나고 테라스에 앉아 가을바람을 맞는다. 언제 이렇게 쌀쌀한 바람이 찾아왔지, 하는 생각과 동시에 **'매번 발전하는 사람이 되고 싶다, 매일 앞으로 더 나아가는 사람이 되고 싶다'는 생각이 아주 담백하게 밀려온다. 모두가 숨죽이고 결과를 기다리는 순간, 나는 내 스스로에게 다짐했다. 더 나은 사람이 되자. 어제보다 오늘 더.**

✳✳✳

그리고 오늘보다 내일 더 나은 사람이 되고 싶다. 여전히.

실전 PT 이야기 #34

90억 수주. 그리고 국가를 위해 나의 재능을 쓰고 싶다던 그 꿈을 조금은, 이룬 것 같다. 2015년에 있을 <광주 하계 유니버시아드>에서 아워홈이 식사를 제공하게 되었다. 170개 국가에서 찾아오는 외국인들을 직접 현장에서 맞이할 수 있는 것이다.

회사에 입사하고 큰 필드에서 나의 재능을 펼칠 기회를 계속 얻는다는 게 너무나도 감사한 밤이다. 대한민국에서 제일 유능하다는 스포츠 임상학 박사, 태릉 선수촌에서 영양을 담당하는 박사님들 앞에서 프레젠테이션을 하고 그들의 고개를 끄덕이게 만들었다는 것만으로도 가슴이 벅차다.

사실 금액 싸움이다 뭐다, 말이 많은 분야이기도 하지만 우리는 경쟁사보다 더 낮은 금액으로 수주에 성공했다.

담당 과장님이 회식에서 지난밤 팀장님과 한 이야기를 해주었다. 그 이야기를 듣고는 너무 감사했다. 더 열심히 해서 꼭 더 멋지게 앞으로도 잘 해내고 싶다는 마음이 들었다.

"우리는 금액도 낮고 도대체 무엇으로 이길 수 있겠느냐"는 말에 "우리에겐 자영씨가 있지 않느냐"라고 진지하게 다짐했다는 말이었다. 간절히 바랐고 열심히 준비한만큼 좋은 결과가 있어 다행이다.

"프레젠테이션 참 잘하셨습니다."

프레젠테이션 1시간 후 곧바로 선정발표를 하는 위원장님 입에서 이 말이 나오는데 어찌나 뿌듯하던지 말로 형언할 수 없었다. 이 일은 절대 포기하고 싶지 않다, 앞으로 더 멋지게 해낼 거다. 꼭.

***

누군가가 나를 믿어준다는 것. 그것만큼 큰 부담감은 없을 것이다. 하지만 그 믿음을 단순히 부담감으로 치환

하기엔 너무 아깝다. 그 믿음은 나에 대한 응원이자 지난 시간 나의 능력에 대한 인정이다. 그러니 그 누구보다도 내가 나를 믿고 그저 주어진 상황에 최선을 다하는 수밖에 없다. 내가 나를 믿어주는 것. 프로들의 세계에선 그게 가장 중요하다.

실전 PT 이야기 #35

대학교 시절 애니어그램 비슷한 성향 테스트를 한 적이 있다. 캄보디아 해외봉사 현장에서 즉각적으로 받은 나의 성향은 '나만의 기준을 가진 완벽주의자' 그리고 즐거움을 좇는 쾌락주의자였다. **이 말은 완벽주의 기질은 있지만 스스로 정한 기준에만 부합하면 만족하는 스타일이라고 했다.** 요즘 일을 하며 신기할 정도로 딱 맞는 이야기라는 생각이 들었다. 그리고 예전에는 내 스스로의 기준이 그리 높지 않았기에 웬만한 일에 거의 만족하면서 지내왔다. (물론 그래서 자신감도 동반 상승한 이유도 있다.) 그런데 프리젠터라는 직업이 나의 이런 성향을 조금 흔들어 놓는 듯 하다.

이제 PT 현장에서 청중의 눈빛, 표정, 끄덕임, 제스쳐만 봐도 나의 이야기에 집중하고 있는지 아닌지가 즉각적으로 판단된다. 이건 어떤 직감적인 느낌이어서 말로 다 설명할 순 없지만 이제 나의 프레젠테이션 성공 기준이 바로 '이 느낌'으로 정해지는 것 같다. 이 느낌은 미묘하지만 아주 명확해서 스스로에 대한 기준이 매우 높아졌다는 걸 확신할 수 있다. 청중과 제대로 된 느낌을 주고 받은 날은 나 스스로도 PT에 몰입했구나, 라는 생각을 가지고 아닌 날은 PT가 끝난 후에도 뭔가 기분이 찜찜하다.

신기하게도 이런 느낌은 내가 처음으로 청중과 인사를 나누는 순간 어느정도 예상되기도 한다. 오늘 PT는 그런 면에서 스스로 굉장히 뿌듯하고 만족을 느낄 수 있는 동시에 청중에게 만족을 주었다고 확신할 수 있는 발표였다. 새롭게 준비한 이벤트 반응도 좋았고 이야기하는 내내 연신 고개를 끄덕여준 담당자 덕에 발표를 더욱 매끄럽게 이어갈 수 있었다.

PT가 끝나자마자 전무님이 "와, 준비를 정말 많이 하셨네요"라며 흐뭇해 하신다.

사실 이 물건은 이미 내정자가 거의 정해졌다고 했다. 프리젠터로서 그런 말을 들으면 맥이 풀리기 마련이고 하기 싫어 지기 마련이다. 입사 초기에 그랬으니까. 그런데 이제는 이 무대 자체를 즐기고 싶다는 생각을 한다. 쉽지 않겠지만 마음가짐을 그렇게 가지고 "PT로 뒤집을 수도 있어!"라고 의도적으로 외치며 선배와 준비하는 것이다. 그리고 열심히 내 기준에 만족스러운 프레젠테이션을 하고 무대를 내려왔을 때, 속으로 생각했다.

내 자신과의 싸움에서 이겼다. 앞으로도 쭉, 무대 자체를 즐기는 프리젠터가 되고 싶다. 아니 그럴 거다.

＊＊＊

성공의 기준을 무엇으로 두는가가 행복의 척도에 많은 영향을 준다. 이전까지는 회사에서 정한 성과의 기준, 그러니까 수주(승리)를 했는가 못했는가였다면 이때부터는 나만의 프레젠테이션 성공 기준을 가지기 시작했다. 온전히 나에게 주어진 역할, 프리젠터라는 일을 즐기기 위해서다. 최선을 다해 무대 위에 서는 것. 내가 할 수 있는 건 그 것뿐이다. 그러니 나의 성공은 승리의 여부(결과)가 아니라 무대 위에서 청중과의 소통(과정)이다.

실전 PT 이야기 #36

어제 밤 12시까지 야근하고 아침 8시 40분 차를 타고 광주로 출장 가는 중. 나의 보조개는 점점 더 대단해지고 있다. 요즘엔 많은 회사에서 프레젠테이션에 시간을 많이 할애하지 않는다. 왜이리 10분 PT가 많은 건지. 해야 할 이야기는 많고(팀장님 입장) 시간은 짧고(내 입장) 내용은 명확하고 임팩트 있게 전달해야 하고. 스토리를 넣기엔 말할 시간이 부족하고 그렇다고 나열하기엔 지루하다. 제일 긴장되고 어려운 10분 프레젠테이션이 이번에만 3건이다. 이러한 이유로 10분 프레젠테이션은 평소보다도 더 긴장된다. 그리고 아직도 많은 사람들이 나에게 묻는다.

"아직도 프레젠테이션 할 때 떨려요?"

"네! 당연히 긴장하죠."

많은 사람들 앞에 서서 한 회사를 대표해 이야기하는데 긴장하지 않을 수 있을까. 그리고 약간의 긴장감이 더 멋진 프레젠테이션을 할 수 있게 도와준다. 몸도 어느정도 긴장해야 뇌가 지시하는대로 빠릿빠릿하게 반응하고 움직이는 것 같다.

오늘 PT는 반원형 테이블의 회의실에서 진행됐다. 반원형은 사람들의 소통을 가장 잘 이끌어낼 수 있는 효과적인 환경 중 하나이기에 좋아했는데, 사람들이 도무지 나를 보지 않는다. 각 자리마다 설치되어 있는 모니터 화면으로 우리의 발표자료가 송출되고 있었기 때문이다.

사람들은 이제 그 모니터를 뚫어지게 쳐다보는 것이 회사를 위한 일이라고 착각하게 된다. 매우 좋은 시설이라고 분명히 착각할 만한 그 모니터는 발표자와 청중의 시선을 가로막고 소통을 방해한다. 나는 발표하면서 수없이 "화면을 봐주시면 감사하겠습니다, 제가 직접 설명해드릴테니 화면을 좀 봐주시겠습니까?"라고 외쳐야만 했다. 어떤 상황에서도 최선을 다해 소통을 이끌어내는 게 프리젠터의 역할이라지만 오늘만큼은 너무나 세련되게 꾸며진 회의실이 원망스럽다. 그래도 화면을 봐 달라는 나의 간청 덕인지 몇몇 사람들은 나와 눈을 맞추고 고개를 끄덕이고 모니터가 아닌 무대의 화면을 보며 발표를 들었다.

✳✳✳

심사위원의 작은 행동도 놓치지 않으려 노력한다. 그 작은 행동들이 우리에게 어떤 시그널을 주기 때문이다. 만족스러웠는지 불만족스러웠는지 결과가 궁금한 우리들은 그런 작은 시그널에 매달릴 수 밖에 없다.

실전 PT 이야기 #37

우리에게 주어진 시간 10분, 심사위원들은 회장을 포함한 임원진 9명. 모두 연령대가 있는 편이고 남녀 분포는 비슷하다. 프레젠테이션을 준비하면서, 혹은 발표하기 직전까지도 내가 마음 속으로 수없이 되내이는 것이 있다.

"우리가 전달해야 할 컨셉은 무엇인가?"

밥의 본질. 밥의 본질은 무엇일까? 사람들에게 알려주고 싶었다. 그래서 감성적인 사진 한 장을 띄우고 이야기를 시작하고 싶었다. 내 마음 속에 있는 이미지, 이 사진을 찾는 게 정말 힘들었다. 사진을 보고 '하!' 할 수 있는 그런 톤, 매너, 스토리가 담긴 한 장이어야 했다. 내 욕심은 딱 1장으로 모든 것을 이야기할 수 있는 그런 오프닝이었다. 하지만 새로 찍지 않는 한 도저히 내 머릿속에 있는 사진을 찾을 순 없었다. 결국 1장을 추가하여 2장의 사진으로 메시지 전달했다.

분위기는 화기애애했다. 반원형 테이블에 앉아있는 모든 사람들이 아무런 편견없이 발표에 집중하고 있다. 나는 "오예, 나의 무대다!"를 속으로 외쳤지만 실수없이 단방에 사람들의 마음을 사로잡아야 하므로 완.전.긴.장 상태였다. 오랜만에 느끼는 심장의 쫄깃함이었다.

긴장될 때 내가 하는 주문! 그런 거 없다. 나는 주구장창 속으로 오프닝만 반복한다. 대부분 오프닝만 잘 넘어가면 나머지는 술술 풀린다. '진심을 꼭 전해야 해, 진심은 통할 거야!'라는 다짐이 주문이라면 주문일까.

나는 심혈을 기울여 준비한 오프닝을 완.벽.하.게 해내고는 속으로 '올레'를 외치며 더욱 자신감 넘치게 프레젠테이션을 이어갔다. 열심히 준비한 만큼 멋지게 해내고 무대를 내려오는 마음이란, 입가에 절로 미소가 퍼진다.

오늘의 교훈은 두 가지. **1. 경쟁사에 흔들리지 말자. 마인드 컨트롤은 스스로 하는 것. 발표할 때는 내가 제일 당당하다는 생각으로! 2. 진심은 통한다. 아무**

리 화려한 것이라도 '본질'을 따라올 순 없다. 진짜 마음, 그것을 전하자!

＊＊＊

입사 초반, 나에게 가장 큰 스트레스를 주었던 '오프닝 클로징 작성'이 이제 나에게 가장 큰 재미를 주고 있다. 열심히 준비한 내용을 청중들 앞에서 보여주는 그 순간이 참 좋다.

실전 PT 이야기 #38

왜 이렇게 긴장될까? 이상하네, 왜 그러지? 이제는 조금 편안한 마음가짐으로 프레젠테이션을 해왔는데 오늘은 이상하게 엄청 긴장됐다. 끝나고 이유를 생각해보니 담당자가 나에게 많은 기대를 하고 있었기 때문이란 생각이 들었다.

"경쟁사에서 그러던데 아워홈에서는 프레젠테이션을 그렇게 잘한다고. 재밌겠네, 기대할게요!"

무심코 던진 그의 말, 그는 진짜 이 입찰을 즐기는듯 보였고, 연신 웃으며 나에게 기대에 찬 눈빛을 보냈다. 이런 말을 듣고 부담 갖지 않을 사람이 있을까. 어깨 결림 스트레스를 견뎌내며 오늘 아침 리허설은 물론 어제 밤까지 정말 열심히 준비했다.

드디어 시작! 사람들에게 질문을 던지며 시작했다. 오늘 느낀 것은 사람은 누구나 자신에게 질문을 던지면 대답해야 한다는 압박을 느낀다는 것이다. 적어도 우리의 질문이 형식적으로 느껴지지 않는다면. 처음엔 분위기가 조용 조용, 다들 고개를 떨구고 있다가 내가 (질문)한 뒤 - (침묵) - (사람들은 무슨 일인가 고개를 든다) - 똘망똘망 쳐다보며 (대답을 기다리자) - 멋쩍게 (웃으며 대답)을 한다. 그래 이 거구나! 오늘 또 하나의 스킬을 얻어간다. 사람들의 마음을 열고 소통하는 건 그리 어려운 일이 아니었다. 컨셉이었는지 입 굳게 다물고 시크한 표정으로 앉아있던 담당자도 어느새 웃으며 대답한다.

자, 이제 청중은 더이상 듣기만 하는 사람이 아니다. 대답을 한 순간부터 프레젠테이션을 같이 만들어가는 참여자가 됐다. 그 뒤로 사람들의 고개가 계속 끄덕여진다.

나 스스로 먼저 감동하면 그 진심이 고스란히 전해진다. 나는 그렇게 믿어왔고 여전히 그렇게 행동하고 있다. 진심을 담아서 (누군가가 본다면 분위기 한껏 잡고) 클로징 멘트 마친 뒤 무대에서 내려왔다. 이 후련함! 무겁던 어깨가 깃털처럼 가벼워져 이제는 막 날아갈 것 같

다. 프레젠테이션이 끝난 뒤 담당자가 따라 나와 웃으면
서 엄지 두 개 척! 들며 말한다.

"프레젠테이션 진짜 짱!!" (약간 푼수셔)

돌아오는 길에 심사위원으로 들어오신 분과 마주쳤
다. 그리고 나는 이 분들에게 꼭 "잘 들어주셔서 감사하
다"고 이야기를 한다. 진심이다. 내 이야기를 잘 들어준
청중은 10분이건 20분이건 간에 기억에 남고 나의 이야
기에 동조해주고 힘을 실어준 게 너무 고맙다. 그리고
그분이 말씀하신다.

"내가 점수 제일 많이 줬어, 말을 너무 잘해서"

＊＊＊

<u>모든 것은 '사람'대 '사람'이 하는 일.</u> 현장에서 직접
적으로 대면하는 일이기에 현장에서 정말 다양한 사람
들을 만나고, 또 다양한 경험을 한다. 나는 이 다채로운
경험을 사랑한다.

실전 PT 이야기 #39

요즘엔 프레젠테이션 리뷰할 시간이 없을 정도로 무지막지하게 바쁘다. 연말 연초에 계약만료가 몰리는 덕에 우리는 새로운 계약을 따내기 위해, 또 우리의 재계약을 지키기 위해 수많은 프레젠테이션을 진행한다.

이번엔 재계약 프레젠테이션, 그리고 리조트라는 새로운 팀과 PT를 진행하게 되었다. 하루 전 급히 서울로 올라가 지사장님 앞에서 먼저 내가 준비한 프레젠테이션을 리허설한 뒤 회의에 들어갔다. 처음 진행하는 팀이기에 내용을 잘 몰랐고 나는 형식적인 리허설을 한 셈이다. **지사장님은 프레젠테이션은 좋으나 설득력이 없다고 했다.** 당연했다. 내용을 모르는 상황에서 추측만으로 프레젠테이션을 했기 때문이다. 우리는 장표를 한 장 한 장 넘기며 이 장표에 들어간 내용이 무엇인지, 왜 이런 제안을 하게 됐는지 그 안에 담겨 있는 '스토리'를 이야기했다.

드디어 실전 프레젠테이션. 진행 팀장이 우리에게 미리 언질을 준다. "프레젠테이션 중간 중간 회장님께서 질문하시니 질의응답 하실 분들은 모두 앞쪽에 앉아주십시오." 하지만 회장님은 나의 프레젠테이션 중간에 아무런 질문도 하지 않았다. 아니 하지 못했다. 왜일까?

우리가 수업시간에 선생님에게 질문할 때를 떠올려 보자. 궁금한 점이 생기면 바로 손들고 이야기하는 게 아니라 '질문할 때'가 언제인지 살핀다. 청중도 마찬가지다. 질문할 때가 언제인지, 이야기 중간의 틈을 찾는다. 하지만 나는 나만의 흐름을 갖고 끊김없이 이야기를 이끌어갔기 때문에 그 틈을 찾지 못한 것이다. 사실 프레젠테이션 중간에 질문이 들어오는 건 성가신 일이다. 청중의 집중도도 떨어지고 흐름도 끊긴다. 하지만 자신만의 완벽한 흐름을 지니면 청중은 쉽게 그것을 끊지 못한다.

나는 장표 하나하나의 내용보다 전체 의미의 덩이를 먼저 이야기한다. 예를 들어 "오늘은 ( ), ( )에 대해서 알아보겠고 그 중에서 가장 궁금해할 ( )부터 알아 보겠다"라고 큰 그림을 청중에게 먼저 심어준다. 그리고 하나의 주제에서 다른 주제로 넘어갈 때 어떤 이야기를 해야 하는지 정한다.

프레젠테이션이 끝나고 지사장님께서 엄지 손가락을 들며 "프레젠테이션 정말 완벽했어! 언제 혼자 스토리를 만들어 왔어?"라고 말씀하신다. 그때 나는 깨달았다. 사람들이 느끼는 스토리라는 것의 정체가 무엇인지를. **서정적, 서술적으로 기승전결을 가진 한 편의 영화 혹은 소설책과 같은 이야기가 아니라 전체 프레젠테이션의 개연성과 이론적 흐름만 가지고 있다면 사람들은 그것을 '스토리'라고 느끼는 것이다.**

이제 스토리에 대한 편견을 버리자! 스토리는 우리가 만든 흐름이고 이를 통해 전하는 전체 프레젠테이션의 서사이다.

***

이야기의 중요성. 그리고 비즈니스 스토리텔링에서의 이야기가 무엇인지, 처음으로 완벽하게 이해한 순간이다. 나는 이 프레젠테이션을 통해 하나의 이야기를 만든다는 것이 무엇인지 몸으로 습득했다.

실전 PT 이야기 #40

새로운 시장을 개척하는 개발팀, 그리고 그 시장을 실질적으로 운영해 나가는 운영팀의 관계는 복잡미묘하다. 경쟁이 심화된 시장에서 개발팀은 그야말로 '화려한' 제안을 하기 시작했고 그걸 이어받아 실행하는 운영팀은 개발팀이 가능하다고 호언장담한 제안을 실질적인 행동으로 해내야 한다. 그렇기에 같은 회사라도 서로 알지 못할 알력이 존재한다. 하지만 운영팀에게도 어김없이 프레젠테이션의 순간이 돌아온다.

과거 재계약은 '정(情)'과 '사람'을 강조해 보통 현장 내 매일 얼굴을 마주보는 운영 점장님이 프레젠테이션을 진행했는데 현재는 워낙 프레젠테이션 시장이 과열되고 경쟁이 치열해지다 보니 '정'으로만 호소해서는 타사 개발팀을 이겨내기에 버거운 것이 사실이다.

재계약 프레젠테이션은 일반적인 개발(제안)프레젠테이션과 다르다. 예를 들어 개발 프레젠테이션은 그저 "앞으로 ~하겠습니다."라고 말하면 되지만 재계약 프레젠테이션은 "~해서 이전엔 하지 못했지만 앞으로는 ~형태로 변화시키겠습니다."라고 전반적인 과거의 스토리를 알아야 설득력 있는 프레젠테이션이 가능하기 때문이다.

이번 프레젠테이션은 꼭 지켜야하는 물건이었고 그래서 본사에서 직접 상무님도 내려오시고 각 지역별 소장님들도 모두 참석했다. 와, 이렇게 운영팀이 다 모인 걸 본 건 처음이다! 긴장되는 상황에서 마지막에 나오는 나의 무기가 있다면, 바로 무대뽀 정신이다.

연습은 열심히, 최선을 다해서 하지만 현장에 가서는 '틀리지 말자, 잘해야 해'라는 생각보다는 '몰라. 이미 현장에 왔는데 그냥 하는 거지, 뭐! 하던대로만 하자'라고 생각한다. 사실이지 않은가? 이미 몇 분 뒤 발표인데 그냥 내 스타일대로 해버리는 거다. **이렇게 멋대로 마음먹고, 무대에 오르는 순간만큼은 아워홈이라는 한 회사를 대표해 말하는 무거운 부담감과 짐을 살포시 옆에 내려놓는 것 같다.**

프레젠테이션이 끝나고는 상무님께서 수고했다며 손수 음료수며 과자며 살뜰히 챙겨 주신다. 마치 손녀딸 대하듯이. 그제서야 휴, 한 숨이 놓이며 스스로 '수고했다, 오늘도!'라고 말한다. 그동안 먹고 싶어도 꾹 참았던 커피를 맘껏 즐긴다. 프레젠테이션 마치고 마시는 커피가 제일 맛있다.

＊＊＊

<u>연습할 땐 최선을 다해, 완벽하게 하고 실전 무대에서는 오히려 모든 것을 내려놓는 것. 누군가를 설득하려고 무대 위에 올라가는 것이 아니라 내가 가진 확신을 보여주려고 무대 위에 올라가는 것.</u> 프레젠테이션은 그런 것이다.

실전 PT 이야기 #41

사람마다 자신만의 고유한 말투, 보이스, 성향을 지니고 있어서 자신에게 가장 잘 맞는 말하기 전략이 있기 마련이다. 그런데 나는 어쩐지 유머가 잘 맞지 않는다. 어설픈 유머를 던졌다가 실패한 몇 번의 경험 덕에 애써 유머를 사용하지 않는다.

하지만 이런 나에게도 '유머가 필요한 시간'이 있다. 바로 기계 오작동의 순간이다! 프레젠테이션을 위해 만발의 준비를 했다 해도 뜻하지 않게 우리는 종종 당황스러운 상황과 마주한다. 그 중 하나가 바로 기계 오작동이다. 이번에는 프레젠테이션을 열심히 하고 있는데 어쩐지 포인터가 말을 듣지 않는다.

청중은 나만 바라보고 있고 컴퓨터로 다가가 다시 화면을 띄운다. 하지만 포인터는 다시 오작동한다. 띠로리 – 그 순간, 당신은 어떻게 대처해 나갈 것인가? 바로 유머이다. 센스 있는 말로 헤쳐나가야한다. 마침 그 장표는 우리회사에서 가장 자랑할 만한 장표였다. 나는 넉살 좋게 웃으며 말했다.

"아, 저희 회사에서 가장 자랑할만 한 장표여서 그런지 포인터가 더 보여주라고 말썽을 부리나봅니다"

사람들이 호탕하게 웃는다. 평소에 잘 안 통하던 유머도 신기하게 이런 순간엔 빵빵 잘 터져주신다. 다행이다. 오히려 이 헤프닝으로 분위기는 더 화기애애하다. 프레젠테이션이 끝나고 대리님이 말한다. "나같으면 당황해서 얼굴 빨개지고 그랬을텐데 자영씨는 아주 센스있게 잘 넘어가던데!" 다시한번 다행이라고 생각한다.

* * *

언제나 예기치 못한 순간은 의도하지 않은 순간에 찾아온다. 특히 기계의 오작동은 우리의 마음 같지 않다. 나는 회사를 대표하여 무대 위에 서는 사람이기 때문에 그 어떤 돌발 상황에서도 중심을 잃으면 안 된다. 내가 당황한 기색을 보이면 나를 보고 있는 수많은 사람들이 불안해지기 때문이다. <u>뜻하지 않은 돌발상황이 발생했다면 절대 웃음을 잃지 말 것.</u> '아무 것도 아니잖아'라는 듯이 미소를 띄고 사람들에게 말을 건넬 것.

실전 PT 이야기 #42

우리는 일을 뜨겁게 사랑하고
언제나 당당하며
항상 자유로운 가운데
책임과 명예를 소중히 여긴다.

프레젠테이션 하러 간 업체의 대기실에 써 있던 사훈이다. 기존 업체 VS 우리, 몇 번째로 프레젠테이션을 할 것이냐부터 미묘한 신경전이 시작된다. 사실 개인적으로는 첫 번째로 하는 걸 가장 선호한다. 사람들의 집중도가 가장 좋고 처음으로 무대에 서서 분위기를 완전히 내 것으로 장악해버리고 싶다. 하지만 상황에 따라 발표 순서도 전략적 선택이 필요하다. 기존 업체가 가장 많이 하는 것은 '정'에 호소하는 것. 아무래도 사람이 살아가는 곳이다 보니, 그동안 이어온 인연을 단칼에 끊는

게 힘들 수 있다. 그래서 이번 프레젠테이션은 마지막으로 하길 원했다. 다음 순번에 우리가 기다리고 있으면 시간을 초과해서 매달리는 일은 없을테니 말이다.

제비 뽑기로 우리가 마지막 순번을 뽑았다. 우리 시나리오대로 흘러간다. 이제 상대방의 프레젠테이션이 끝나면 우리가 멋지게 보여줄 일만 남았다.

보통 가장 흔한 PT 시간은 30분 (20분 발표 +10분 질의응답)이고 오늘도 역시 그랬다. 우리는 시작 5분 전부터 옷을 단정히 하고 회의실 문 앞에 서서 기다리기 시작했다. 째각째각, 시간이 흐른다, 10분. 어라? 길어지네, 또 10분. 우리는 그렇게 문 앞에 서서 30분을 기다렸다. 긴장의 30분. 서로 눈빛을 주고받으며 '팀웍'이란 이런 걸까 생각 한다. 애써 텅 빈 농담으로 긴장을 달래보는 대리님, PT 전엔 항상 의도적으로 더 밝게 웃으시는 팀장님, 그 외 팀원들! 하나의 목표를 가지고 평가받기 위해 기다리는 자리. 내 심장이 가장 쿵쾅거리고 쫄깃해지는 자리. 내가 제일 좋아하는 순간!

기존 업체다 보니 이런저런 할 이야기가 많은가 보다. 살짝 언성이 높아진 경쟁사 발표자가 우리 회사 이름까지 언급하며 무어라 이야기한다. 타사를 비방하는 네이티브는 가장 안 좋은 방법인데.... 저 분은 '고수'가 아니구나, 속으로 생각했다.

쾌나 날카로운 질문이 오간 듯한 발표장, 다소 경직된 심사위원들의 표정. 나는 일부러 환하게 웃으며 분위기 전환을 시도한다. 프레젠테이션을 마치고 질문을 기다린다. 질문은 모두 우리가 예상했던 부분에서 나왔다. 그러던 중 갑자기 한 사람이 "저희를 잘 분석해서 제안해 오신 것 같아서 준비 안 한 내용을 물어 볼게요."라며 돌발질문을 한다. 그런데 그 돌발질문마저 우리의 예상질문에 있던 내용이다. **역시 완벽한 준비가 완벽한 프레젠테이션을 만든다.**

PT를 마치고 나오는데 담당자가 웃으며 이야기한다. "프레젠테이션에 모두들 압도당하신 거 같은데요?" 돌아오는 길에 대기실에서 읽고 인상깊어 찍어 두었던 그 회사의 사훈을 다시 본다. '일을 뜨겁게 사랑하고' 특히 이부분이 와 닿는다. 계속해서 내 일을 뜨겁게 사랑하고 싶다.

* * *

함께 마음을 모아 어떤 일을 준비한다는 것은 꽤나 깊은 마음을 나누는 일이다. 그렇게 자주 보고 호흡을 맞추다 보면 굳이 말하지 않아도, 눈빛만 보아도, 서로의 마음을 알 수 있는 지경이 된다. 진정한 '팀'이 되는 것이다.

"

프레젠테이션의 가장 큰 묘미는 '현장성'이다.

현장에서 함께 공기를 나눈 사람만이

알 수 있는 우리만의 맥락이 있다.

우리만 알 수 있는, 지금이 아니면

다시 돌아올 수 없는 현장의 냄새.

긴장감 넘치는 공기 속에

서로를 바라보고 숨 쉬고

마음을 나누는 그 순간을 사랑한다.

"

2015년 약 2년 간의 청주 생활을 마치고 서울 본사로 발령을 받았다. 나는 알고있다. 청주 생활, 그 외딴 곳에서 얻은 불안감과 고독이 나를 얼마나 성장시켰는지. 늘 그 시간을 떠올리며 그때보다 나태해지지는 않았는지, 스스로 부끄럽지는 않은지, 내가 가진 신념을 잘 지켜가고 있는지 돌아보게 된다.

차이 差異

다른 한 끗을 만들다.

(2015 ~)

그동안 나의 시야는 '나'에 갇혀 있었다. 일단 나에게 주어진 역할을 잘 해내고 싶은 마음이 컸다. 회사에서 내 존재의 필요성을 의심하는 사람들에게 납득이 될 만한 나의 쓸모를 증명해내야 했다. 나의 본업이 '경쟁 프레젠테이션'인 만큼 늘 경쟁 속에 긴장감을 안고 있는 날들이 이어졌다. 치열한 상황 속에서 살아남기 위해서는 내가 제일 잘할 수 있는, 그래서 나만이 할 수 있는 무기가 절실했다. '자연스러움.' 누군가가 무심코 나에게 했던 칭찬에 집중했다. '자연스러움'이란 뭘까 고민하기 시작했다. 시간이 흐르고 나에게 갇혀 있던 시야는 점차 넓어졌다. 프레젠테이션하면서 실수하지 말아야 한다는 생각이 사라지고 나의 이야기를 듣는 사람들의 표정이 보이기 시작했다. 그들의 반응이 이제 가장 중요한 성공의 척도가 되었다. 긍정적인 변화였다. 내 이야기를 듣는 사람들이 보이고, 함께 이야기를 만드는 사람들이 눈에 들어왔다. 절대 혼자서는 이룰 수 없는 것들. '팀'의 중요성을 절실하게 깨닫는 날들이 이어졌다. 혼자가 아닌 함께 이룬 성과. 경쟁사와는 다른 한 끗을 만드는 우리만의 방법을 만들어 가기 위해 노력했다.

2015년 1월 ~
서울 본사 발령, [그 시작의 글]

"희망, 그 낭만적 인생관이야말로 그가 가진 탁월한 천부적 재능이었으며, 지금껏 그 누구도 갖지 못했고 앞으로도 그러할 성질의 것이었다."

제일 좋아하는 『위대한 개츠비』의 글귀를 보며 하루하루, 꿈을 키워오던 청주 생활을 접고 서울 본사로 발령을 받게 됐습니다. 서울에서의 생활을 접고 청주로 가기 전 포기해야 했던 많은 것들, 그리고 뒤쳐지지 않기 위해 더욱 정신을 바로잡아야 한다고 스스로를 다독이던 시간을 지나, 인생에서 가장 중요한 시절 여유로운 나만의 공간에서 스스로를 돌아보는 시간을 가진 것에 감사했던 나날이었습니다. 사실 아나운서 타이틀을 버리고 왜 굳이 청주까지 가냐며 말리는 분들도 많았습니다. 하지만 어디에 있든지 간에 나만의 신념이 있으면 된다고, 스트레스로 난생처음 겪는 위염까지 얻으며 '감성'보다는 '이성'을 택했던 제 자신에게 이제는 조금 더 당당할 수 있을 것 같습니다. 막상 떠나려니 아쉽습니다. 청주에 살면서 한 번도 가보지 못한 장소가 못내 아쉽습니다. 저도 모르게 청주의 여유로운 생활과 사람들에게 정을 붙였나 봅니다. 가끔은 한 여름 밤의 꿈처럼 젊은 날 나의 열정을 쏟아 부었던 '청주'라는 도시가 떠오를 것 같습니다. 서울에서 더 멋진 꿈, 그동안 그려왔던 많은 것들 실현할 수 있도록 열심히 달리겠습니다! 그동안 못 만난 사람들부터 좀 찾아 뵙고 인사 좀 드려야겠어요.

꿈은 현실의 씨앗이다.

그리고,

꿈은 이루어진다.

실전 PT 이야기 #43

새해 첫 프레젠테이션! 한 달 동안 주말없이 일해가
며 준비한 TFT 프레젠테이션을 마쳤다. 마라톤을 마치
고 들어온 기분이다. 너무 오랫동안 준비한 탓일까 이상
하게 달달 외워지던 오프닝과 클로징 멘트가 입에 붙지
않는다. 그래서 일부로 스스로 몸을 더 긴장시켜본다.
약간의 긴장은 더 완벽한 프레젠테이션을 만드는 법이
니까.

제한 시간 10분, 오프닝을 아예 하지 말고 내용을 조
금이라도 더 말하라는 의견도 있었지만 우리의 '요지'를
임팩트 있게 전달할 오프닝을 절대 포기할 순 없었다.
짧지만 강렬하게, 오프닝을 시작하자 심사위원 10명 중
4명이 고개를 든다.

호소력 있는 목소리란 뭘까?

중요한 부분은 강조하고 짚을 부분은 명확하게 짚고 발음은 정확하되 딱딱하지 않으며 말 속에 감정을 담아 그 말 자체가 살아있어야 한다. 글씨를 쓸 때 예쁘게 쓰려고 글자 모양에 집중하면 그 의미를 떠올릴 수 없듯이, **말할 때에도 '어떻게 말을 할까'보다는 '어떤 의미일까'에 집중해야 한다.** 그래서 심사위원들의 얼굴을 보며 전달하려는 말의 의미에 집중하려고 노력했다. 속으로 '나는 지금 굉장히 호소력 있는 말을 하고 있습니다!'를 외치며.

"잠시, 화면에 집중해 주시겠습니까?"라는 말을 던졌지만 이미 모든 심사위원이 고개를 들고 내 프레젠테이션을 '보고' 있었다. 귀로 듣는 것이 아니라 눈으로 보는 프레젠테이션. 가슴이 벅차 오른다. 처음 10명 중 8명이 고개를 떨구고 있었는데 마지막엔 모두 자료를 제쳐두고 나를 바라보고 있다.

10분이라는 프레젠테이션은 여전히 어렵다. 짧은 시간이라는 압박감에 속도조절을 하기가 쉽지 않기 때문이다. 정확히 9분 58초. 촉박한 시간을 이겨내고 호소력 있는 프레젠테이션을 하는 한 가지 팁은 가장 강조해야 할 부분을 정하고 그 부분은 의도적으로 천천히 하는 것이다. 그럼 감정전달도 더 쉽고 저절로 강조가 된다.

2015년 새해 첫 프레젠테이션아, 반갑다! 2014년 12월 한 달을 고생한 프로젝트야, 잘 가!

***

캘리그라피를 배운 적이 있다. 붓 펜으로 좋은 글귀를 정성스레 눌러쓰면 마음이 정화되는 기분이 좋았다. 그런데 자칫 글씨체에 집중하다 보면 내가 지금 글자를 쓰는 건지 그림을 그리는 건지 헷갈릴 때가 있다. 그러다가 종종 오타가 생긴다. 의미를 생각하지 않고 모양만 봤기 때문이다. 말하기도 똑같다. <u>말을 예쁘게 하는 것이 아니라 그 의미를 정확하게 전달하려고 노력해야 한다.</u> 말하기 스킬이 아닌 그 의미에 집중하면 자연스레 그에 맞는 목소리 톤과 성량이 찾아오기 마련이다.

실전 PT 이야기 #44

서울로 발령을 받고 새로운 팀과 함께 진행하는 첫 번째 프레젠테이션. 잘하고 싶었다. 하지만 목감기가 괴롭힌다. 다시 본가로 들어가는 이사 준비에 먼지를 옴팡지게 먹었더니 목감기에 덜컥, 걸려버렸다. **히터 앞에 서면 콜록, 콜록. 쉴 새 없이 생강차를 홀짝이고 한 시도 목이 마르지 않도록 한다.** 다행히 이렇게 열심히 목을 관리한 결과, 감기는 빠른 속도로 떠나갔다. 다시 명랑한 목소리로 프레젠테이션을 할 수 있었다. '귀에 쏙쏙 들어오는 집중력 최강 프레젠테이션'이라는 말을 들었다. 긴장이 한 순간에 풀어지고 노을 지는 하늘을 바라본다. 스르륵, 하늘도 내 마음도 녹아 내린다.

＊＊＊

늘 잘하고 싶은 순간에는 너무 긴장한 탓인지 자주
아팠다. 그 덕에 아픈 몸을 빠르게 회복하는 나만의 방
법이 생겼다. 일을 잘할 수 있는 몸상태를 만드는 것.
프로의 가장 기본적인 자세다.

['목 감기' 관리하는 방법]

▶ 스카프로 목을 계속 두르고 **따뜻하게** 해준다.

　잘 때도 꼭 두르고 잔다!

▶ **생수에 파뿌리, 생강, 대추**를 넣고 팔팔 끓여 마신다.

　기침 멈추는데 명약이다.

▶ 텀블러를 들고 다니며 **수시로 따뜻한 물**을 마신다.

　생수보다는 보리차나 옥수수차를 추천한다.

▶ 입 안에 건조해지는 **커피나 녹차 그리고 카페인**이 포함된

　홍차류는 마시지 않는다.

▶ '흠흠' 하면서 목에 무리를 주는 헛기침은 최대한 참는다.

　헛기침은 목에 치명적 상처를 남기므로 절대 하지 않는다.

　기침이 멈추지 않는다면 사탕을 먹는다.

실전 PT 이야기 #45

프레젠테이션을 하면서 기계 오작동만큼 당황스럽고 원망스러운 상황도 없다. **언제 어떻게 일어날지 모른다. 사전에 철저히 준비한다고 해도 돌발상황은 발생한다.** 기계 오작동 중 자주 발생하는 것이 바로 포인터 실수다. 돌발상황을 방지하기 위한 최상의 포인터 사용법은 무엇일까? 여기 나만의 포인터 사용법을 기록한다.

***

종종 사람들이 나에게 어떤 포인터를 사용 하냐고 물어본다. <u>나는 기능이 단순해 사용법이 편리하고 크기가 작은 것을 선호한다.</u> 내 손 안에 쏙 감춰질 수 있어 청중에게 포인터를 숨기고 자유자재로 프레젠테이션을 할 수 있다.

[스토리젠터가 알려주는 '포인터' 사용법]

① 터치 감도가 너무 좋은 포인터는 좋지 않다.

터치 감도가 너무 좋으면 장표가 나도 모르게 몇 장씩 한꺼번에 넘어간다. 그럼 다시 몇 장 앞으로 넘겨서 진행해야 하는데 전체 흐름이 뚝 끊기는 불상사가 발생한다. 잘 넘어가는 포인터보다 차라리 잘 안 넘어가는 포인터가 낫다.

② 기능이 단순한 것을 선택하라.

실제로 발표를 할 때 사용하는 기능은 '앞으로'와 '뒤로' 정도이다. 때때로 포인터 내에 '쇼 마치기' 혹은 '처음으로 가기' 등의 버튼이 있는데 이는 오히려 실수를 유발하는 기능이므로 좋지 않다. (물론 충분히 숙달되면 상관없지만 그래도 우리는 '만약'이라는 상황에 항상 대비해야 한다.)단순한 기능은 오히려 프리젠터가 자유롭게 포인터를 다룰 수 있게 만든다.

③ 항상 건전지 상태를 확인한다.

프레젠테이션하다가 갑자기 포인터가 작동되지 않는 경우가 종종 있다. 이 상황만큼 프리젠터도 청중도 당황스러운 상황은 없을 것이다. 평소에도 쉽게 건전지 상태를 확인하는 방법은 레이저빔을 쏴 보는 것이다. 빛의 밝기에 따라 건전지의 상태를 체크할 수 있다.

④ 포인터 잭은 발표 10분 전, 컴퓨터에 장착한다.

컴퓨터가 외부 입력기인 포인터 잭을 인식하는 데는 어느 정도의 시간이 걸린다. 컴퓨터의 성능에 따라 인식하는 시간도 천차만별이다. 원활한 오프닝을 위해서는 미리 컴퓨터에 포인터를 인식시켜서 작동을 활성화해야 한다.

실전 PT 이야기 #46

보령까지 나를 부른 이유, 프레젠테이션을 시작하고 인사말을 던지자 마자 알 수 있었다. **팀장님이 나를 부른 이유는 심사위원들에게 '정성, 열정, 의지'를 눈으로 보여주려는 전략이었다.** 굳이 나를 소개할 때 본사에서 왔다고 이야기를 한다. 보통은 일부러 본사 지원이라고 말하지 않는다. PT만 하고 사라질 사람으로 보일 수 있기 때문이다. 하지만 이번엔 달랐다. 우리 회사는 본사에서도 이만큼 신경 쓰고 있다, 손익이 나지 않아도 이 물건은 놓칠 수 없는 소중한 전사적 차원의 전략적 물건이다, 등의 의지표현이기 때문이다.

최근 내 프레젠테이션의 가장 큰 강점이 첫 인사말이라는 걸 깨달았다. 가장 짜릿한 순간, 청중과 처음으로 대면하는 그 인사 시간. 데면데면한 공기 속에 인사말을 '던진다'. 말 그대로 내 말을 그 공기 중에 흩뿌린다. 그

만큼 무언가 힘이 있는 목소리로 청중에게 '이제 시작합니다'라고 확실히 알리는 순간이다. 진심을 가득담아, 심사위원 한 명 한 명을 눈으로 지장을 찍듯이 지긋이 바라보면서 말이다.

그렇게 인사말을 던지자 중앙에 앉아있는 위원장님과 옆에 있던 처장님이 웃으며 소근거린다. "아 이렇게까지 프레젠테이션 준비 열심히 안 하셔도 되는데..."

우리의 전략이 통했다. 팀장님은 끝나자 마자 "멀리까지 와줘서 너무 고맙다고, 자영씨 프레젠이션은 따라갈 사람이 없다"고 말하며 나의 피로를 사르르 녹여주었다.

＊＊＊

이 한 마디면 됐다. 나는 이 한 마디를 듣기 위해 전국 어디든 기쁜 마음으로 달려갔다. 말 한 마디의 힘이 얼마나 큰지, 나는 그렇게 푸짐하고 따스한 마음의 밥 한 공기 먹고 서울로 돌아온다.

실전 PT 이야기 #47

프레젠테이션 시작 전, 대기실. 서로의 눈을 바라보
며 우리의 순서를 기다리는 시간. 아무리 껄끄럽던 사이
라도 이 순간을 함께 겪어내고 나면 어쩐지 모를 연대감
이 생겨난다. 우리는 '한 팀'이라는 연대감.

"자영아, 너만 믿는다"

팀장님이 웃으며 말한다. 15분의 제한 시간, 장표는
40장. 시간도 충분하다. 담당자가 말한 것 이외에도 강
조할 수 있는 부분은 충분히 말하고 나와야지, 속으로
다짐한다. 프레젠테이션이 시작된다. 나는 오프닝에서
질문을 던진다. 많은 사람들이 무대 위에서의 질문은 기
교나 형식이라고 생각해서일까 혹은 수동적으로 듣는
것에만 익숙해져서일까 질문을 던져도 대답해 줄 생각

이 없다. 그저 시큰둥하게 앉아있다. 대부분 '발표자가 알아서 질문을 던지고 곧 답하겠지'하는 생각을 가지고 있는 것 같다.

하지만 나는 침묵. 그들의 답을 기다린다. 어색한 정적. 시간이 흐른다. 모두가 나를 바라보고 있다. 그래서인지 무대 위에서의 짧은 5초의 찰나가 마치 10분이나 지난 듯 길게 느껴진다.

하지만 난 계속해서 침묵. 그들을 서로를 번갈아 가며 본다. 이제 청중은 자신이 무언가를 답해야 한다는 사실을 알았다. 일종의 압박을 받기 시작한다. 정말 신기하게도 그 짧은 찰나에 이 모든 일이 일어난다. 드디어 정적 속에 한 명의 심사위원이 침묵을 깼다. 어색한 대답이었지만 청중의 대답은 언제나 웃음을 이끈다. 그리고 무의식중에 아마도 그 심사위원은 이 프레젠테이션에서 자신이 어떠한 역할을 했다고 느낄 것이다. 대답을 하기까지의 침묵과 소통이 '함께'라는 느낌을 만들어 낸다.

"잠시 대기해 주세요, 결과는 바로 나옵니다."

우리가 준비한 시간을 마치고 돌아가려다 발길을 멈춘다. 프레젠테이션을 마친 자리에서 즉석으로 내리는 평가. 어쩌면 현장의 공기가 가장 평가에 많이 반영되는, 제일 공정하다고 생각하는 프레젠테이션 현장. 한 20분 정도 시간이 흘렀을까, 평가 위원이 들어와 이야기한다.

"아워홈이 선정됐습니다!"

* * *

프레젠테이션의 관건은 늘 청중을 어떻게 능동적으로 참여 시키는가이다. 청중을 참여시키는데 가장 좋은 방법 중 하나가 바로 '침묵'. 무대 위에서는 꽤나 두려운 기술이지만 대화라고 생각하면 하나도 어렵지 않은 기술.

실전 PT 이야기 #48

오늘 2시 프레젠테이션 예정. 하지만 오늘 오전 10시가 되어서야 최종 발표본이 나에게 전해졌다. 담당자는 중간에 계속 수정본을 보면서 연습을 하라고 했지만 그렇게 하면 집중도 안되거니와 바뀔 장표를 대상으로 멘트를 짜면, 어차피 사진이나 그림이 바뀌면서 다시 멘트를 짜야 하므로 여간 피곤한 일이 아니다.

이상하게 몸도 무겁고 피로한 하루. 잠만 오고 정신은 몽롱하고, 아침부터 초콜릿 한 개를 뚝딱 먹어버리고 돌아오지 않는 정신을 붙잡으려 대기하면서 커피까지 마셔버렸다. 혹시나 했는데 역시나. 이런 날은 더더욱 커피를 피해야했건만.

부족한 연습으로 멘트는 매끄럽지 못했고 몽롱한 정신에 커피까지 접한 내 혀는 맥을 못 추고 자꾸 새어 나간다. 혀가 맥을 못 추는 그 순간, 갑자기 정신이 번쩍

156

든다. 순간 땀이 삐질, 더욱 천천히 발음 하나하나에 힘 주어 가며 프레젠테이션을 무사히 마쳤다.

역시 사람에게 가장 큰 독은 자만이라고 했던가! 실제로 프레젠테이션을 들은 사람들은 "PT 진짜 잘 하시네요, 기상 캐스터가 온 줄 알았어요", "부장님이 원래 진짜 까칠하신데, 저런 모습은 처음 봅니다!"라고 말했지만 정작 내 자신은 저 말을 들으며 창피할 정도로 평소 수준보다 현저히 못했다. 사람들이 좋게 들어주어 다행이지, 만약 PT가 끝나고 분위기가 안 좋았다면 '더 잘 할 수 있었는데...'라며 혼자 엄청난 자책을 했을 것이다. **이래저래 힘든 상황이긴 했지만 어쨌든 가장 마지막에 프레젠테이션을 책임지는 사람은 '나'이다. 그 누구도 도와줄 수 없다.** 무대에 서는 순간 나 혼자 이 시간을 이끌어가야 한다. 그러니까 프로정신을 잊지 말자.

**

나를 너무 믿지 말자. 프레젠테이션의 질은 연습의 양과 비례한다는 진리도 잊지 말자. 나는 창피함을 아는 사람이기에 늘 성장할 수 있었다는 사실도.

실전 PT 이야기 #49

짜증이라는 단어는 듣기만 해도 이상하게 심기를 불편하게 한다. 그래서 싫어하는 단어 중 하나인데 오늘은 아침부터 이 단어를 쓸 수밖에 없었다.

프레젠테이션을 완벽하게 잘 해내기 위해서는 충분한 내용 숙지와 연습이 선행되어야 한다. 그런데 목요일 오전에 주기로 했던 자료는 목요일 저녁이 되도록 완성되지 않았다. 시간이 부족한 것도 아니었다. 그래, 그럼 한 발 양보해서 금요일 아침에 일찍 와서 완성된 자료를 함께 보고 최종 연습을 하고 9시에 리허설을 하기로 했다. 하지만 아침에 확인해보니 메일은 와 있지 않았다. 화가 났다. 하지만 곧 별 도리가 없다는 걸 깨닫고는 스스로를 다독였다. 아주 중요한 물건이었으면 이렇게 급하게 진행하진 않았겠지, 마음을 비우자. 마음을 비우고 그냥 평소처럼 내 방식대로 하자. 그냥 부담 없이 하자. 이야기를 하고 오자.

마음을 비우고 나니까 '잘해야 한다는 부담감'으로 생겨났던 짜증이 '잘하고 싶다는 열정'으로 스르륵 변화하는 걸 느낀다. 오전 8시 반부터 오후 10시반. 2시간의 연습시간 동안 최선을 다해 연습한다. 연습을 하고 나니 아침에 밀려왔던 짜증이 어느새 다 해소되어버렸다.

3개 업체의 프레젠테이션이 모두 끝나고 담당자에게 전화가 왔다. 팀장님이 "PT 아워홈이 제일 잘했대! 비교가 안될 정도로"하며 결과가 기대된다고 했다.

잘하고 싶은 욕심, 기대에 부흥하고 싶은 마음, 그런 것 보다도 중요한 것은 첫 번째, 부담감을 내려놓는 것. 그리고 순수하게 나의 열정과 마주하는 것. 오늘도 깃털과 같은 마음을 안고 집으로 간다.

***

나는 최선을 다하고 싶지만, 여러모로 상황이 받쳐주지 않을 때가 있다. 사실 비즈니스 현장은 늘 치열하고 쉽지 않은 것이 현실이다. 그 힘든 현장에서 나는 늘 최고의 퍼포먼스를 내고 싶다는 욕심을 낸다. 그리고 나는 이 욕심이 순전히 내 안에서 솟아나오는 순수한 열정이길 바란다. 누군가에게 잘 보이고 싶은 마음이 아니라, 내 스스로에게 창피하고 싶지 않아서. 나 스스로에게 증명해내고 싶어서, 나는 오늘도 열심히 일한다.

실전 PT 이야기 #50

"어차피 질 싸움이야. 힘 빼지 말자."

전쟁에서 이기고 지는 것은 누가 판단하는가? 이 판단은 어떤 근거를 가지고, 어떤 경험을 통해 이루어 지는 것인가? 이 판단이 옳다고 확신할 수 있는가? 경험 상, 이런 말이 오고 감의 대부분은 '촉'이다. 근거 없는 촉. '저 진행하는 담당자의 태도가 시니컬 하다'는 둥 '너무 빠른 시간 안에 속전속결로 입찰이 진행된다'는 둥. 그리고 이런 촉은 경험이 많을 수록 강해진다. 오늘도 역시나 우리들 사이에 이런 말이 오고 갔다.

하지만 프레젠테이션을 하러 들어가 인사를 하니, 심사위원들의 눈빛이 심상치 않다. 조금 더 힘을 주어 설명을 했다. 고개를 들어 관심을 보이는 부분에선 부연 설명을 강화했다. 발표를 마치고 질의응답을 진행하는데 '아차' 싶었다. 우리가 예상했던 것보다 훨씬 더 질문이 많았다. 그만큼 관심을 보인다는 뜻이다. 내정자가 이미 있을 거라는 말에 나태했던 내가 미워지는 순간이다.

가장 두려운 것은 '아무 것도 알 수 없는 불안함'이다, 라는 말이 있다. 영업이나 프레젠테이션이 어려운 이유는, 매 순간 이 불안함과 함께하기 때문이다. 누군가가 말하는 편견과 싸워야 하고 그동안 경험해왔던 나와 싸워야 한다. 그러니, 싸움의 대상을 외부에 두는 것보다 "나 스스로에게 창피하지 않을 만큼의" 내부에 두는 게 나을 때도 있다.

초심자의 행운이라는 말이 있다. 어쩌면 한 초심자는 '처음이라서' 최선을 다할 테고 처음이라서' 촉도 없기에 전력을 다할 것이다. 어쩌면 모두가 내정자가 있다며 (혹은 이미 자신들로 알고 '내정자'마저) 나태해져 있을 때, 홀로 최선을 다하는 감동으로 사람들의 마음을 움직였을지도 모른다. "어차피 질 싸움"은 없다. **세상 모든 것이 그렇듯, 싸움은 붙어봐야 아니까.**

실전 PT 이야기 #51

상대방에게 마음에 드는 선물을 하는 것. 어른이 되고 나서야 어려운 일이란 걸 깨닫는다. **상대방이 어떤 상황인지, 현재 원하는 것은 무엇인지, 어떤 성향인지 알아야 하고 이를 바탕으로 종합적으로 고민해본 뒤에 적절한 타이밍에 부담스럽지 않게, 딱 기분 좋게 받을 무언가를 주는 것이니까.** 상대방에게 딱 맞는 선물을 하는 것은 그만큼 상대방에 대해 많이 생각했다는 뜻이기도 하다.

고르기 매우 힘들지만 상대방의 상황에 대해 고민하고 공감할 수 있는 무언가로 기쁨을 전달하는 것. 어떤 의미에서 프레젠테이션 오프닝은 선물과 같다. 누군가에게 선물하는 마음을 떠올리면 비즈니스 프레젠테이션에서 어떤 이야기로 '시작'해야 하는지 알 수 있다.

1) 누구나 한 번쯤 있을 법한 소중한 경험

2) 그들이 처한 상황 (직군, 직업, 직무 등)에서 가장 중요하게 생각하는 것

3) 항상 그들의 주변에 있고 관심사인 것

4) 들으면서 기분이 좋아지고 은근히 어깨가 으쓱해지는 것

    아주 기발한 아이디어로 거창하게 시작하는 것도 좋겠지만 그동안의 경험을 생각해봤을 때, 적어도 위 네 가지 예시처럼 잔잔하게 공감을 줄 수 있는 오프닝이 가장 좋은 반응을 이끌어 냈다. 그리고 오늘 프레젠테이션에서는 오프닝을 하면서 상대방에게 훈훈한 미소와 공감을 준 것 같아 나름 뿌듯했다. 어릴 적 선물을 무척이나 못 고르던 나도 이제는 제법 상대방에게 맞는 좋은 선물을 고를 수 있을 거 같다.

* * *

    누군가의 안녕을 빌거나 누군가의 행복을 빌거나, 나의 진심을 상대방에게 가 닿길 바라는 마음. 그 마음으

로 우리는 상대방에게 선물을 한다. <u>비즈니스에서도 그</u>
<u>'마음'이 중요하다.</u> 이 마음이 없이는 진정성 있는 이야
기를 만들어낼 수도 할 수도 없다.

실전 PT 이야기 #52

'프로'라면 자신의 컨디션은 스스로 조절할 줄 알아야 한다. 그것도 능력이다. 이 날은 컨디션 조절에 실패한 듯했다. 비 오는 아침, 기분도 뭔가 꾸물거리는게 몸도 무겁다. 자료를 늦게 받아-사실상 아침에 받아- 오전에 너무 열심히 연습을 했다. 실제로 PT 당일엔 리허설을 너무 많이 하지 않는 것이 좋다. 실전을 위해 힘을 아끼는 것이다. 그런데 점심도 못 먹은 채 대기 시간조차 길어졌다. 지칠대로 지친 상태에서 그래도 정신 꼭! 붙잡고 프레젠테이션에 들어갔다고 생각했는데 아뿔싸, 집중력이 떨어졌다.

스스로 내 말투는 적절한가, 청중의 저 표정은 무얼 의미하는가, 라는 생각이 든 순간 정신이 번쩍 들었다. 프레젠테이션 하면서 잡생각이라니! 주제에 완벽히 몰입하지 못한 것이다. 그리고 순간 기계적으로 말하고 있는 나를 느낄 수 있었다. 말에 '진심'이 빠진 거다.

나는 마음을 다잡으려고 노력했다. 주제에 몰입하려고 형식은 버려 두고 '내용'만 생각했다. 분위기 전환을 위해 적절한 때에 자리를 이동하면서 다시한번 마음을 가다듬고 한 마디, 한 마디 더 정성을 담아 프레젠테이션을 마쳤다. 하지만 아쉬웠다. 아쉬움에 자꾸만 반성하게 됐다.

컨디션 조절도 나의 능력, 나의 몫이라는 걸 잘 알면서도 어느새 등한시했다. 스스로 만족하는 프레젠테이션이 이어질 때쯤 한 번씩 이런 깨달음이 찾아온다. **노력은 결코 배신하지 않으며 절대 거짓말을 하지 않는다.**

***

이렇게 집중력이 떨어지고 체력이 힘에 부칠 땐, 조금 쉬어 가는 것도 좋다. 나를 너무 몰아 부치면 무엇이든 지속할 수 없다. 지속 가능성, 요즘은 이 다섯 글자가 내 삶에서 아주 중요한 키워드다.

실전 PT 이야기 #53

미켈란젤로가 시스티나 예배당의 천장 프레스코화를 그릴 때, 한 사람이 와서 말했다. "자네, 그렇게 구석진 곳에 있는 그림을 뭘 그리 열심히 그리나? 누가 알아 봐준다고. 그냥 대충 그리지." 그러자 미켈란젤로가 말했다.

"내가 알지."

가끔 프레젠테이션을 준비하면서 '와 정말 이렇게까지 할 필요가 있을까?'라는 생각이 들 때가 있다. 그 때마다 나는 최선을 다하는 팀원들에게서 프로의 향기를 느낀다. 누가 알아주지 않아도 자신의 일에서 만큼은 자부심과 철학을 가지고 있는 사람.

내가 생각하는 '프로'라는 단어의 의미이다. 프로들의 세계에서는 이 마인드가 많은 것을 결정 짓는다. 그리고, 나는 이미 프로들의 세계에 들어와 있다는 것을 잊지 말자.

**

프로들의 세계에서는 프로답게 굴어야 한다. 이미 프로들의 세계에 들어왔다면 더 이상 아마추어처럼 굴면 안 된다.

실전 PT 이야기 #54

‘테이블 PT’. 테이블에 앉아 조금 자유로운 분위기 속에서 수시로 질의응답을 하며 진행하는 프레젠테이션이다. 너무 딱딱하게 발표하듯이 하면 진정성이 전달되지 않고 너무 풀어지면 전문성이 없어 보인다. 부드럽게, 좀 더 자연스럽게 이야기를 끌어 나가는 것이 ‘테이블 프레젠테이션’의 핵심이다.

하지만 오히려 앉아서 진행하는 프레젠테이션이다 보니 상대방의 눈을 마주치기가 쉽지 않다. 이미 심사위원들은 각자의 자리 앞에 놓여진 자료에 마음을 빼앗겨 버린 듯 했다. 눈으로는 자료를 귀로는 설명을 들으려는 심보다. 내가 제일 싫어하는 '통하는 것' 없는 프레젠테이션의 분위기가 시작되려고 한다.

내가 원하는 것은 그들과의 눈맞춤이다. 자료로 시선을 고정시키고 있는 심사위원들. 그들이 날 보지 않아도 나는 화면이 아니라 계속 그 '사람들'을 향해서 말을 이어갔다. 친근한 어른에게 하나하나 알려준다는 자세로.

말이란 참 신기하다. 아무리 보고 있지 않아도 자신을 향해 이야기하면 그 기운이 느껴지기 마련이다. 처음에는 힐끗 나를 보더니 내가 눈맞춤을 하며 계속 이야기하니 이제는 화면보다 나를 보는 횟수가 많아 진다. 테이블을 사이에 두고 앉은 우리의 거리, 처음엔 다소 어색한 눈맞춤이 이어졌고 그 후엔 그들의 고개가 내 설명에 맞춰 끄덕이기 시작한다.

프리젠터는 언제나 먼저 다가갈 용기가 있어야 한다. 상대방이 나를 쳐다보지 않는다고 해도 발표자는 언제나 밝고 자신감에 찬 목소리로 그들의 문을 '먼저' 두드려야 한다.

***

말에도 '기운'이 있다. 우리가 뉘앙스라고 부르는 것이기도 하며, 목소리 톤에서 뿐만 아니라 눈빛과 제스쳐 모든 것에서 어떤 에너지를 발산한다. 가까이 앉아 있을수록 이 기운은 더 잘 전달된다. 진심을 다해 말한다면 상대방에게도 그 마음이 전해질 것이다. 어떤 에너지처럼 눈에 보이지 않는 미묘한 기운으로.

실전 PT 이야기 #55

우리의 준비는 완벽했다. 모두 이 프로젝트를 성공시키고 싶다는 의지로 가득했다. 미리 준비한 것들도 노력한 만큼 순조롭게 진행되었다. 이제 나의 프레젠테이션만 남았다. 무대에 서서 청중을 바라보는데 느낌이 좋다. 오랜만에 나에게 온전히 집중해 주는 청중을 만난 것 같다. 나는 신이 나서 프레젠테이션을 시작했다.

하지만 오프닝에서 한 나의 멘트가 그들의 심기를 건드린 것 같다. 현재 상황을 우회적으로 비판했는데 앞쪽에 앉은 몇 명의 표정이 굳어지는 걸 보았다. 그 때부터 내 머릿속에는 '현재 상황을 절대 비판하지 않는다.'는 새로운 전략과 '어떤 말로 저들의 기분을 다시 풀어 줄까' 하는 생각 뿐이었다.

나는 재빠르게 다시 현재 상황을 칭찬하며 그들의 마음을 풀어주려고 노력했다. 청중들에게 친근하게 동의를 구하며 그들과 쌍방향 커뮤니케이션을 하려고 노력했다. 다행히 청중은 다시 활짝 핀 웃음을 띄며 고개를 끄덕이기 시작했다. **청중의 반응을 보면서 그때 그때 전략을 임기응변으로 바꾸는 묘미! 이건 정말 프레젠테이션만의 가장 큰 매력이다.** 무대에 선 프리젠터에게 중요한 판단 능력이자 특권이기도 하다. 일단 무대 위에 서면 그 누구도 나의 발표 방향을 이래라 저래라 할 수 없기 때문이다.

정말 즐거운 무대였다. 우호적인 청중과 눈맞춤을 하며 신나게 프레젠테이션을 했다. 백발의 외국인 총장은 "Great! Wow, professional! Good job! 프로페셔널한 발표에 정말 깊은 감명을 받았다"며 연신 감사하다고 했다.

그런데 정말 신기한 것은 나는 한국어로 프레젠테이션을 진행했고 PT 내내 그와 아이컨텍을 했다는 것. 물론 총장님 옆에 네이티브 스피커가 앉아 간략하게 통역을 하긴 했지만 나는 오늘의 프레젠테이션에서 또 다른 가능성을 볼 수 있었다.

커뮤니케이션에서 언어가 차지하는 것보다도 몸짓, 억양 등 느낌으로도 충분히 열정과 감정을 전달할 수 있다는 것. **언어는 내용을 담아내는 도구일 뿐이라는 것.** 인간이라면 국적에 상관없이 동일한 감정을 공유하고 느낄 수 있다는 것을 직접 체험할 수 있는 소중한 기회였다.

***

차가운 눈빛을 녹이고 인간 대 인간의 커뮤니케이션을 만들어 가는 것. 프레젠테이션은 나에게 그런 것이다.

174

실전 PT 이야기 #56

　나도 사람이다. 그러기에 내정자가 정해져 있다 거나 "이거 되면 큰일인데. 누가 책임지냐"라는 말이 들리는 프로젝트는 열심히 하기 싫다. 어차피 우리가 되지도 않을테고 만약 선택 받는다 해도 정중히 거절해야 한다면, 누가 과연 열심히 하고 싶은 생각이 들까? 그런 날은 나도 연습하기가 싫어 죽을 것 같다.

　하지만 나는 열심히 해야 한다. **프레젠테이션은 우리가 상대방을 위해 할 수 있는 가장 최선의 정중함의 표현이고 '우리 역시 절실하지만'이라는 암묵적 복선이다.**

　프리젠터인 내가 프레젠테이션의 성공 기준을 '결과'에 둘 수 없는 이유이다. 어쨌든 나는 프리젠터로서 최선의 퍼포먼스를 보여야할 의무가 있고 역할이 있다. 그래서 프레젠테이션 그 자체를 목적으로 두고 순간을 즐길 줄 알아야 한다. 결과야 어찌 되었든 이 '순간'에 내가 최선을 다했으면 된 거다. 그 안에 있던 모든 사람들이 나와 '같은 공기'를 함께 느꼈다면 그걸로 된 거다.

＊＊＊

　내가 하는 일에 스스로 만족하기 위해서는, 내 안에서 정한 성공의 척도가 별도로 있어야 한다. 나만의 기준을 정하면 팀 단위로 함께 프로젝트를 진행해도 그 안에서 내가 어떤 역할을 하고 있는지 명확히 알 수 있다. 스스로 나에게 어떤 존재감을 부여하는 것. 나답게 일하기 위해 꼭 필요한 일이다.

실전 PT 이야기 #57

"저희 지금 정말 졸리거든요...."

프레젠테이션 하러 들어가자 마자 청중에게 들은 말이다. 시작도 안 했는데 졸리다고? 우리 앞 업체가 무려 1시간이나 프레젠테이션을 했단다! 그러면서 좋은 말도 많이 들으면 지겹다고 시간을 좀 짧게 해달란다.

'그러게 왜 업체당 시간을 1시간이라고 공지하셨나요'라고 말하고 싶은 것을 꾹 참는다. 그리고 지루할 줄 알고 우리는 30분 내외로 준비했습니다, 속으로 생각하고는 웃으며 말했다.

"아, 제가 시작하면 재미있게 해드릴게요!"

지금 업체에 직격탄을 날리는 오프닝이었다. 사실 의미는 좀 있지만 재미는 없다. 오프닝이 끝나고 앉아있던 심사위원이 웃으며 말한다. "재미없는데..."

일단 어떤 주제에 대해 웃음이 오고 갔다는 것은 우리를 둘러싸고 있던 유리벽이 이미 깨졌다는 걸 의미한다. 딱 봐도 졸음이 몰려오는 그들을 위해 좀 더 이야기하듯이, 평소 그들의 상황을 예로 들며 이야기를 이어갔다. 그리고 오늘, 이 프로젝트를 수주했다는 소식이 들려왔다.

* * *

역시, 그 공기 안에서 느낀 감정은 거짓말을 하지 않는다.

실전 PT 이야기 #58

"진짜 확실해요?!"

내가 몇 번이고 담당자에게 물었던 것은 바로 프레젠테이션 시간이었다. 관공서나 공공기관 혹은 학교에서 경쟁 입찰 프레젠테이션을 할 때 가장 유의해야하는 것은 바로 '시간 관리'이기 때문이다.

우리에게 주어진 시간은 총 20분. 프레젠테이션 10분, 질의응답 10분이나 그 안에서 자유롭게 시간을 분배해도 된다는 게 그쪽 주무관의 말이었다. 그래서 우리는 15분 프레젠테이션을 하기로 결정했다. 그리고 장표를 줄이고 줄여 처음 리허설때 17분 정도 나왔던 PT를 마지막 리허설땐 13분 40초 정도로 줄일 수 있었다. 목표는 15분 이내에만 프레젠테이션을 마치면 되는 것이므로 나는 마음의 여유를 가지고 무대에 올라섰다.

한 3분의 2정도 했을까, 갑자기 '땡'하는 종소리가 들리더니 "시간 끝났습니다!"라는 주무관의 목소리가 들렸다. 아뿔싸! 저 주무관은 공지와는 다르게 10분에 종을 친 것이다. 나는 당황했다. 순간 속으로 '벌써 15분이 지난 건가?'하고 헷갈리기 시작했다.

하지만 이내 나는 나의 감을 믿기로 했다. 최종 리허설때 했던 나의 PT는 절대 15분을 넘기지 않았다. 곧바로 중요하지 않은 장표는 1초만에 넘겨버리고 담당자가 중요하다고 강조한 장표에서 다시 마음의 안정을 찾고 차분히 이야기를 이어 나갔다. 그리고 꼭 전달해야 할 클로징도 곱씹으며 마무리했다.

종이 치고 끝났다는 이야기가 들렸을 때 심사위원들은 일제히 무언가를 정리하는 제스쳐를 취했지만 곧 차분히 이어가는 나를 보고 마지막까지 다시 내 발표에 집중할 수 있었다. 만약 내가 당황해서 허둥지둥 발표를 마쳐버렸다면 어땠을까?

보통 관공서나 공공기관들은 공정한 평가를 위해 외부 심사위원을 초청하기 때문에 그들을 위해서도 시간은 정확하게 지키는 편이다. 한 업체당 10분 씩만 늦어져도 3개의 업체라면 벌써 30분이 연장되는 것이다. 그러기에 담당자들에게 초시계와 종은 필수 아이템이다. 초등학교 교탁에서나 보던 종을 다시 볼 수 있는 기회이기도 하다.

프레젠테이션을 마치고 우리는 야외로 나와 일제히 그 주무관을 나무라기 시작했다. 특히나 종을 치면서 '내가 할 일은 다 했다'라는 자랑스러운 표정을 잊을 수 없다고 했다. 물론 가장 열 받은 것은 나였다! 당황하지 않고 잘 마쳤으니 이것도 웃으며 말할 수 있는 것이리라, 생각하며 다음 번부터는 아무리 담당자가 뭐라해도 처음에 공지한 그 시간은 무조건 지켜야겠다고 다짐한다.

***

프레젠테이션은 시간과의 싸움이다. 우리는 제한된 시간 내에 우리가 준비한 모든 것을 보여주어야 한다. 어려운 일이다. 그래서 전략이 필요하다. 짧은 시간, 주어진 시간 안에 우리의 이야기를 가장 전략적으로 임팩트 있게 전달하기 위한 방법은 무엇일까? 고민하고 고민한다. 상대방이 누군지에 따라, 우리의 순서는 언제인지에 따라, 그 날의 상황에 따라 이 전략은 수시로 달라진다.

실전 PT 이야기 #59

"오! 환상적인 프레젠테이션을 해주셨던 분이네." 다시 만난 한 심사위원이 이런 이야기를 하며 반갑게 맞아 주신다.

"프레젠테이션 1등이래요!" 또 다른 프레젠테이션을 마치고 며칠 뒤 내가 들은 이야기이다.

첫번째는 물건은 수주했고 두 번째는 수주하지 못했다. 일반적으로 우리가 준비한 제안을 멋지게 발표하고 무대에서 내려오면 '우와, 저 팀 준비 진짜 많이 했네!' 라는 생각을 가지며 우리에게 많은 점수를 주는 것이 다반사이다. 하지만 그 중 프레젠테이션을 잘해서 오히려 '진정성이 없다.'라고 말하는 사람들도 더러 있다. 물론 흔하지 않은 일이다.

처음엔 이해하지 못했으나 자신들의 상황에 비해 너무 화려한 제안, 거기에 프레젠테이션까지 화려하게 하니 실제 자신들의 상황과 너무 거리가 멀어 보인다는 것이다.

이런 이야기를 들으면 나는 그야말로 멘붕이다. 프레젠테이션을 잘하는 것이 나의 임무인데 그걸 버리라는 것인가? 그러면서 동시에 나의 역할을 의심하게 된다. **진짜 나같은 전문 프리젠터의 역할이 필요할까?**

가끔은 "자영 씨, 실무자가 와서 PT 하라고 했는데 말도 좀 더듬고 그냥 연습하지 말고 가서 PT 하자."라고 말한 담당자도 있었다. 다행히, 아주 다행히 이 프레젠테이션은 취소되어 하지 않았지만 나는 절대 그렇게 하지 못한다. 그리고 '대충하는 프레젠테이션'을 할 의향도 전혀 없다.

무대 위에 서는 것은 '나'이고 그 무대 위의 부담감과 책임을 지니는 것도 모두 '나'이다. 나는 내가 올라선 무대에 언제나 최선을 다하고 싶다.

그렇다면 위 두번째와 같은 사례는 어떻게 해결해야 할까? 고민한 끝에 내가 내린 결론은 전략이다. 좀 더 실질적인 제안과 그들이 원하는 포인트, 그리고 실제로 우리가 운영하고 있는 실사사진을 보여주며 설득하는 것이 맞다. 지금까지 그런 적도 없고 앞으로 그럴 일도 없겠지만 무대 위에 대충 서는 일은 없을 것이다. 나는 언제나 내 무대 위에서 최선을 다할 것이다. 그 무대는 '나의 것'이기에.

***

내가 나의 역할을 명확하게 아는 것이 중요한 이유는 외부의 다양한 말이나 시선에 흔들리지 않기 위함이다. 나는 무대에 서는 사람이다. 그리고 그 무대는 회사를 대표하는 일이다. <u>나의 얼굴이 곧 회사의 얼굴이다. 이런 생각을 하면 무엇이든 허투루 할 수 없다.</u>

실전 PT 이야기 #60

아침 일찍 현장을 봐야 해서 인천으로 떠났다. 하나의 PT를 준비하기 위해 얼마나 많은 노력과 시간이 필요한가에 대해 생각했다. 그리고 '**프로는 매 순간 최선을 다하는 이**'라는 누군가의 말도 **떠올랐다**. 하지만 결국 현장은 보지도 못하고 허무하던 찰나에 걸려온 전화. 갑작스레 오늘 PT가 잡혔다고 한다. 그것도 평택에서! 갑작스럽기도 이렇게 갑작스러울 수가 없다. 결국 내 생에 최고로 발랄한 옷을 입고 프레젠테이션을 했다.

자료는 30분 전에 처음 봤고 담당자에게 '꼭 강조해야 할 포인트'가 무엇인지만 재빠르게 물어봤다. 프레젠테이션은 듣는 이가 원하는 것을 한 가지라도 시원하게 긁어줄 수 있다면 대체로 성공적인 분위기를 가져갈 수 있다. 그들이 **가장 고민하는 것, 현재 오고 가는 이야기 속의 최대 이슈, 우리 이전의 상황은 어땠고 앞으**

로 어떻게 변해 가길 원하는가 등에 대해 정확히 물어 봤다. 그리고 PT를 할 때엔 최대한 천천히 말하려고 노력했다. 준비 시간이 짧아서 자칫하면 말이 꼬일 수 있기 때문이다.

도저히 익숙해지려 해도 익숙해지지 않는 이 현장의 긴장감. 아, 내가 사랑하는 것. 내 손에 땀을 쥐게 하고 심장을 쿵쾅쿵쾅 뛰게 하는 것. 추석 덕분에 늘어질 대로 늘어진 나의 마음을 한 순간에 잡아준 프레젠테이션이라는 현장.

* * *

제일 짧은 준비 시간이 주어진 프레젠테이션을 통해 다시 한번 프레젠테이션의 '본질'이 무엇인지 깨닫는다.

실전 PT 이야기 #61

프레젠테이션을 마치고 나오면 이런 저런 생각이 조각처럼 둥둥 떠오른다. 청중이 나에게 지었던 표정 하나, 몸짓 하나, 말 하나, 저건 어떤 의미였을까 곱씹어 보기도 한다. **'과거는 스스로에게 하는 이야기'라는 말처럼 금세 현장이 곧 기억으로 남는다.**

보통 프로젝터로 비춰진 화면 안으로 프리젠터가 들어가는 것을 지양한다. 프로젝터가 사람의 얼굴에 장시간 비추면 우스꽝스럽고 보는 이도 불편하기 때문이다. 하지만 적극적으로 강조하고 싶을 때, 사람들의 시선을 포인트 주는 장표에 머물게 하고 싶을 때, 화면 안으로 들어가 장표를 짚어주면 열정적인 제스처로 청중의 마음을 사로잡을 수 있다. 단, 짚을 때는 확실하게 하고 포인트를 짚은 후에는 재빨리 다시 화면 밖으로 빠져나와 청중에게 다가서는 것이다.

요즘엔 질의응답 시간에 "설명을 너무 잘 해주셔서 물어볼 게 없네요"라는 말을 종종 듣는다. 나오면서 생각해보니 이제 아워홈이라는 회사에 대해 그 누구보다 잘 알고 있고, 또 가슴 속에서 진짜 최고의 회사라고 믿고 있고, 우리의 제안에 대해 자부심을 가지고 있다는 생각이 들었다.

프레젠테이션을 멋지게, 잘하기 위해서는 무엇보다도 자신의 제안에 대한 믿음과 자부심이 필요하다.

***

<u>내가 최고라고 믿지 않으면서 과연 누구를 설득할 수 있을까? 모든 것은 마음에 있다. 스스로를 설득하지 못한다면 그 누구도 설득하지 못한다.</u> 적어도 내가 믿을 수 있을 만큼의 멋진 제안을 만들어내야 한다. 그게 첫번째다.

실전 PT 이야기 #62

프레젠테이션에서 꽤나 중요도를 차지하고 있는 것, 아니 어쩌면 가장 중요한 것은 질의응답이다. **질의응답은 곧 프레젠테이션 내용에 관한 즉각적인 청문회다.**

***

질의응답을 잘하려면 '전체'를 볼 줄 알아야 한다. 내가 맡고 있는 작은 파트 하나만 아는 것이 아니라, 우리 회사가 어떤 곳인지 늘 관심을 가지고 지켜봐야 하고 경쟁사와 다른 점은 무엇인지 끊임없이 관찰해야 하며, 제안 내용 안에 있는 모든 내용을 이해하고 알고 있어야 한다. 기획자라면 그래야 한다.

['질의응답'으로 청중의 마음을 얻는 법]

▶ 고객이 원하는 모든 것을 운영하는 것이 절대 고객을 위한 것이 아님을 논리적으로 인지시켜야 한다. 운영상, 시행 불가능한 것은 정확하게 안 된다고 말해야 신뢰성을 키우는 동시에 우리의 제안에 대한 확신을 전달할 수 있다. 또 우리가 전문가라는 명확한 포지셔닝을 할 수 있다.

▶ 고객이 당황스러운 질문을 하면 한 템포 쉬었다가 충분히 생각한 뒤 대답해야 한다. 한 템포 쉬어도 된다. 바로 대답하면 오히려 진정성이 없어 보인다. 찌르면 쿡, 나오는 대답을 해야 한다는 강박증을 가지지 말자. 꽤 많은 사람이 이러한 강박증을 가지고 있다.

▶ 물론 거짓말은 하면 안 되지만 그렇다고 너무 솔직한 것도 좋지 않다. 상황에 따라 가끔은 넉살 좋게 선의의 거짓말을 해야 한다. 가끔은, 아주 넉살 좋게 말이다. 어쩔 땐 고객도 웃으며 알고도 속아줄 때가 있다.

▶ 일단 대답하기를 시작했다면, 설사 그 말이 틀릴지라도 머뭇거림 없이 당당하게 말해야 한다. 틀릴까 봐 두려운 말은 아예 꺼내지 말자.

▶ 그리고 마지막으로 질의응답에서 가장 중요한 것은 태도이다. 정중함. 고객의 질문에 반감을 표시하지 않으며, 정말 중요한 질문을 해준 듯이 감탄을 하는 것. 그러면 날이 서 있던 심사위원도 조금은 누그러진 것을 확인할 수 있다.

실전 PT 이야기 #63

프레젠테이션을 중요하게 생각하는 사람들 앞에서 발표를 하는게 좋다. 그런 사람들은 내가 말하는 것의 가치를 알아봐 주고 힘껏 반응해준다. 청중은 10명, 양쪽에 6명 4명으로 나누어 앉아있다. 4명의 사람들과 더 소통하기 좋게 무대의 오른쪽에 서서 프레젠테이션을 시작한다. 어느 정도 시간이 흐르고 이 사람들의 마음은 어느정도 섭렵한 것 같다. 이제 자리를 왼편으로 이동해서 6명의 청중을 사로잡고 싶다. 언제 어떤 내용에서 자리를 이동할지 머릿속으로 계산해본다.

어색하지 않고 뜬금없지 않은 순간, 자리 이동하는데 성공했다. 사실 자리 이동은 내용이 전환되거나 분위기를 환기시키는 효과가 있기 때문에 신중해야 한다. 특히나 엄숙한 분위기에서는 자제하는 것이 좋다. 10명의 청중 모두 눈으로 소통하며 프레젠테이션을 마쳤다. 심

사위원 중 제일 높은 직급의 연수원장님이 말한다. "프
레젠테이션을 굉장히 잘 하시네요, 귀에 아주 쏙쏙 들어
오게"

쑥스럽지만 제일 기분 좋은, 이제 막 나의 프레젠테
이션을 들은 고객사의 말. **이러한 말은 계속해서 나의
가슴에 남아 더 성장하고 싶은 마음이 들게 만든다.**
가볍게 던진 그 한 마디에 내 가슴은 오래도록 울렁거린
다. '말의 껍데기보다는 그 안에 담긴 진심' 처음 전문
프리젠터로 활동했을 때 다짐했던 마음이 그 분에게 전
해진 듯하다.

발표를 마치고 나오는데 돌덩이를 올려놓은 듯 무거
웠던 어깨가 거짓말처럼 가벼워진다. 마치 기말고사를
끝낸 학생처럼 정신이 번쩍 들고, 기운이 솟아난다. 잠
이 안 오는 밤이다.

***

상대방은 예의상 던진 말이라고 해도 나에게는 그렇
게 가볍게 들리지 않는다. 그 가벼운 칭찬은 나의 가슴
에 오래도록 남아 앞으로의 삶을 지탱하는 앵커가 될 것
이다. 그러고보니 지금의 나는 그동안 사람들이 던진 말

로 이루어진 것이란 생각이 든다. 감사한 말, 고마운 말, 가볍게 던진 그 말들 덕분에 지금의 내가 있다. 나도 주변 사람들에게 더 좋은 말을 자주 건네는 사람이 되어야지.

실전 PT 이야기 #64

시간이 흐르고 이제 나에게는 제대로 읽는 눈이 생겼다. **습관적으로 해왔던 언어의 의미, 행간 속에 감추어진 의미, 이 자료를 만들면서 얼마나 많은 고민을 했을까 하는 자료 너머의 의미까지.** 이 말은 이제 하나의 자료를 스쳐 보기만 해도 치밀하게 만들어진 자료인지 아닌지 단박에 알 수 있다는 말이기도 하다.

***

조금 더 치밀해져야 한다. 우리가 싸우는 경쟁자는 그리 호락호락한 존재가 아니기 때문이다. '진검승부'라는 말이 있다. 지금 우리의 싸움터가 그렇다. 우리는 다제 각각의 장점을 가지고 있다. <u>그 강점을 남들과 다르게 듣는 사람들의 삶과 어떻게 연결하여 보여줄 것인가 고민해야 한다.</u> 고민한 제안과 그렇지 않은 제안은 분명한 차이가 있다.

[마음을 움직이는 '발표 자료' 만들기]

▶ 고객 니즈를 파악하여 현재 문제점을 파악했다면 그에 대한 솔루션이 1:1 대응으로 각각 나와야 한다. 예를 들어 현상분석 후 현재 3가지 문제점이 있다면 이 3가지에 정확히 맞는 솔루션이 제공되어야 한다. 문제점은 밝혀냈는데 솔루션을 주지 않는다? 현재 운영업체와 무엇이 다른가? 문제를 제기했다면 하나라도 빼놓지 말고 솔루션을 제공한다.

▶ 스토리 라인은 좀 더 전략적으로 짜보자. 우리 회사에 대해 잘 모르는 업체에 가서 PT를 할 경우, 우리의 다양한 회사 강점 중에 "그래서 가장 강조하고 싶은 게 뭘까?"를 생각해야 한다. 단순하게 나열식의 연혁소개는 왜 하는가? 너무 지루하고 의미 없다. 의미 없는 내용은 그냥 없는 거다. 청중에게 킬링 타임을 선사할 텐가?

▶ 인증서 등의 전문적인 이야기를 할 때, 본인은 그 내용에 대해 알고 있는가? 본인이 모른다면 듣는 사람도 당연히 모른다. 진짜 중요하다면 풀어서 설명해주든지, 과감하게 삭제하자. 특히나 발표 시간이 짧다면 더더욱 아무도 모르는 인증서를 강조하고 넘어갈 것인가에 대해 고민해야 한다. 물론 RFP 상에 있다면 오케이. 그렇지 않다면 굳이 언급할 필요가 없다.

▶ 청중이 이해하기 쉽게, 순서까지 치밀하게 한다. 고객분석 1), 2), 3) 을하고 그 뒤에 바로 이에 대한 솔루션이 등장할 때, 그 솔루션은 2), 1), 3) 으로 순서가 바뀌진 않았는지 확인한다. 아주 기본적인 사항이지만 많이 실수하는 부분이기도 하다.

▶ 하위개념을 상위개념 앞에 놓지 않는다. 전체적인 그림을 그린 뒤에 세부적인 내용을 설명해야 한다. 작은 것들부터 이야기하면 뒤죽박죽 혼란스럽기만 하다. 예를 들어 현상분석 중 메뉴에 대한 분석만 하고 바로 뒤에 전체 컨셉에 대해 이야기하는 것. 갑자기

메뉴 이야기를 하다가 큰 그림으로 빠지고 다시 세부 운영으로 넘어간다. 청중은 혼란스럽다. 절대적으로 큰 그림을 먼저, 제시하자.

▶ **모든 장표는 그 의미가 있어야 한다.** 의미 없이, 포맷이니까, 이전에 하던 거니까. 이런 생각은 제발 집어치우자. 이번 제안에서 의미가 없다면 과감히 빼고 더 중요한 내용에 집중해야 한다. 의미 없는 붙여넣기는 그만하자, 제발.

▶ **제안 내용에 대한 세부적인 사항까지 머릿속으로 그려 보자.** 영업하다 보면 수주를 하기 위해 이것저것 여러 가지 좋아 보이는 제안을 넣기 일쑤이다. 하지만 그게 정작 실현 가능한지, 새로운 시도라면 어떤 방법으로 할 수 있는지 한 번이라도 생각을 해보자. 질의응답에서 실현 방안에 대해 물었는데 대답을 못 한다면 전체 내용에 대한 신뢰도가 떨어진다. 한 마디로 그 하나의 부가제안 때문에 전체 제안이 망한다는 말이다.

실전 PT 이야기 #65

어릴 적 나는 절차와 형식을 무시하곤 했다. 형식이 무슨 필요인가, 그 안에 들어있는 콘텐츠 그러니까 '진심'이 중요하지. 하지만 경쟁이 치열한 사회의 한 가운데 서서 무대 위에 오르는 현장을 바라보며 생각이 조금 바뀌었다.

본격적으로 프레젠테이션을 시작하기 전, 주최자 측에서 모든 업체를 한자리로 불러 모은다. 회의 때문에 조금 늦는다던 심사위원이 자리에 착석하기까지 우리는 숨죽이고 서로를 바라본다. 정적. 살얼음 판을 걷는 듯한 긴장감이 공간을 감싼다. '저 팀은 어떤 전략을 가지고 왔을까'부터 '저 팀의 발표는 누가 맡았는가'까지 이런저런 생각하며 상대팀의 전략을 가늠해본다.

순간, 가슴이 뛰기 시작한다. 지금 이 자리가 나의 마음가짐을 바꾼다. 잘, 하고 싶다. 잘 해내고 싶다. 두근두근 가슴이 뛴다.

절차와 형식이 체계적으로 잡혀 있느냐 아니냐에 따라 참여하는 참가자로서 마음가짐도 많이 달라진다. **정성스럽게 갖추어진 절차와 형식은 사람의 마음가짐 그리고 몸가짐을 새롭게 만든다.**

***

흔히 '딱딱하고 무거운' 분위기라는 단어로 대체되는 입찰 현장의 분위기. 이러한 현장의 분위기가 때론 나의 몸가짐을 다르게 한다.

실전 PT 이야기 #66

　인간은 누구나 실수한다. 실수하면서 성장하고 배운다. 그런데 재미있는 것이 인간이 아닌 기계도 종종 실수를 해 우리를 매우 당황케 만든다는 사실이다.

　프레젠테이션을 하면서 기계의 오작동은 종종 일어나는데, 이럴 때 참 억울하지 않을 수 없다. 내 잘못은 아닌데 분위기는 이상해지고 이야기의 집중도는 떨어진다. 나를 안쓰럽게 쳐다보는 청중들 사이로 오묘하게 흐르는 어색함이란. 물론 이런 분위기는 내가 잘 대처하지 못했을 때 따라오는 결과다.

　오늘 프레젠테이션 도중 갑자기 화면이 꺼져버렸다. 갑작스러운 상황에 다른 팀원들은 깜짝 놀라 일어나 컴퓨터를 만지작거렸다. 나는 그러한 움직임을 감지하고 아무 일도 없다는 듯 뻔뻔한 표정으로 말하는 것을 조금도 더듬거나 멈추지 않았다. 화면은 나오지 않았지만 계속 이야기를 해나갔다. 오히려 더욱 청중 쪽으로 한 발자국 더 다가서면서!

다행히 화면은 금세 돌아왔고 아무렇지도 않게 찰나의 영원 같던 시간은 지나갔다. 무대 위에 서 있는 나나 청중은 무슨 일이 있었냐는 듯이 자연스럽게 그 (기계의) 실수를 지나쳤다.

무대 위에서 내가 당황하는 기색을 보이면 청중은 나보다 몇 배로 더 당황하기 마련이다. **앉아서 발표를 듣는 누구도 무대 위에 있는 사람이 발표를 망하기를 바라지 않는다. 그저 준비한 멋진 모습을 자신들에게 보여주길 바랄 뿐이다.**

***

우리 모두가 목격한 그 기계의 실수. 하지만 그 기계의 실수에도 불구하고 이 물건은 우리가 수주했다. 모두가 알지만 모두가 모르는 것처럼, 무대 위에 오른 사람이 어떻게 행동 하느냐에 따라 결과는 달라진다.

실전 PT 이야기 #67

"자영 씨, 프레젠테이션 잘해줘서 정말 고마워요!"

얼마전 진행했던 프레젠테이션이 수주했다는 소식이 들렸고, 처마 끝에서 함께 비를 피하던 담당자는 나에게 이렇게 말했다. 새삼스럽게, 기분이 좋았다. 그리고 나는 곧 이렇게 대답했다.

"프레젠테이션만 잘했다고 수주가 됐을까요, 대리님이 사전에 영업을 잘해주셔서 그렇죠. 진심이에요."

진짜였다. 정말 멋진 프레젠테이션'만'으로 수주할 수 있는 물건은 단 한 건도 없다. 그 전에 담당자의 영업으로 어느정도 분위기가 잡혔을 때 수주할 확률은 기하급

수적으로 상승한다. 여기서 말하는 담당자의 영업이란 이런 것이다.

1) 원활한 커뮤니케이션으로 심사위원과 키맨을 정확히 파악하는 것. 2) 고객의 니즈를 날카롭게 파악하고 그 포인트를 잘 잡아 제안에 녹여내는 것.

딱 이 두가지면 충분하다. 여기서 더 나아가자면, 우리가 유리한 쪽으로 프레젠테이션의 순서나 시간까지도 '작업'해놓는 것. 이 작업이 성공하면 PT를 하러 들어가는 순간부터 청중들의 눈빛이 다르다. 나 역시 걸음걸이가 더 당당해진다.

처음에 담당자에게 프레젠테이션에 대한 이야기를 들을 때부터, 나 스스로도 '아 이번 건 진짜 꼭 해내고 싶다'라는 마음이 결정된다. 문제점을 정확히 꿰뚫어보고 그에 대한 제안 포인트가 있는 제안서와 없는 제안서는 프레젠테이션으로 만들었을 때에 확연하게 차이가 난다. 포인트 없는 제안서는 영혼이 없는 프레젠테이션을 만들어내기에.

이번 프레젠테이션은 이런 저런 면에서 내가 정말 하고 싶은, 잘 해서 꼭 수주하고 싶은 물건이었다. 나에게 열심히 고객니즈에 대해 이야기하는 담당자며 땀을 뻘뻘 흘리며 PT 당일 뛰어다니는 다른 팀원들, 나와 눈만 마주치면 '파이팅!'을 외쳐 대는 팀장님까지. 그래서인지 더 열심히 세세한 부분까지 공감의 멘트를 넣어가며 정성 들여 프레젠테이션을 했다. 청중이 고개를 수없이 끄덕이는 걸 보며, 마지막 멘트를 마치고 나오는 길에 혼자 마음 속으로 수주를 확신한 건 비밀이다.

* * *

프레젠테이션은 하늘로 솟아오르려 하는 멋진 용의 그림에 마지막 눈동자를 찍는 것과 같다. 마지막 눈동자를 찍어 갑자기 벽면을 박차고 하늘로 날아간 용처럼, 생생하게 살아있는 말로 청중에게 전달하는 것이다. 사전 영업과 좋은 콘텐츠가 선행되지 않는다면, 마지막에 아무리 멋지게 눈을 그려도 하늘로 날아가지 못할 것이며, 사전 그림이 멋지게 그려지지 않았다면 아무리 눈동자를 멋지게 그려도 날아가지 못할 것이다. 우리가 진심을 다해 열심히 만든 자료에 생명을 불어넣는 일. 진정으로 살아있게 만드는 일이기도 하다.

실전 PT 이야기 #68

**문장이 난해하고 불분명해서 모호하다는 것은
그 문장을 조립한 작가 자신이
현재 무슨 생각을 하고 있는지 모르겠다는
응석에 불과하다.**

— 쇼펜하우어, 『문장론』 —

프레젠테이션 자료를 받고 화가 날 때가 더러 있다.
뒤죽박죽. 이건 분명 작은 부류의 내용인데 불쑥 앞에
나와있고, 이건 전체적인 내용을 포괄해야 하는데 작은
부류에 포함되어 있고. 이런 자료를 보면 한숨부터 나온
다. 발표할 자료를 보고 가장 먼저 하는 일은 이런 것들
을 분류하여 '계열화' 하는 것.

프레젠테이션 자료에서 계열화가 제대로 되어있지
않으면 듣는 사람은 어김없이 헷갈리기 시작한다. 아주

기본이기도 하고 중요한 부분이지만 많은 이들이 놓치는 부분이다. 어떤 내용은 실제로 계열화하기 어려울 정도로 헷갈리기도 한다. 그럴 때 가장 좋은 방법은 자연스럽게 내가 '말'로 내뱉어 보는 것. 앞의 문장에서 뒤의 문장으로 넘어갈 때 말이 매끄럽지 않다면 논리가 잘못됐거나 계열화가 잘못됐을 가능성이 크다.

***

신기하게도 눈으로 보면 잘 알아채지 못하는 부분도 '말'로 뱉어 보면 선명해진다. <u>무엇이든 선명하게 이야기하고 싶다면 '말'로 뱉어 보는 것이 좋다.</u>

실전 PT 이야기 #69

큰 프로젝트가 있을 때마다, 줄 회의가 이어진다. 기본 제안서를 프레젠테이션에서 가장 효과적으로 보일 수 있는 자료로 만들기 위해 목차 구성도 다시 잡고, 구체적인 컨셉도 재정립하고, 빼야 할 부분은 담백하게 삭제하는 작업이 이루어진다.

인천공항 프로젝트 이후, 오랜만에 호흡을 맞추는 팀장님께서 자료를 보며 하나하나 제안 포인트에 대해 설명을 해주다가 중간중간 나에게 의견을 물어보신다.

"네 의견은 어때? 네가 전문가니까 잘 알겠지"

"그래? 네가 나보다 프레젠테이션 많이 들어가봤으니까 네 의견이 맞는 거 같다."

208

팀장의 입장에서 팀원에게 이런 말로 힘을 주긴 쉽지 않다. 자신의 권위보다도 나의 의견을 더욱 존중하는 태도.

신기하게도 이런 말을 듣는 순간, 책임감을 가지고 이 프로젝트를 이끌어가고 싶은 열정과 재미를 느낀다. 나의 전문성에 대해 온전히 인정해주시고, 더 많은 아이디어를 낼 수 있도록 기회를 주는 리더의 말.

프리젠터로서 초장기 시절에, 나는 내 의견대로 하기 위해서 내부적으로 부단한 설득을 해야만 했다. 그때 이런 말을 썼던 기억이 난다.

'무언가를 바꾸기 위해서는 내가 그 중심으로 들어가야 한다. 그 중심에 들어가기까지는 시간이 걸리기 마련이다.'

지금은 아마도 그 중심에 서 있는 것 같다. 바꾸고 싶어도 쉽게 바꾸지 못해 답답했던 시절에 묵묵하게 나의 길을 걸었더니 지금 이 자리까지 걸어오게 된 것이다. 나의 능력을 온전히 믿어 주는 분들이 있기에 더욱 성장해가는 걸 느낀다.

***

어떤 리더는 사람을 키우고 어떤 리더는 사람을 죽인다. <u>어떤 리더는 말 한 마디로 사람의 힘을 북돋고 어떤 리더는 말 한 마디로 의욕을 상실 시킨다.</u> 사람을 키우는 리더의 말, 아워홈 내에서 만난 좋은 분들 덕분에 리더란 무엇인지 크게 배운다.

실전 PT 이야기 #70

한 업체와의 '수의시담'이 있었다. 수의시담은 원래 입찰 프레젠테이션 후, 선정업체와 구체적인 계약사항에 대해서 협의하는 자리이지만 이번엔 조금 달랐다. 최종 두 업체와 모두 수의시담 자리를 가진 것이다. 그러니까 아직 우리는 경쟁 중이고, 경쟁 PT와 다르지 않은 상황이다.

회의실 자리에 도란도란 둘러앉아 설명을 시작한다. 테이블 PT의 편한 점은 정제된 멘트가 아니어도 된다는 것. 이런 자리에서는 정제된 멘트가 오히려 진정성이 없어 보일 수 있으니 유의해야 한다. 그렇기에 어려운 점은 더욱 제안 내용에 대해 구체적인 이해가 필요하다는 것이다. 외워서 하는 이야기가 아니라 전체 프로세스를 이해하고, 현장 상황을 명확히 알고, 실제 운영되는 모습이 머릿속에 그려져 있어야 가능하다는 말이다.

또 가장 중요한 질의응답이 수시로 오고 가니, 마치 토론회를 이끌어가듯 이야기가 끝나면 자연스레 진행을 해야 한다. 서로 어색해지지 않으려면 적절한 타이밍을 잘 잡아야 하는데, 토론회와 다른 점을 꼽자면 우리에겐 가장 중요한 '키 맨'이 있다는 것이다. 우리가 최종적으로 설득해야 하는 키 맨의 상태를 중심으로 진행해야 한다. 키 맨의 말이 아직 덜 끝난 듯하거나, 나의 설명이 끝났는데도 한 장표에 오랫동안 눈길이 머물러있다면, 잠시 기다려주는 배려가 필요하다.

한 마디로 정리하자면, **수의시담(테이블PT)은 오랜 친구에게 이야기하듯이 진심을 담아서 이야기해야 하고, 상대방, 특히 키 맨의 반응 속도를 배려하며 이끌어가는 가야 한다.**

* * *

테이블 PT를 하면 오히려 바로 앞에 앉은 청중과 눈을 맞추기가 힘들다. 모두 자료가 손에 하나씩 쥐어져 있고 데면데면한 사이기 때문에 자료에만 눈길을 주기 때문이다. 그런데 신기하게도 발표자가 지속적으로 청

중을 바라보며 이야기를 하면, 음성의 파장과 눈빛이 고
스란히 전해지는지 청중은 이따금씩 고개를 들어 눈을
맞춘다.

실전 PT 이야기 #71

프레젠테이션을 준비할 때, 가장 중요하게 생각하는 것 그리고 가장 처음으로 하는 것이 바로 청중 분석이다. '아, 이런 심사위원이 들어온다면 분위기는 아마도 이렇게 흘러가겠지?'라는 생각을 하는 것 만으로도 실전 프레젠테이션에 큰 도움이 된다.

전문 프리젠터로 일한 지 4년이 되니 그동안 보이지 않던 것이 보이기 시작한다. 그동안의 경험치가 쌓이기도 했고, 고객사의 근무 환경이나 분위기를 알면 어느 정도 프레젠테이션에서의 분위기를 가늠할 수 있다고 생각했다. 하지만 최근 이 **경험치가 절대적이 아니라는 것, 절대 '분석'이라는 이름 하에 '편견'을 가지면 안 된다는 것을 깨닫는다.**

예를 들어 병원에 계신 의사 선생님들을 청중으로 두고 프레젠테이션을 하면 우리가 원한 분위기가 연출되지 않는 경우가 종종 있었다. 워낙 과도한 업무량을 소화해 피곤한 상태로 심사에 들어오기도 하고 의사라는 권위가 있기 때문에 가뜩이나 딱딱한 평가위원의 자리에서 미소를 보이거나 고개를 끄덕이는 일은 드물기 때문이다. 그래서 '의사 선생님' 앞에서 프레젠테이션을 할 때엔 좀 더 마음을 단단히 먹고 무대 위에 올라서곤 했다.

그런데 이러한 생각이 그저 나의 편견이라는 걸 깨달았다. 최근 1년간 만난 의사 선생님 들은 거의 대부분 그 누구보다 고개를 끄덕이며 나의 PT에 동조해 주었으며, 시종일관 미소에, 내 오프닝에 '오' 하는 작은 감탄사, 그리고 마지막 인사에 큰 박수로 보답해주었다. 순간, 그동안 내가 의사분들을 완전히 설득할 만한 무기를 가져오지 못했었구나! 하는 생각이 들었다. **그저 나의 실력 부족인 것을 이 모든 걸 청중의 탓으로 돌려버린 것이다!**

또 여의도 증권가에 계신 분들은 당연히 냉철하고 경직될 거야, 하고 들어간 프레젠테이션에서 그 누구보다 따스한 눈빛을 느끼고 감사한 마음으로 돌아온 경험도 있었다.

청중분석은 그러니까, 예상 정도에 그치는 것이 좋다. 어떤 경우의 수가 우리들 앞에 펼쳐질지 알 수 없기에 그저 우리는 최악의 순간까지 계산하고 무대 위에 서야, 최상이 눈 앞에 펼쳐졌을 때 온전하게 나의 것으로 맘껏 누릴 수 있다.

***

어떤 '앎'이든지 간에 이 앎으로 편견을 갖지 않기를 바라는 마음에 대해 처음 생각한 순간이다.

실전 PT 이야기 #72

몸으로 견디기 어려운 일을 통해 수행을 쌓는 일을 '고행'이라고 한다. 자신의 운명을 찾아 떠나는 길은 고행이다. 우리 몸이 견뎌낼 수 있는 극단까지 자기 자신을 몰고 갈 때 비로소 우리는 자신의 몸을 느낀다. 왜 힘들고 어렵게 얻어진 순간만이 기억에 남는 것일까. 극단의 고통에서 얻은 그 기억이야말로 몸과 생각에 날카롭게 다가오기 때문일 것이다.

지금, 나는 생의 가장 지독한 감기를 앓고 있다. 아무리 약을 먹어도 도통 좋아지지 않는 컨디션 덕분에 어쩌면 매번 쉽게 처리하던 일들도 기를 쓰고, 악을 쓰고 해내고 있다. 중요한 프레젠테이션을 앞두고 어김없이 회의가 진행된다. 이겨 내기 힘든 컨디션이라는 핑계로 전과 다를 바 없이 그려내던 오프닝 장표에서 한동안 화면이 넘어가지 않는다.

"이 단어는 여기에 왜 들어간 거지?"

"이 단어가 이번 제안과 맞는 컨셉인가?"

물론 설명하라면 설명할 수 있지만, 그러니까 의미야 만들어낼 수 있겠지만, 마음에서 아무런 말을 하지 않는다. 그저 그 자리에 있었기에 의심 없이 받아들인다는 것. 너무 바쁘고 힘든 날들 속에서 어쩌면 우리는 늘 이런 식으로, 어느 정도 만족하며 자료를 만들고 있지는 않았을까 생각한다. 이런 식으로 일을 한 후에는 아무리 성공을 취했다 하더라도 별 기억에 남지 않을 것이다. 그리고 나는, 회의실에서 함께 나눴던 문장을 기록한다.

"우리가 아무리 '전문가'라고 해도 말이야,
하나하나 모두 이유가 있어야지.
전문가가 제일 두려워해야 하는 순간이
언제인지 아나?
내가 모든 걸 알고 있다고 자만할 때야."

218

쉽게 얻어진 것들은

기억에서 쉽게 사라져버린다.

***

말은 몸이 하는 일이다. 내가 마음 속으로 가지고 있는 생각을 몸으로 실현하는 일이다. 몸이 함께 단련되거나 숙련되어 있지 않으면 생각처럼, 말을 잘 해낼 수 없는 이유이다. 쉽게 얻어진 것들은 기억에서 쉽게 사라져버린다.

실전 PT 이야기 #73

경쟁 프레젠테이션에서 승리하기 위해 많은 사람 혹은 업체들은 별의별 시도를 다 하게 된다. 경쟁이 치열해질 수록 더더욱 말이다. 다른 업체는 다 배경이 하얀색이니까 우리는 무조건 검은색 배경으로 한다,라거나 오프닝에서 시선을 사로잡는 화려한 쇼를 하기도 한다. 하지만 이런 맹목적인 화려함은 결국 원하는 결과를 가져오지 못한다. 가장 기억에 남는 프레젠테이션. 그 경험을 깨달을 수 있었다.

정확히 2013년 진행했던 프레젠테이션이 있었다. 입사해서 처음으로 '스토리'를 넣은 프레젠테이션이다. 그 업체가 아끼는 브랜드의 특성을 파악하여 일반적인 RFP 순서가 아닌 전략적인 순서 + 정성적인 네이밍을 붙여 우리만의 스토리로 풀어냈다. 회사 내에서도 아직 나(전문 프리젠터)에 대한 믿음이 확고하게 자리잡기 이전이었으므로 그 어느때보다 열심히 프레젠테이션을 준비했다. 나는 내 전략이 맞다는 것을 증명해내야만 하는 자리에 올라섰다.

약 15분의 프레젠테이션을 마친 뒤, 처음으로 함께 준비한 남자 선배가 머쓱해 하며 "자영씨, 클로징 멘트 할 때, 눈물 날 뻔했어. 진짜 감동적이더라!" 말했다. 내 개인적으로도 정말 잊을 수 없는 프레젠테이션이었다. 하지만 안타깝게도 계약 전까지 갔다가 해당 업체의 계열사로 결정 나는 바람에 미끄러졌다.

그리고 3년의 시간이 흘렀다. 다시 입찰이 나왔다. 우리는 심기일전하여 이번엔 꼭 수주하겠다는 마음을 가지고 다시 그 업체를 찾아갔다.

그런데 이게 웬 걸! 프레젠테이션에 들어온 심사위원이 3년 전의 나를 기억하고 있는 것이 아닌가! PT를 마치고 그 심사위원은 이렇게 말했다. "과거에도 오셔서 멋진 프레젠테이션을 해 주셔서 기억하고 있습니다. 이번에도 열심히 준비해 주셔서 너무 감사드립니다." 순간 팀장님과 선배가 흐뭇한 미소를 지었다.

단 15분이다! 그분은 담당자도 아니었기에 나와 마주친 시간은 프레젠테이션을 했던 그 짧은 15분이라는 시간이다! 15분, 나의 프레젠테이션을 보고 3년 동안이나 나를 기억해 주다니!

결국 '사람'이다. 생을 살아가면서 모든 결정의 끝에는 항상 '사람'이 자리하고 있다. 그 사람들에게 기억에 남는 프레젠테이션을 하기 위해서는 가슴에 남을 경쟁사와는 차별화된 스토리가 필요하고, 발표자와 발표가 완벽하게 하나가 되어야 한다. 나라는 발표자(사람) 안에 우리의 제안 내용(스토리)이 고스란히 녹아 들어야 1년이 지나고 3년이 지나도 기억에 남는 프레젠테이션을 만들 수 있는 것이다.

＊＊＊

우리가 당연히 안 될 것을 아는 상황임에도 불구하고 최선을 다하는 이유. 지금 당장의 수주만을 목적으로 하지 않기 때문이다. 일을 하다 보면 2년, 3년은 금방 돌아온다. 이번은 우리 차례가 아닐지 언정 계속해서 문을 두드리고 노력하다 보면 결국 우리 차례가 돌아온다. 언제나 눈앞의 이익만이 아닌 조금 더 멀리 보는 시선과 여유가 필요하다.

실전 PT 이야기 #74

방법이 없는 것이 아니라 생각이 없는 것이다.

답이 없는 것이 아니라 치열함이 없는 것이다.

능력이 없는 것이 아니라 열정이 없는 것이다.

    수많은 회사를 돌아다니다 보니, 언젠가부터 그 회사의 핵심가치 같은 것들을 눈여겨보게 되었다. 프레젠테이션 대기실마다 대부분 회사마다 정말 다른 이야기를 직원들에게 말하고 있다. 어떤 이야기는 너무 추상적이어서 보고도 그냥 지나치는데, 어떤 이야기는 외부인인 내가 봐도 알지 못할 가슴의 꿀렁거림과 함께 깨달음을 줄 때가 있다.

    2년 전 직접 프레젠테이션을 해서 수주하고 우리가 운영하는 곳에, 다시 2년 만에 찾아가 재계약 프레젠테이션을 한다. 워낙에 비슷한 계열의 비슷한 이름을 가진 회사가 많아 직접 가기 전까지 '이 회사가 어디였더라...' 가물가물했는데, 회의실에 딱 들어선 순간 주마등처럼 기억이 스쳐 지나간다.

짧은 30분의 시간 동안 함께 프레젠테이션을 했던 직원 한 분 한 분의 얼굴이 떠오르는 건 아무리 생각해도 신기하다. 우리가 제안한 내용을 잘 지키고 있는지, 검증을 받는 시간. 다양한 사람들이 공존하는 곳에서 100% 만족을 하기는 힘들겠지만 그래도 노력했고 또 부족한 점은 보완하겠다는 우리의 진심이 잘 전달되었기를 간절히 바라본다.

프레젠테이션을 마치고 나오는데 심사위원 중 한 분이 "오래 다니시네요!" 웃으며 인사를 건넨다. 내가 기억한 그분의 얼굴, 그런데 그분도 나를 기억하고 있었다.

사람의 마음이 서로 다르지 않다고 했던가. 짧은 시간 우리가 준비한 이야기에 경청해 주고 공감해 주는 청중은 어김없이 그 얼굴이 기억나는데, 상대방도 그럴 거라고 생각하지 못했다. 하긴 서로 무언가를 "함께" 주고받았기에 나도 그런 감정을 느낀 거겠지. 사람의 일은 무엇이든 다르지 않은 것 같다는 생각을 해본다.

224

* * *

회사 사훈을 누가 볼까 싶지만, 나 같은 사람이 본다. 생각보다 언어의 힘은 강해서 매일 일하는 자리 위에 붙어있는 격언 같은 사훈이 힘을 발휘할 때가 있다. 특히 아주 힘들거나 아주 절망적인 상황에서는 더더욱 이런 말들이 위로가 된다.

"

누구에게나 일이
일 그 이상이 되는 순간이 있다.
좋아하는 일을 잘하게 되는 순간,
이 순간이 분명 누구에게나 찾아온다.
다만 그 일을 잘하게 되기까지 얼마나
많은 애씀이 필요한지 아는 것이,
꽤 긴 시간이 걸릴 수도 있다는 것을
아는 것이 중요하다.
그래야 견딜 수 있으니까.

"

2017년 아워홈을 퇴사하고, 아워홈에 재입사를 했다. 정규직 퇴직서에 사인하고 자발적 비정규직에 사인하는 날, 나는 '엠마 왓슨에게 용기를 준 7문장'을 기억했다.

나는 보여지고자 한다. 나는 소리 내어 말하고자 한다. 나는 계속하고자 한다. 나는 다른 이들이 무엇을 말하려고 하는지 들으려고 한다. 나는 혼자라고 느낄 때에도 계속 전진하고자 한다. 나는 매일 밤 스스로와 평화를 유지한 채 잠자리에 들고자 한다. 나는 가장 크고 훌륭하고 강력한 자아가 되려고 한다.

정수 精髓

본질만 남기고 버리다.

(2017 ~)

시간의 힘을 믿는다. 시간이 흘렀기에 가능한 것들이 분명 있다. 시간이 흐르고 나의 일하는 감각이 마치 일상의 감각처럼 자연스러워지고 있음을 느낀다. 체감하지 못했지만 지난 기록들을 돌아보며, 그동안 얼마나 힘들었고 노력했는지, 극도의 긴장감을 이겨내려 어떻게 자신을 다독였는지, 깨닫는다. 무언가를 꾸준하게 지속하려면 실력 외에도 중요한 것이 많다. 내가 나를 믿고 스스로를 절벽으로 데려가지 않을 용기와 내 안에서 솟아 나오는 진솔한 마음을 바라볼 수 있는 용기, 쉽지 않은 관계 속에서도 희망을 놓지 않고 먼저 손 내미는 용기 같은 것들이다. 무언가를 지속하기 위해서는 몸의 근육뿐만 아니라 마음의 근육도 살뜰히 보살피고 챙겨야 한다. 시간이 흐르면서 나도 모르는 사이 그 근육이 단련되어 적당한 보폭으로 꾸준히 나아갈 수 있는 지구력이 생기기 때문이다. 그래서 어떤 날에는 저 멀리 보는 것보다 눈앞에 나아갈 수 있는 보폭의 크기만큼 꿈꾸는 것이 좋다. 시간이 흐르니, 군더더기는 빼고 더욱 본질에 집중할 수 있었다. 많은 것들이 내 안에서 이미 단련되었으니까.

2017년 1월 ~

아워홈 퇴사, 그리고 재입사 [선언의 글]

안녕하세요, 채자영입니다. 아워홈의 전문 프리젠터로 새로운 길을 개척해왔다고 생각하고 늘 자부심을 가지며 제 일을 사랑하고 즐겨왔습니다. 하지만 조직 내에서 하고 싶은 것을 모두 할 수 없다는 것을 깨닫고 퇴사를 결심했습니다. 그리고 오늘 퇴직서에 사인을 했습니다. 하지만 너무나 감사하게도 이것으로 끝은 아닙니다. 퇴직서를 씀과 동시에 자유로운 외부활동을 허용하는 새로운 근로계약을 체결했습니다.

엄청난 고민과 방황, 좌절을 극복하고 제 스스로의 신념을 믿었기에 이룰 수 있는 일이었습니다. 회사에 몸담고 있는 매 순간, 제가 맡은 일에 대해 최선을 다했고 스스로에게 부끄럽지 않기 위해 노력했습니다. 다행히 좋은 분들을 만나 저의 이러한 노력을 함께 응원해 주셨습니다.

　2017년 1월 1일부로, 저는 그동안 하고 싶었던 그리고 놓쳐왔던 일들을 하나둘씩 해나가려 합니다. 물론 전문 프리젠터로서의 역할도 여전히 충실히 할 것을 약속드립니다. 앞으로도 더욱 성장하는 모습으로 찾아뵙겠습니다.

실전 PT이야기 #75

"모든 일을 할 때,

　전투력을 최대치로 끌어올리는 거야."

　보수적인 회사에서 유일하게 평사원에서 임원이 된
사람, 전국 꼴찌였던 팀을 전국 1등으로 만든 사람, 회
사 내 영웅담 몇 개쯤 가지고 있는 그가 만약 아버지라
면 자신의 아들에게 어떤 이야기를 해줄까 궁금했다고
한다. 그 아들은 아버지에게 별다른 말은 듣지 못했고
다만 저 위의 한 마디 말을 했다고, 영주는 내게 전했
다.

　전투력을 최대치로 끌어올린다.... 생각해보면 매 순
간 정말 치열하게 프레젠테이션을 했던 거 같다. 경쟁사
를 봐도 나처럼 무식하게 연속해서 PT를 하는 사람은
없었다. 일주일에 2건이 있으면 그렇게, 3건이 있으면

그렇게 모든 일정을 괴물처럼 해치웠다. 서울이든 지방이든 괜찮다고 했다. 그런 나를 보며 사람들은 박수쳤다.

나는 무척이나 뿌듯했고, 어제 만난 경쟁사에서 '오늘도 오셨냐'며 말을 걸 때면 나도 모르게 어깨를 으쓱거렸다. 대체불가능이라는 단어를 좋아했고, 모든 영광을 내가 가져가고 싶었다. 사실 주변에서 회사에서 너무 심하게 일을 시키는 것 아니냐며 아는 사람들은 나무랐지만, 내가 원했던 일이기도 했다.

하지만 어느샌가 내 몸은 서서히 망가지고 있었다. 나는 매번 불처럼 태우는 '연소하는 삶'을 원했지만 그렇게 하면 할 수록 오랫동안 지속할 수 없을 거란 생각이 들었다. 언젠가부터 프레젠테이션이 끝나고 나면 프로젝터에 혹사당한 눈이 부셔서 제대로 뜰 수 없는 날도 이어졌다.

그러던 어느 날 엄마가 내게 와, 나지막이 말했다. "사람을 키워야 한다."고. 엄마도 젊은 시절, 누군가 내 뒤를 따라오는 게 불안해 모든 걸 혼자 하려고 욕심 부렸지만, 그렇게 하면 결국 내 몸만 상하는 일이라고. 그래, 지금 내맘이 사실은 딱 저 맘이었으리라.

234

이제 조금 알 것 같다. **전투력을 최대치로 끌어올리려면 내 안에 그만큼의 투지와 열정을 불러일으킬만한 힘이 필요하고, 그걸 유지하기 위해서는 때로는 선택의 기로에서 치열하게 버릴 수 있을 줄 알아야 한다는 걸.**

　다시 한번 나에게 주어진 모든 일을 할 때마다 치열하게 전투력을 최대치로 끌어올려 최선을 다할 수 있는 그런 사람이 되자고. 혼자 하는 게 아니라 함께할 수 있는 판을 만들 수 있는 사람이 되자고. 그렇게 조금씩 어른이 되어가는 것 같다고. 홀로 생각하는 하루, 어제도 고생 많았다!

***

　'나'에서 '우리'로 가는 과정. <u>더 옳은 방법으로 함께 이겨내는 방법을 터득하는 날들.</u> 그런 날들이 있기에 지금의 내가 있다.

실전 PT 이야기 #76

무려 10개의 업체가 연달아 프레젠테이션을 하는 날. 그만큼 타이트한 제한 시간. 요즘 PT 시즌이라 일주일에 거의 2번 꼴로 스케줄이 잡혀 있지만, 사실 팀에 따라 일 년에 한두 번 프레젠테이션을 하는 사람들도 있다.

"마치 시험을 보는 것 같아. 우리가 준비한 답안지에 나올까 안 나올까 떨리는 마음이!"

심사위원들이 우리 제안에 대해 어떤 부분을 궁금해할까 끊임없이 롤플레잉 하는 사이 팀장님이 말씀하셨다.

"긴장되네요. 이거 떨어지면 일 년을 또 고생해야 하는데."

평소 전혀 긴장하는 모습을 보이지 않던 담당자도 연신 자리를 박차고 일어나 빙빙 돌며 말했다. 왠지 모르게 이 둘의 모습을 보니 나도 덩달아 긴장됐다. 화장실 거울 앞에 서서 옷 매무새를 다듬으며 속으로 '제발'을 외쳤다. 이렇게 제발이라고 외치던 마음이 얼마 만이지? 내가 진정으로 간절하게 되길 바라는 마음이. 프레젠테이션을 잘하자를 넘어서 성공하길 바라는 마음이. 아마도 이들의 간절함이 나에게도 전달되었기 때문이리라, 생각했다.

대기실에 보니 각 업체별로 옹기종기 모여 앉아 지루한 기다림과의 싸움을 하고 있었다. 업체당 10분 프레젠테이션에 10분 질의응답이니 10개 업체면 무려 3시간이 넘는 시간이다. 그중 한 사람은 여유롭게 책을 보고 있었다. 우리 셋은 그 모습을 보며 놀라워했다!

긴장된다며 서로를 다독이고 있던 우리에게 팀장님은 웃으며 '다음부터는 신입사원이 들어올 때 저런 강심장을 뽑아야 한다'고 이야기했지만 나는 '벌써 포기한 걸까'라는 생각이 들었다.

간절하기 때문에 긴장감이 찾아오는 것이다. 긴장감의 뒤편에 이런 마음이 숨어 있었다. 앞으로 긴장의 매 순간 마다 간절하게 원하는 것을 담담하게 떠올리는 연습을 해야겠다.

***

긴장감의 다른 말은 간절함이다. 이걸 몰랐을 때엔 그저 긴장하지 않으려고 노력했는데 매 해 프레젠테이션을 하면서 깨달은 사실은 긴장을 안 하면 오히려 더 실수한다는 것이었다. 긴장감은 우리가 어떤 일을 더욱 잘 해낼 수 있도록 도와주는 감정이다. 사실 간절함이 없다면 긴장감도 없다. 긴장감과 부담감이 있어야 어떤 일이든 잘 해낼 수 있다는 삶의 아이러니.

실전 PT 이야기 #77

바야흐로 입찰 시즌이 도래했고, 신혼여행 다녀오자마자 나는 현실세계로 직행해 마치 하룻밤 꿈처럼 그날의 기억에서 정신이 번쩍 뜨였다!

그저께는 울산으로, 오늘은 청주로 출장을 왔다. 멀리 오는 출장 길이 싫지 않은 이유는 첫째, 좋아하는 일이기도 하거니와 둘째, 6년간 함께 울고 웃으며 정들어 진심으로 나를 반겨주는 사람들이 있고, 마지막 덤으로 맛있는 음식이 있다는 것. 후히히.

긴 출장길에 어떤 책을 가져갈까 전 날 밤부터 고심해 고르는데, 요즘 꼭 챙겨가는 책이 바로 <나를 지키며 일하는 법>이다. '일과 삶의 밸런스'를 외치며 꽤나 호기롭게 퇴사 후 자발적 비정규직으로 재입사를 했지만, 근 1년간 나의 경로를 추적해보면 절대 쉽지 않은 나날이었다.

왜 나는 매일 바쁜가, 라는 물음표를 따라가다 보면 항상 마주하는 자본주의라는 거대담론과 '나는 지금 자본주의 신화에 맘껏 놀아나고 있는 게 아닐까?' 라는 질문을 던지기 일쑤였다. 예컨데 이런 것.

"넌 일을 열심히 해야 해. 그래야 돈을 많이 벌 수 있거든. 그게 곧 자아실현이고 너의 주변 사람들도 같이 행복해지는 법이야."

달콤한 악마의 유혹처럼, 나는 내가 가진 시간을 난도질하며 일을 우걱우걱 채워 넣었다. 물론 아직 나만의 답은 내리지 못했고, 어지러운 나는 이 질문을 맘 속 한 켠에 두기로 했다. 절대 지우지 않고 그저 툭 던져 놓는 질문처럼.

이 책은 지금의 이런 나에게 무언가 해답을 줄 것만 같았다. 그리고 아직 읽고 있지만 많은 실마리를 던져준다. 그 중 프레젠테이션 할 때 나의 가장 최종 목적지인 '자연스러움'에 대해서도 말한다.

"이 '자연'이라는 말에는 '저절로 자연스럽게'라는 뜻도 있는데, 바꿔 말하자면 '있는 그대로'라는 뜻입니다. 무리하지 않고, 잘난 체하지 않고, 작위적이지도 않으면서 있는 그대로의 나를 인식하는 것이지요."

"지금 여기에 존재하는 한 인간으로서 나를 있는 그대로 인식하는 것. 바로 그것이 자연스러운 것입니다."

작위적이지 않게, 나다움을 인정하면서, 있는 그대로의 모습 그 자체가 충실하게 빛날 수 있도록 평소에 갈고 닦을 것. 앞으로 내 생은 그렇게 사는 걸로

***

어느 날 문득, 예기치 못한 곳에서 내가 원하는 대답을 얻는 경우가 종종 있다. 이 언어는 어쩌면 운명처럼 나에게 '발견'되어 내 삶에 영향을 끼친다. 이 책도 그랬다. 자연스러움에 대해 알고 싶었고 오랜 시간 고민했을 때 이 문장을 만났다. 있는 그대로의 나를 바라보는 것.

241

있는 그대로의 모습으로 존재하는 것. 무대 위에서도 그런 자연스러움을 어떻게 얻을 수 있을까? 무대라는 어마 무시한 공간에서 우리는 모두 어색해지는데. 일단 내가 한 첫 번째 시도는 무대 위에서 '멋져 보이기'를 거부하는 것. 멋져 보이기 위한 꾸밈은 최대한 줄이고 진심을 전하기 위한 마음으로 올라가는 것이었다.

실전 PT 이야기 #78

'굿 루저(Good loser)'가 되고 싶다.

　단 2표 차이로 떨어졌다. 120명의 심사위원 앞에서 프레젠테이션을 했고, 2년 전 나를 기억하는 분들이 많아 굳이 먼 길을 달려왔고, 점장님께서는 시작할 때 꼭 내가 2년 전 그 사람이라는 말을 해달라고 했다.

　"2년 만에 다시 만나 뵙게 되어 진심으로, 영광으로 생각합니다." 기대감 섞인 인사말과 함께 시작하니 청중들은 웅성댔다. 환한 미소의 청중들, 제안 하나 하나 던질 때마다 '오~'라고 쑥덕이는 분위기까지, 만 5년, 이제 곧 6년 차 프레젠테이션을 해오던 내가 봤을 때 거의 99% 우리 쪽으로 기운 느낌이었다. 함께 들어간 사람들도 그런 분위기에 안심하는 듯했다.

하지만 투표 결과는 달랐다. 모두가 느끼고 안심한 분위기와 달리 우린 졌다. 너무 아쉽고 안타까웠다. 단 2표는 충분히 뒤집을 수 있는 결과이기 때문이다. 만약 내가 아는 어느 과장님이 담당자였다면 절.대. 이겼을 거란 생각을 했다. 이건 바로 '영업력'의 차이이다.

혹여 경쟁사가 공정하지 않은 경쟁을 하지는 않는가, 끊임없이 챙겨보는 마음과 끝까지 최선을 다하고 만약의 사태에 대비해 우리편을 2명만 더 참여 시켰어도.. (실제로 수주한 경쟁사에서는 아이스박스 안에 무언가를 가지고 들어갔다. 그 과장님이었다면 분명 막았을텐데! 투표하는 동안에도 곁을 떠나지 않고 한 사람에게라도 더 어필했을텐데!)

아쉬움이 밀려왔지만 그간 '새로움'에 대한 갈구가 있었다는 이야기를 듣고 거스를 수 없는 시류였겠다는 생각도 든다. 어쨌든 결과는 나왔으니 거기에 순응할 수밖에 없다. 생각해보면 입찰이란 참 잔인하다. 참여한 모두가 함께 승자와 패자를 본다. 이 패배마다 이를 갈고 슬퍼한다면, 절대 이 일을 할 수 없을 거다.

굿 루저(Good loser), 게임에 패배해도 훌륭한 태도를 갖는 플레이어. 영국에서는 굿 위너(Good win-

ner)보다도 굿 루저가 되는 것을 자랑으로 여긴다고
한다. 굿 루저가 되고 싶다. 그래서 나는 오늘도 이 글
을 쓴다.

내 안에서 할 수 있는 한 최선을 다하고, 결과는 하늘
에 맡기는 것. 내가 할 수 있는 건 그 것뿐이다.

***

승리는 끝까지 최선을 다한 사람만이 가져갈 수 있
다. 그리고 언제나 최선을 다했음에도 우리는 패배를 맛
본다. 늘 승리할 수만은 없는 법이다. 이제는 이런 롤러
코스터 같은 현장에서 나의 마음을 지키는 법을 찾아냈
다. 내가 할 수 있는 한 최선을 다하고 결과에 연연하지
않는 것. 결과는 하늘의 뜻에 맡기는 것. 최선을 다했다
면 어떤 미련도 남지 않고 결과에 승복하게 된다. 어쩌
면 이것이 페어 플레이 정신이 아닐까 싶다.

실전 PT 이야기 #79

"마치 한 편의 영화를 본 것 같네요!"

프레젠테이션이 끝나자, 심사위원 중 가장 무덤덤하게 앉아있던 한 분이 말했다. 유난히 긴장되는 프레젠테이션이었다. 우리와 오랜 인연을 가지고 있는 고객사, 잘만 한다면 충분히 승산이 있는 게임이었다. 중요 물건으로 관리했기에 PT 자료 역시 두 달 전부터 물건 담당자와 디자이너가 전담해 총력을 기울인 건이었다. 더군다나 새로 부임한 부문장님이 처음으로 함께 참석하는 프레젠테이션이었다.

프레젠테이션이 있기 일주일 전부터, 부문장님은 오며 가며 농담삼아 나에게 이런 이야기를 하셨다.

"자영 씨 이야기는 익히 들어 알고 있어요, 드디어 자영씨 프레젠테이션을 보게 됐네요! 기대됩니다!"

그리고 심지어 프레젠테이션 하루 전 날,

"드디어 내일이네요, 드디어 자영 씨 PT를 보네!"

이런 말을 듣고 긴장하지 않을 수 없다. 따스하게 웃으며 던진 농담이었지만 내 안에서는 '무조건 잘해야 한다'는 마음이 컸다. 실망시켜드리고 싶지 않았고 '익히 들었다던' 그 말을 증명해내고 싶었다.

제한시간은 10분. 턱없이 부족한 시간이다. 중간 중간 애니메이션과 화면전환도 많았기에 시간은 더 타이트했다. 짧은 프레젠테이션이 힘든 이유는, 연습을 할 때 시간 조절을 위해 무조건 처음부터 끝까지 실전처럼 리허설을 해야 하기 때문이다. 몇 번을 했을까, 간신히 10분 40초 정도대로 들어왔다. 고객사의 특성상 깐깐하게 1분 단위로 끊을 거 같지 않았고, 확인한 결과 정확하게 10분이 아니라 '10분 정도'로 에둘러 말했기에 지금 상태로 페이스를 맞추기로 했다.

역시나 경쟁 프레젠테이션의 대기실은 여느 때와 마찬가지로 긴장감이 감돈다. 타 업체의 대표급이 참석한 듯한 모습도 보였다. 긴장했는지 연신 준비한 자료를 보며 종이를 만지작거린다. 아무리 연배가 많고 경험이 많은 사람이라도 이런 공간 안에 있다면 긴장될 것이다.

이런 긴장된 상황에서 마지막에 내가 하는 생각은 한 가지. "그냥 하던 대로 하자."

막상 들어갈 순간이 닥치면 '잘해야 한다'는 생각은 저 멀리 던져버리고 '에라 모르겠다'식의 열심히 했으니까 그냥 연습하던 대로 하자는 맘이 크다. 그렇게 여느 때처럼 프레젠테이션을 마친 뒤, 가장 무덤덤하게 듣던 한 심사위원이 첫 마디 꺼낸 것이다.

얼마나 감사하던지! 마치 짜고 친 고스톱처럼 새로 오신 부문장님과의 첫 번째 프레젠테이션에서 이런 말씀을 해 주다니! 예상 밖의 말에 우리는 모두 웃으며 질의응답을 시작했다.

다시 한번 생각했다. **프레젠테이션을 하는데 가장 중요한 것은 '스스로를 믿는 마음'이라는 걸.** 에라이, 모르겠다, 라는 마음을 가질 수 있었던 건 매끄럽게 나의 언어로 정돈될 때까지 리허설을 한 덕분이었다. 무대 위에 서기 전엔 잡생각은 다 버리고 단순하게. 단순하게 '하던 대로' 하자고- 다시 다짐한 하루이다.

＊＊＊

　인상 깊었던 프레젠테이션은 현장에서의 그 순간이 마치 영화의 한 장면처럼 생생하게 기억난다. 이 날 역시 그렇다. 최선을 다했는데 그 노력을 누군가가 알아주었을 때, 그리고 그 노력을 알아주고 말로 표현해주었을 때 얼마나 감사한지. <u>나 역시 누군가의 노력을 알아봐주고 말로 '정말 멋있네요!'라고 칭찬의 말을 아끼지 않는 사람이 되고 싶다.</u>

실전 PT 이야기 #80

'초심자의 행운'이라는 말이 있다. 생애 첫 자신의 프레젠테이션을 진행하는 후배를 보고 이 단어가 떠올랐다. 프레젠테이션 이틀 전, 조심스레 나에게 건넨 자료를 보고 사실 가만히 있을 수 없었다. 제안서와 별반 다를 바 없는 자료와 2013년도에 사용하던 이미지들이 난무했다. 의미 없는 애니메이션과 늘어진 목차들. 그녀에게 했던 몇 가지 조언을 적어본다.

▶ 일단 좋은 자료를 많이 봐라.

좋은 자료를 많이 봐야 보는 눈이 생기고, 그래야 어떤 자료가 내가 전하려는 메시지와 잘 맞는지 알 수 있다. 본인이 만들면서 스스로 괜찮은지 나쁜지조차 판단할 수 없다면 아무 의미가 없다. 최근에 만든 좋은 자료를 두고 2013년도에 쓰던 올드한 자료를 끌어 쓰는 실수를 하게 된 이유.

▶ 목차는 되도록 숫자 4를 넘기지 않는다.

최근에는 목차를 아예 사용하지 않고 스토리텔링으로만 이야기를 끌어가는 프레젠테이션을 많이 하고 있다. 물론 제안서야 RFP 순서로 만든다지만, 제안서 그대로 프레젠테이션 하라고 제한하지 않는 한 자료는 무조건 효과적으로 어필할 수 있도록 바꿔야 한다. 그중하나가 목차 정리. 목차 수가 많으면 늘어지고 의미 없이 뚝뚝 끊어진 플로우가 만들어진다.

▶ 쓸데없는 애니메이션은 빼라.

애니메이션보다는 화면전환으로 의미 전달을 하는것이 좋다. 상황에 따라 다르겠지만, 미리 내용을 암시하는 복선 효과를 낼 수 있다거나 청중에게 궁금증을 유발하는 가림막 효과 애니메이션 이외에는 자제한다. 특히 하나씩 천천히 날아오기 효과는 정말 짱이고 제한 시간이 짧은 프레젠테이션일수록 애니메이션은 방해가 된다.

▶ 청중이 이해하기 쉬운 그룹화를 해라.

우리는 자주 봐서 잘 알고 있는 내용이다. 그러니 우리의 눈높이로 자료를 만들면 안 된다. 처음 본 청중이 잘 이해할 수 있도록 관습대로가 아니라 의미 단위로 다시 생각하고 장표 플로우를 정리한다.

어쨌든 짧은 프레젠테이션 동안 모든 장표는 '존재 이유'가 있어야 한다. 관습적으로 넣는 장표나 나조차도 이해하지 못하는 어려운 전문용어는 빼는 게 낫다. 소중한 제한시간 동안 우리의 강점을 가장 효과적으로 보여줘야 하니까.

회의실에 나란히 앉아 몇 가지 이야기를 해주니 그녀는 난감한 표정을 감추지 못했다. 첫 프레젠테이션을 앞두고 있는 그녀에게 괜한 말을 한 걸까? 난 더 잘되라고 그런 건데! 고민하는 사이 나에게 연신 "어떻게 하죠" "너무 떨려요" "저 망한 거 같아요"라고 울상을 짓는 그녀. 나는 그저 "괜찮아요, 지금도 잘했지만 다음에 더 잘하라고요."라는 말로 다독이고 "파이팅!" 웃으며 회의실에서 나왔다.

그리고 오늘 아침 내 책상 위에 내가 말한 부분을 완벽하게 수정한 자료와 함께 귀여운 포스트잇이 붙어있다. 프레젠테이션 직전 자료를 바꿔 연신 '죄송하다'고 했지만 사실 난 너무 좋았다. 괜한 말을 한 걸까, 라는 고민을 괜히 했다는 생각이 들었다. 부디 '초심자의 행운'이 그녀와 함께 하기를! 이것이야말로 진정한 Good luck.

***

마지막까지 최선을 다하며 자료를 고치는 것은 나에게 전혀 문제되지 않는다. 다만 내가 경계하는 것은 아무런 전략도 의미도 없는 자료이다. 그런 자료는 정말 프레젠테이션 하기 싫다.

실전 PT 이야기 #81

"너무 완벽하면 인간미가 없지. 조금 버벅거리고 틀려야 사람답지." 프레젠테이션을 가기 전, 점심식사를 하는데 이런 이야기가 오간다. '완벽하게 해도 모자랄 판에 억지로 틀리라는 건가?' 속으로 생각했다.

사실 이런 이야기는 회사 내에서 개발(신사업 영업팀)과 영업(기존점 관리)의 입장차이에서 종종 이야기되는 내용이기도 하다. 영업팀에서는 기존에 매일 대면하고 마주하니, 고객사와 '정'을 무시하지 못한다고, 그러니 프레젠테이션에서도 우리의 인간다움을 더 보여줘야 한다고.

하지만 매일 치열한 경쟁 속에 살아가는 개발팀은 생각이 좀 다르다. 우리 회사의 이름을 걸고, 단순히 영업을 넘어서 우리를 증명하고 이미지를 각인 시키고 보여주는 자리이기 때문이다. 그러니까 '아웃홈이 이

정도는 한다'는 걸 보여줘야하는 자리이기도 하다. 우리에겐 오늘 뿐만 아니라, 내년 내 후년도 있으니까.

앞에서 로보트처럼 외운 듯이 이야기를 하면 누구든 1분만 지나면 흥미가 사라질 것이다. 영혼 없이 달달 외운 듯이 읊는 것에 사람들은 매력을 느끼지 못한다.

'인간다움'을 보여주기 위해 필요한 건 '억지로 틀리는 것'이 아니라 '힘빼기의 기술'이다.

오늘 프레젠테이션의 전략은 'Timing'이었다. 오프닝에서 이런 이야기를 하며 그간 우리의 노력을 청중들에게 상기시켰다. 그리곤 비장하거나 멋지게 말을 이어간 것이 아니라 한 템포 쉬고, 친구에게 이야기하듯 허심탄회하게 말을 이어갔다. 순간 청중들은 함께 웃기 시작했다. 오프닝에서 한바탕 웃고 프레젠테이션을 이어간다는 것은 청중과의 유리벽을 허문 뒤, 우리의 이야기를 전달하는 것과 같다.

프레젠테이션을 마치고 나오는데 키 맨인 사장님이 한 마디 하신다. "와, 피티 겁나 잘 하시네" 사투리 섞인 그 말과 올해 들어 가장 푸른 하늘이 하루 종일 기분 좋게 나를 만들어준 날.

가장 좋은 프레젠테이션은 개인의 매력이, 사람다운 매력이 드러나는 프레젠테이션이다. <u>말하기에 있어 롤 모델은 없다. 사람마다 가지고 있는 매력 자산이 다르기 때문이다.</u> 말을 잘하기 위해서는 그저 내가 가장 잘 할 수 있는 포인트가 무엇인지 아는 것이 가장 좋다.

실전 PT 이야기 #82

6년 정도 프레젠테이션을 하다 보니 이제 적응이 돼서 그런지, 프레젠테이션에 대한 긴장감에 많이 무뎌진 게 사실이다.

하지만 이 무뎌짐이 정신적인 무뎌짐이지 육체적인 무뎌짐이 아님을 실감한다. **신체는 그 긴장감 넘치는 현장에 절대 적응할 수 없지만 단지 정신력으로 버텨 내고 있다는 것.**

최종 자료는 거의 프레젠테이션 당일 아침에 받고 프레젠테이션 2건을 연달아 소화한 날. 새삼 나의 업의 강도가 매우 세다는 걸 실감한 하루다.

정말 정말 힘들고 빡세게 일을 할 때, '아, 토할 거 같아! 으으'(누구라도 진짜 끝단의 긴장감에 있어본 사람은 무슨 말인지 알 듯하다)라는 말은 해봤지만 실제로 프레젠테이션이 끝난 후에 먹은 것을 게워 내며 힘들어

한 건 이번이 처음이다. 오 마이 갓. 많은 생각이 들었다. 내가 해온 선택 덕에 따라온 어찌 보면 당연한 결과들에 나는 왜 스트레스 받고 있는지. 내 선택에 힘을 주고 결과를 덤덤히 받아들일 수 있는 넓은 마음은 언제쯤 올지! 아 슬펑.

***

대체 불가능한 사람이 되고 싶었다. 모든 것을 홀로 해낼 수 있다는 걸 보여주고 싶었다. 그래서 가능하다면, 할 수 있다면, 최선을 다해 나의 역할에 최선을 다했다. 그런데 어느 날, 현재 보다 조금 더 멀리 보고 가야 한다는 생각이 들었다. 홀로 모든 걸 해내는 것이 아니라 함께, 같이, 더 멀리 갈 수 있는 방법을 찾아야 한다는 마음이 들었다. 지금은 대체 불가능한 사람보다는 지속 가능한 사람. 늘 한결 같이 잘 할 수 있는 사람이고 싶다.

실전 PT 이야기 #83

한 사람 한 사람의 삶은
자기 자신에게로 이르는 길이다.
길의 추구, 오솔길의 암시다.
- 『데미안』 중 -

오늘은 연달아 3건의 수주 소식을 들었다. 한 건은 거의 수주 가능성 99%의 물건이었고, 한 건은 끝까지 결과를 알 수 없는 물건, 마지막 건은 누구든 맘 속에 '되겠어?'라는 말을 품고 있었던 건. 그런데 이 세 건이 모두 됐다.

끝까지 결과를 알 수 없는 프레젠테이션은, 지난주 나를 가장 힘들게 한 물건이기도 했는데, 자료나 시간 그런 것을 떠나서 아주 개인적인 마음에서 힘들었던 물건이었다. 어쨌든 나는 또 한 번의 이 시련을 통해 '비움'과 '놓아주기'에 대해 생각하게 되었고, 고통의 끝자락에 가서 항상 스스로에게 던지는 '죽으면 다 똑같은데 뭘 그리 쫄고 있나? 뭘 무서워하나? 그냥 하고 싶은 거 다하고 죽자!'의 다짐으로 마무리되었다. 그야말로 채자영답게!

마지막 건은 상황 상으로 보나, 작년까지의 히스토리를 보나 '흠'. 하지만 나는 이 프로젝트에 임하는 팀장님의 모습을 보고 다시한번 느꼈다. 변수가 무궁무진한 이 세계에서는 끝날 때까지 결과는 아무도 모른다는 걸. 내가 봤을 때도 과하다 싶을 정도로 우리는 정말 할 수 있는 모든 걸 준비했다. 프레젠테이션을 하는 순간, 청중들의 얼굴을 관찰하는데 처음엔 경직되었던 얼굴이 '오!' '우와!'하는 표정으로 바뀌는 것을 목격한다. 암묵적으로 그들은 아무 말도 하지 않지만 눈빛으로 나에게 '그래, 저렇게 해야지'라는 말을 건네고 있달까. 마지막엔 모두 자리에 일어나서 질의응답을 하기 시작했다. 밖에서 망을 보던 과장님이 '이렇게 프리한 분위기의 프레젠테이션은 처음 봤다'며 특유의 수줍은 웃음을 보였다. 최종 점수엔 프레젠테이션과 실사 점수가 합산됐는데, 프레젠테이션 점수가 워낙 높아 조금 부족했던 실사 점수까지 커버할 수 있었다며, 팀장님이 직접 자리에 와 고맙다고 말씀하신다. 다행이었다.

힘들었던 한 달, 아니 근 두 달 간의 시간을 보상받은 기분. 막상 닥쳐보면 별거 아닌데 사람은 왜 아무 것도 모를 일로 먼저 상상하고 걱정하는지- 집에 돌아와 데 미안을 읽으며, 나란 사람에 대해 다시 생각한다.

나는 생각보다 강하지만 또 연약하며, 특히나 인간 관계에 있어서는 열려있지만 또 냉정한 사람이다. 현 명하고 싶지만 두려움이 많고, 행동이 먼저 나가는 스 타일이지만 행동 뒤에 고민을 꽤나 한다.

팀장님들이 돌아가며 고생했다며 칭찬을 해주시는데 맘이 예전 같지 않다. 펄쩍펄쩍 뛰었을 일을. 이제 더 잘하고 싶고, 더 칭찬받고 싶은 일을 찾아서일까.

***

이 날 과거에 한 지인이 나에게 해준 충고가 생각났 다. "자영 씨의 능력을 프리젠터라는 이름 안에 가두지 말라고." 그 당시에는 무슨 말인지 사실 잘 몰랐다. 내 가 너무 좋아하는 일이고 그래서 최선을 다하고 있고,

또 그 이름에 자부심이 있었다. 그런데 이제 이게 어떤 의미인지 알고 있다. 누군가에게 '프리젠터'라고 했을 때 대부분의 사람들은 '발표'만 잘하는 혹은 '말'만 잘하는 사람이라고 생각하기 때문이다. 사실 입찰 현장에서 그보다 더 중요한 것은 기획과 전략이다. 나는 발표보다 이 부분에서 더욱 잘하고 싶은 마음이 크다. <u>오랫동안 한 회사의 이야기를 전하는 사람으로서 마음을 다했다. 그리고 점점 나의 영역을 확장하고 싶은 마음이 들었다.</u> 그 마음이 고스란히 이 글에 담겨 있다.

실전 PT 이야기 #84

최악의 환경. 프레젠테이션하기에 절-대 집중할 수 없는 환경. 손에 꼽을 만큼 힘든 프레젠테이션이었다. 자꾸만 내가 몰입에서 몇 번을 빠져나올 뻔해 정신줄을 꼭 잡았다.

보통 프레젠테이션 제안은 영업 기밀이기에 프라이빗한 공간에서 하기 마련인데 이번엔 달랐다. 뻥 뚫린 공간, 밖에서 사람들이 드나드는 것이 적나라하게 보이고 심사위원은 넓은 공간에 띄엄띄엄 앉아있다. 학생 5명과 외국인 4명이 앞줄에 앉아있고 제일 중요한 키 맨인 학부모는 그 뒷줄에 있다. 외국인에게는 별도의 통역 2명이 붙었고 그래서 키 맨인 학부모에게 전달되는데 약간의 (아니 조금 큰?!) 잡음이 섞이게 됐다. 기업 프레젠테이션을 듣는 것이 익숙하지 않은 학생들은 회사 소개나 위생 같은 부분이 나올 땐 실눈을 뜨고 나를 째

려봤고(관심 없으니 빨리 끝내죠! 라는 의미), 메뉴나 실제 자신들이 받을 서비스에서는 '오, 대박'을 외치며 친구와 키득거렸다. 그 와중에! 갑자기 100kg은 거뜬히 넘어 보이는 외국인 총장님이 와장창 소리를 내며 바닥으로 내동댕이쳐졌다. 옆에 앉아있던 팀장님이 그의 팔을 잡아 엉덩방아는 면했지만 모두가 그를 바라보았고 이미 학생들은 서로를 바라보며 웃고 있었다. 야외 피크닉에서 쓸 법한 하얀 플라스틱 의자가 그의 무게를 이기지 못하고 휘어진 것이다! 그 와중에!! 또 엘리베이터를 타고 내려오는 분과 눈이 마주쳤다. 알고 보니 프로젝터가 설치된 바로 뒷부분이 통유리로 된 엘리베이터였던 것이다. 정말 어수선해도 이렇게 어수선할 수 없었다.

나는 꿈쩍 않고 나의 메시지를 전달하기 위해 부단히 노력했다. 그럼에도 불구하고 마음에 들지 않는 프레젠테이션이었다. 중간에 내 플로우를 찾았다 치면 사건이 발생하는 이 상황에서 몰입감 있게 모든 이야기를 하고 내려오는 것은 힘든 일이었다. 내가 느끼기엔 속으로 몇 번 움찔했는데 그 부분이 특히 마음에 걸렸다. 물론 마지막까지 뻔뻔하게 모든 이야기를 하고 내려왔지만. 더

군다나 나의 프레젠테이션을 처음 보는 신입사원들이 3
명이나 있다니! 속상했다.

프레젠테이션이 끝나고 회식을 하다가 솔직하게 이
야기를 했다. 나는 오늘 프레젠테이션이 너무 마음에 들
지 않는다고. 그런데 그 신입사원은 '그럼 마음에 드는
PT는 어떤 PT냐며, 그런 상황에서도 전혀 꿈쩍하지도
않아 놀라웠다'는 이야기를 했다.

그때 **내가 듣는 목소리와 타인이 듣는 나의 목소리
가 다르다는 사실이 떠올랐다.** (녹음해서 내 목소리를
들으면 이상하게 들리는 이유이기도 하다) 실제로 안에
서 울리는 목소리를 듣는 나와 밖에서 울리는 목소리를
듣는 타인의 상황이 다르기 때문이다.

그래서 실상 내가 가슴이 철렁하거나 움찔했다고 하
더라도 타인은 눈치채지 못하는 경우가 많다. 종종 무대
위에 올라가서 염소 목소리가 난다며 걱정하는 분들이
있는데 그런 분들 중에도 막싱 들어보면 티가 안나는 경
우가 대부분이다. 본인에게 그 떨림이 더 정교하게 전달
되기 때문이다. **그래서 무대에서는 틀리더라도, 조금
움찔하더라도 뻔뻔하게 끝까지 '안 그런 척'해야 한다.**
청중은 눈치채지 못했는데 본인이 갑자기 먼저 잘못을

시인하는 꼴이니까. 진짜 말 그대로 '철면 피'가 되어야 한다. 틀려도 틀리지 않은 척 – 쫄려도 당당한 척 – 촉박해도 여유로운 척 – 처음엔 '척'이었지만 내 플로우만 잘 찾는다면 어느새 이야기에 몰입해 있는 나를 발견할 수 있다.

그리고, 이 우여곡절의 프레젠테이션을 수주했다는 소식을 들었다. 그 어떤 상황에서도 흔들리지 않을, 조금 더 단단한 마음의 중심을 잡으리라 다짐하며 그날 그때의 프레젠테이션을 회상해본다.

***

흔들리지 않는 단단함. 그 마음을 가지기까지 많은 시간이 필요한 이유다. 경험만이 줄 수 있는 단단함이 있다. 시간을 견뎌낸다는 말속에 많은 의미가 담겨 있다. 모든 시간을 견뎌낸 존재는 박수받을 만한 가치가 있다.

실전 PT 이야기 #85

성장이 멈췄다고 생각했다. 6년이란 시간 동안 프레젠테이션을 해오면서, 내가 경험해볼 만한 건 다 경험해 봤으리라, 라는 오만한 생각과 함께 찾아온 매너리즘이었다. 이제 매번 비슷한 상황이라는 느낌에 지루하기만 했다. 연초 변화한 환경에 맞물려 참 힘들었다. 이런 생각 때문이었을까, 초반에는 실적이 나지 않았다. 이제 다른 길을 찾아야만 한다고 생각했고 동시에 지금 내가 서 있는 자리에 대한 위기의식이 강하게 찾아왔다.

그런데 신기하게 이런 위기의식은 나를 변화시켰다. 지루하게 느끼던 환경을 다시 새로운 시선으로 바라볼 수 있게, 하나를 하더라도 진심을 담아서 하려는 노력으로, 억지로라도 내가 처음 이 일을 시작했을 때의 감정을 끌어올리려 애를 썼다. 실패하면 온 마음을 다해

아쉬워하고 잘 된 성공사례를 기억하며 다음 번 프레젠
테이션에 적용했다.

그리고 매년 전국에 있는 개발팀이 모여 새로운 프레
젠테이션에 대해 아이디어를 뽐내는 <프레젠테이션 경
진대회>가 찾아왔다. 사장님 참석은 물론 이번엔 역대
급으로 타 부서에서 관람을 왔다. 일반 사원들이 프레젠
테이션을 해야 한다는 압박감도 있지만, 사실 그들보다
가장 부담이 되는 건 전문 프리젠터로 있는 '나'였다.

대회를 시작하기 전, 마치 "프레젠테이션이란 이런
거지!"하는 느낌으로 발표를 해야 하는 상황. 그야말로
밑져야 본전이고, 잘하면 당연한 거다. 전문적으로 이
일을 하고 있는 사람이니까. 어떤 이는 날카로운 평가의
눈으로 내 무대를 볼 것이고, 어떤 이는 속으로 '그래,
어디 얼마나 잘하나 보자'라는 맘으로 참석할 게다. 그
래서 그 어떤 실전 프레젠테이션 보다도 긴장되는 무대
였다.

드디어 내 차례가 왔고, 차근차근 우리가 준비한 내
용을 발표했다. 스스로 완벽한 준비라고 생각될 때가 있
는데, 눈을 감아도(장표를 보지 않아도) 오프닝 멘트를
완벽하게 할 수 있고, (역시나 장표 없이) 프레젠테이션

의 중간이나 끝 어느 부분에서 시작해도 막힘없이 술술 이야기할 수 있을 때이다. 이렇게 준비를 하면 무대 위에서 어떤 돌발 상황이 발생해도 프로페셔널하게 넘어갈 수 있다. 모든 내용이 완전히 내재화된 기분이랄까.

무대를 마치고 그 어느 때보다 많은 칭찬을 받았다. 그 중 제일 기분이 좋았고, 스스로 안심할 수 있었던 이야기는 "시간이 지날 수록 더 잘한다"는 말이었다. 내 성장이 멈추지 않았구나. 나는 계속해서 성장하고 있구나,를 확신할 수 있었던 감사한 자리였다.

그리고 곧 '성장통'이라는 단어가 떠올랐다. 성장은 평온하고 안락한 상태에서 이루어질 수 없다는 것을. 아직 성장이 멈추지 않아, 너무 다행인 지금이다.

***

언제나 가장 큰 위기는 오만함에서 시작된다. 그 오만함을 감지했을 때, 빠르게 나의 생각과 태도를 전환하려는 노력이 필요하다.

실전 PT 이야기 #86

어떤 경우의 오프닝은 실제 이야기를 하기 전, 옆에 앉아 있던 친구를 툭 - 툭 - 치는 것과 같다. "야~ 그랬잖아, 그랬었잖아" 이런 느낌이랄까. 본격적으로 이야기를 시작하기 전, 분위기를 환기시키면서 이전에 들었던 경쟁사의 내용은 싹 잊게 하고 우리의 포인트를 암시하는 복선. 그야말로 우리 이야기를 새롭게 시작하는 '시작의 시작'.

현재 청중의 상황을 정확하게 파악하고 어떤 점이 불편했는지 부족한지 또 그래서 원하는 것은 어떤 것인지 명확하게 파악해야 가능한 이야기다.

우리의 이야기가 통했는지 오프닝을 던지자마자, 고개를 격하게 끄덕이며 "그렇지 그렇지" 반응을 해주는 청중을 만났다. 이런 청중을 만난다는 건 정말 100번 중의 한 번 있을까 말까 한 일인데 오늘 떡 하니 앞쪽에 자리하고 있는 것이다! 한 번 우호적인 마음을 내비친 청중은 마지막까지 그럴 가능성이 매우 높기에, 초반에 청중의 '공감'을 사는 것이 무엇보다 중요하다.

공감해 주는 심사위원이 있으니 당연히 이야기에 힘이 실린다. 신나서 이야기를 이어가는데, 그런데 문제는 여기서 발생한다.

너무 격하게 내가 하는 이야기에 반응해 주고 옆 사람에게 맞장구를 치다 보니 오히려 내가 그분을 바라보느라 프레젠테이션에 몰입하는 것이 힘들어지기 시작했다는 것이다.

어머나, 이런 웃픈 상황이. 그분이 우호적인 청중의 탈을 쓴 엑스맨은 아니겠지? 진짜, 나도 이런 경우는 처음이다.

무슨 이야기를 해도 '오호' 하며 감탄을 해주니 감사한데, 진짜 감사한데 마치 내가 심어 놓은 청중인 것 마냥 그런 격한 반응이 적응이 안 되고 새삼 웃음이 났다. (진짜 좋아서) 이런 경우, 홉! 하고 터지는 순간 끝이다. 우리는 진지하게 제안하고 있는 상황이니까 마지막까지 마인드 컨트롤을 하며 사뭇 진지한 태도로 마무리를 했다.

끝나고도 한 심사위원이 따라 나와 프레젠테이션 매우 잘했다며 칭찬을, 담당자와 전화 통화할 때에도 계속 칭찬하며 나에게 꼭 전해달라고 하셨단다. 한 명의 입김 센 심사위원이 전체 분위기를 좌지우지하는 것, 한 명의 청중이 전체 분위기를 만들어가는 것. 그러기에 **단 한 명의 사람이라도 완전한 내 편으로 만드는 것이 중요한 이유. 내 칭찬은 온전히, 다 그 한 분 덕분이다.**

* * *

만약 발표할 때 우호적인 청중을 만난다면 그 것은 큰 행운입니다. 그 분을 꽉 잡고 절대 놓지 마세요.

272

실전 PT 이야기 #87

회사 내에서 큰 물건이 있을 때마다 함께 프레젠테이션에 가는 분들이 있다. 우리 회사를 누구보다 잘 알고 있고 (회사의 역사부터 사소한 사례, 가령 지금 우리는 '이런 사업'을 하고 있는데 왜 그 사업을 시작하게 되었는지 당시의 정황을 상세하게 기억하고 있는, 현장에서 일어나는 모든 일의 프로세스를 머릿속에 그리고 말할 수 있는 사람. 질의응답은 진정으로 '아는 것이 힘이다') 잘 아는 만큼 정중하게 설명도 잘하시는 사업부장님. 그리고 우리는 전체 식음 공간에 대한 컨설팅을 하는 것이기에 누구보다 전문적으로 시설에 대해 이야기를 해줄 시설 팀장님. 여기에 가장 기본이면서 중요한 위생개선 팀의 팀장님, 실무 담당 팀장님과 나, 이렇게 다섯 명이 프레젠테이션에 들어간다. 이 말은 각 분야의 전문가가 함께한다는 말이고, 어떤 질문이 나오든지 간에 전문가의 입장에서 완벽하게 이야기할 수 있다는 전략이다. 이렇게 구성된 팀은 각 분야에 대한 질문이 나오면, 각자의 분야를 정중하고 당당하게, 차근히 이야기한다.

2015년에 있었던 광주 하계 유니버시아드 대회의 프레젠테이션을 마친 뒤 마신 노상 커피가 생각나는 분들과 이번에도 함께하게 된 것이다.

더군다나 오늘은 최종 자료를 당일 아침에 받아 아침부터 마음이 무척 바빴다. 신경이 곤두서기도 하고, 아무리 연습해도 불안했다. 회의실에 틀어박혀 홀로 몇 시간이고 연습하고 있으면 종종 팀장님이 들어와 새로운 내용을 또 이야기하고 가신다. **나는 나에게 남은 시간을 거꾸로 계산하며, 이 정도 시간이면 충분히 숙지 가능할 거라고 계속해서 스스로를 다독였다.**

현장에 들어가니, 웬걸. 풀어졌던 긴장감이 극대화됐다. 가뜩이나 회사에서 나의 최고의 모습을 보여주었던 분들과 오랜만에 함께하는 자리인 만큼 더 잘해야 한다는 생각으로 긴장감은 배가 되었다.

입이 바짝 말랐다. 목이 탔다. 말을 하는데 평소보다 숨이 가쁘다는 것이 느껴졌다. 아침부터 집중 상태를 유지해 컨디션도 안 좋은데 극도의 긴장감으로 몸 상태가

274

평소와 같지 않았다. 큰 무대에 처음 서는 누군가는 지금의 나와 같은 긴장감을 느꼈으리라.

그러던 중, 앉아있던 키 맨이 질문을 던진다. 순간 어제 우연히 만난 부문장님이 해 주신 현장의 이야기가 머릿속에 떠올랐다. 차분하게 대답하고 잠시 기다렸다. 추가 질문이 없는 것을 확인하고 다시 프레젠테이션을 이어간다. 다행히 내 템포를 어느정도 찾은 것 같다.

1시간 정도 진행된 프레젠테이션. 역시나 어벤져스 팀답게 각자의 분야에서 착착, 대답을 해낸다. **팀이란 이런 걸까? 서로에 대한 신뢰, 잘 해낼 거라는 믿음, 그리고 그런 믿음 뒤로 진심 어린 응원까지. 서로를 보고 괜스레 별거 아닌 이야기들을 건네며 씨익 웃는다.**

고생했다. 오늘도

**

얼마 전 한 연극배우가 예능 프로그램에 나와 무대 위에 오르는 연극배우들 간에 '신뢰'가 매우 중요하다는 이야기를 했다. 연극은 라이브로 진행되는 만큼 현장에

275

서 어떤 일이 벌어지든지 간에 상대방이 임기응변으로 잘 해결해 줄 거라는 믿음. 그 믿음으로 '함께' 무대를 만들어 간다고. 우리 역시 똑같다. <u>단 한 번뿐인 기회. 이 기회를 잡기 위해 우리는 서로를 굳게 신뢰해야만 한 다.</u> 언제든 자신의 역할을 잘 해낼 거라 믿는 사람들과 함께 일하는 것은 언제나 즐겁다.

실전 PT 이야기 #88

프레젠테이션 최종 자료를 아침에 받는다. 음, 중요 물건이라고 했는데 분명 그럼에도 불구하고 더 잘하고 싶은 마음에 자료가 더 늦게 나온다. 그럼 또 내가 더 잘해야 하니까 새벽같이 일어나 출근해서 연습을 시작한다.

짧은 시간 안에 타이트하게 쉬지 않고 실전처럼 프레젠테이션을 해본다. 전체 플로우와 단어들이 내 머릿속에 입에 착착 감기도록 계속해서 소리 내어 말로 내뱉는다. **몸이 해내는 일이니까, 몸이 기억하도록.** 특히나 첫인사를 할 때와 오프닝을 할 땐 들어오는 심사위원들이 눈앞에 있다고 생각하면서.

한 10번쯤 했을까. **이 언어들이 자연스럽게 나의 언어로, 나의 플로우로 잡히는 걸 느낀다.** 그리고 나서야 내부 팀 앞에서 리허설을 한다. 프레젠테이션 직전에 하는 리허설이 중요한 이유는, 대기하는 내내 특히 무대에 오르기 전까지 이때의 경험이 계속 상기되기 때문이다. 직전 리허설에서 실수했다면, 실전 PT에 들어가기 전까지 '실수하지 않을까'하는 불안감은 물론 평소보다 몇 배는 큰 긴장감과 싸워야 한다.

새롭게 기억돼야 할 이야기는 계속해서 쏟아진다. 하나라도 놓치지 않도록 신경을 곤두세워 이야기를 받아 적는다. **이게 내가 해야 할 일이니까. 하나라도 놓치지 않고, 우리가 하고 싶은 이야기를 심사위원들 앞에서 모두 쏟아내는 것.**

이런 날이면, 프레젠테이션에 들어가기도 전에 지치려고 한다. 아침부터 계속해서 긴장상태와 초집중 상태를 유지했기 때문이다. 정신이 몽롱해지기도, 왈칵 잠이 쏟아질 것 같기도 하다. 긴장감을 놓치면 안 되지만 실전 프레젠테이션에서 가장 최상의 컨디션을 만들어야 하니까, 적절하게 긴장을 풀고 다시 긴장하고, 몸 상태를 조절한다.

그러다가 프레젠테이션 들어가기 30분 전부터 긴장감을 Warm- up 한다. 마치 운동 전에 몸에 열을 만들어 다치지 않게 하는 것처럼, 극도의 긴장이 펼쳐질 무대 위에서 자연스럽게 내 이야기를 하기 위해서 꼭 필요하다.

오늘은 어쩜, 최근 들어 오랜만에 스스로가 만족할 수 있을 만한 프레젠테이션을 했다. 그리고 이제, 긴장감 관리도 도가 튼 것인가. 진이 빠지기 보다 적절하게 기분이 좋다.

***

시간이 흐를수록 긴장감 관리가 꽤나 중요하다는 걸 깨닫는다. 프리젠터 일을 하는 초반에는 긴장감 관리에 미숙해 매번 몸이 많이 아팠다. 그 긴장감을 하루 종일 견뎌내야 하니 몸이 성할 리 없다. 나에게 긴장 관리는 건강 관리나 다름없다. 긴장을 해야 할 때 적절히 하기 위해서 긴장하지 않아도 되는 순간에는 몸과 마음을 풀어놓는데 최선을 다한다. 분명 힘을 빼는 것도 노력이 필요한 일이다.

실전 PT 이야기 #89

"프레젠테이션 너무 잘해주셔서 감사해요,
정말 감동이었어요!"

감동적인 멘트는, 없었다. 심사위원 중 한 분이 나와 갑자기 나를 바라보며 이런 이야기를 던진 이유는 우리가 '그대들을 위해 충분히, 열심히, 준비했소.'라는 메시지가 전달되었기 때문일 거다. 구구절절 서사적으로 말한다고 스토리가 있는 프레젠테이션이 되는 게 아닌 것처럼, 감동적인 멘트를 던져야만 감동을 줄 수 있는 건 아니다.

기계적으로 말하지 않으려면, 생생하게 이 언어들이 살아있으려면, 누구의 말도 아닌 발표자가 만든 언어들로 말해야 한다. 아이디어는 타인을 통해 얻었더라도 자신의 입에 착 – 착 – 붙는 나만의 언어. 이걸 찾는 순간 아마도 그대는 발표의 천재가 될 것이다. 제발 딱딱하게 로봇이 말하는 것처럼만 하지 않았으면.

이 모든 것이 결국엔 진정성으로 귀결된다. '진정성'이라는 단어는 너무나 추상적이어서 정의 내리기 힘들지만, 이런 사소한 것들이 모여 진정성을 만든다는 건 확실하다.

PS. 요즘 실전 PT 이야기가 뜸한 이유는, 너무 많이 하고 있기 때문입니다. 추석이 끝나자마자 기다렸다는 듯, 입찰이 쏟아지고 있네요. 오늘도 PT, 지난주에도 2개의 PT, 담주에는 3개의 PT. 하하하. 여러분 모두 파이팅!

***

잘하는 건 우리의 몫이다. 그 누구도 아닌 우릴 위해 잘하는 것이다. <u>그런데 우리를 위해 잘하는 것이 또 누군가를 위한 일이 될 수도 있다.</u>

실전 PT 이야기 #90

"자영아, 너도 지우고 싶은 하루 있잖아?
나에겐, 그게 바로 오늘이다."

멋쩍게 웃으며 팀장님은 이야기하셨다. 오늘 했던 프레젠테이션은, 말하자면 가장 프로답지 못했고, 또 실망스러운 프레젠테이션이었다. 내가 맡은 발표 부분은 그 역할을 다 했다 하더라도 준비과정과 질의응답까지 총체적으로 본다면 말이다. 하지만 언제나 그랬듯 이런 실패의 경험에서 나는 더 많은 걸 배운다.

모두가 PM(프로젝트 매니저)의 마음이라면,
담당자의 부재. 갑자기 이 물건을 관리하던 담당자가 다른 곳으로 인사이동 발령을 받았고 담당자가 사라지게 됐다. 그리고 이번엔 2차 프레젠테이션의 날이었다.

우리는 가장 기본이 되는 '자료'를 철저히 챙기지 못했다. 매 건마다 '내 얼굴을 걸고'라는 마음으로 임해 왔건만. 이번 건은 왜인지 모르게 다들 시큰둥했다. 프로젝트 매니저의 마음으로, 해야 했건만. 앞으로 내가 진행하는 모든 프로젝트는 PM의 마음으로 사소한 것도 철저하게 더블체크하며 관리하겠다고 다짐한다.

말이 씨가 된다는 것은,

말이 씨가 된다는 말이 있다. 말은 곧 사람들의 마음가짐을 무너뜨리기도 하고 바로 세우기도 한다. 마음가짐은 곧 태도로 나타난다. 결론적으로 툭, 뱉은 작은 말이어도 그 영향력이 점점 커져 결과에 영향을 준다. 오늘처럼. 팀장님은 농담처럼 "이 물건엔 애정이 안 간다"라고 이야기했다. 나는 다시 웃으며 "애정 좀 주세요"라고 말했지만, 내 안에서 무언가가 식어가는 걸 느꼈다.

전쟁에 나가는 마음으로,

프레젠테이션은 다르게 보면 전쟁에 나가는 것과 같다. 우리의 무기(제안 내용)가 있고, 싸워야 할 적(경쟁사)이 있고, 목표(수주)가 있다. 그러기에 '사기'가 중요하다. 싸우러 나가는 사람들의 마음가짐이다. 리더의 말 한마디는 직원들의 '사기'에는 많은 영향을 준다.

20년 만에 처음,

팀장님이 그렇게 진 빼는 모습은 처음 봤다. 이미 한 사람에게 쏟아지고 있는 질문공세에 내가 끼어들 틈은 없었다. 빨갛게 상기된 귀와 이마에 송골송골 맺힌 땀을 보았다. 이 모든 장면이 마치 영화의 한 장면처럼 느껴졌다.

누구에게나 지우고 싶은 하루가 있을 것이다. 누구나 실수는 한다. 다만 같은 실수를 반복하지 않으면 된다. 우리는 땀을 뻘뻘 흘리며 매운 오징어 볶음을 먹었고 시원한 맥주로 입가심을 했다. 오전부터 지구 종말의 날 같았던 하늘이 맑게 개었다. **참 인간적인 하루다.**

* * *

최선을 다하지만 마음처럼 쉽지 않은 날들이 있다. 그런 날에는 그저 서로의 마음을 보듬는 말 한마디와 맥주 한잔이 필요하다.

실전 PT 이야기 #91

오늘도 역시 프레젠테이션이 있었다. 미세먼지 때문인가, 쌀쌀해진 날씨 때문인가, 기분은 최악 가라앉고 나는 여전히 잔기침에 시달리고 있다. 무려 두 달 전에 걸린 감기인데 목을 쉴 틈이 없어서 그런지 아직도 잔기침을 달고 있다.

어쨌든! 오늘도 힘을 내서 현장으로 출동했다.

현장에서 최대한 자연스럽게 나를 드러내기 위해서 해야 하는 것 첫 번째는 최대한 우리가 가야 할 현장의 정보를 많이 얻는 것이다. 오늘의 장소, 현장에서 사용하는 모든 것, 들어오는 사람, 그들의 관심사, 성별, 얼굴 생김새, 그들의 사소한 말까지 열심히 주워듣기.

두 번째로 제안하는 우리의 상황도 정확하게 파악한다. 실제로 어디까지 어떤 의지가 있는 것인지, 가능한 부분인지, 가장 힘을 준 부분은 어디이고, 힘을 빼야만 하는 부분은 어디인지.

세 번째로 현장에서 이전에 얻었던 정보가 들어맞는 지, 경쟁사의 분위기는 어떠한지, 그들이 프레젠테이 션을 들어가기 전과 후의 표정 변화는 어떤지 주의 깊게 본다.

실제로 세 번째에서 우리는 상당 부분 현장의 분위기 를 예측해볼 수 있는데, 프레젠테이션을 마치고 나온 경 쟁사의 얼굴이 너무 밝아도 너무 일그러져도 우리에겐 모두 좋지 않다. 분위기가 아주 별로였어도 일부러 하하 웃으며 나오는 팀이 있는가 하면, 실망감을 감추지 못하 고 경직된 얼굴 그대로 나오는 팀도 있다. 누군가가 경 직된 얼굴로 나왔다면 어쨌든 우리도 바짝 긴장을 해야 한다. 질의응답이 매우 깐깐했거나 까칠한 심사위원일 가능성이 크기 때문이다.

고등학교 때, 대학교 입시를 하며 '이건 정보 싸움이 다.'라는 이야기를 많이 들었다. 하지만 어찌 보면 세상 의 모든 일들이 정보 싸움이다. 진짜 가치 있는 정보를 얼마나 많이 알고 있느냐에 따라, 많은 것들이 달라진 다. 하지만 정보만으로는 부족하다.

286

진짜 필요한 정보를 수집하는 능력, 수집한 정보를 상황에 따라 적절히 해석하는 능력, 그리고 그 해석한 정보를 바탕으로 단호하게 행동할 능력. 오늘의 프레젠테이션에서는 수집력, 해석력, 행동력을 배운다.

***

감이 좋은 사람, 촉이 좋은 사람이 있다. 그런 사람들은 대부분 '관찰력'이 좋다. 명확하게 딱 떨어지는 근거를 말하기 힘들어도 우리는 현장에서 느껴지는 공기와 사람들의 표정, 말투의 뉘앙스로 많은 것들을 읽어낼 수 있다. 그것은 정말 '읽어내는 힘'이다. <u>설명할 수 없는 직감은 사실 시간 속에 축적된 나의 감각과 세포가 말해주는 것들이다. 그러니 어떤 날은 두뇌보다도 나의 직감을 믿어주자.</u>

실전 PT 이야기 #92

약간 기분이 상했다. 내가 보기엔 비즈니스 상의 매너를 완전히 무너뜨린 경쟁 업체에게 왜 그리 우호적으로 구는지 이해할 수 없었다. 우리에겐 그렇게 딱딱하게 굴더니만. 이런 경우 딱 두 가지. 경쟁업체로 이미 100% 마음을 굳힌 상태이거나 반대로 100% 업체를 바꿀 생각이거나, 확률은 50:50이다. 우리는 알 수 없다. 그러나 왠지 오기가 생겼다.

"도저히 우리 업체로 변경하지 않고는
못 배기게 만들어주겠다!"

프레젠테이션 무대 서기 전, 속으로 이를 갈았다. 회사 소개를 하며 '우리 이렇게 좋은 회사야, 우리랑 하면 많은 게 달라질걸?', 메뉴를 보여주며 '이렇게 잘 주겠다는데 그래도 안 바꿀 거야?', 차별화 제안을 보여주며 '여기서 끝이 아니야, 그동안 상상으로만 생각하던 것들을 우리가 실현시켜 줄 거야!'라는 마음을 가득 담아 프레젠테이션을 마쳤다.

이럴 경우, 우리의 제안이 현실성은 없고 너무 화려해 보이지 않을까? 하는 염려가 되기도 한다. 하지만 이렇게 격식을 차려 프레젠테이션을 진행하는 경우에는 더더욱 심사위원들은 우리가 무언가를 (아주 멋지게 준비된 프레젠테이션 혹은 제안을) 보여주길 기대한다.

조금은 화려하게 프레젠테이션을 하며 심사위원장님의 만족스러운 입꼬리와 끄덕거림을 볼 수 있었고 이어서 1시간이 넘는 질의응답이 이어졌다.

무려 1시간 반. 정말 역대급 질의 응답이다. 하도 어깨를 굽신거렸더니 어깨가 빡빡하게 아파오는 오늘의 프레젠테이션.

***

진짜 마음을 꼭 전하고 말겠다는 의지를 가지면 전해지는 것 같다. 어떤 상황이든 뒤집을 수 없을 것 같을 때 오기가 발동한다. 한 번 해보자 이 거지, 라는 마음으로

'전투력을 최대치'로 끌어올리는 거다. 이때도 그런 마음이 작동했고 실제로 통했다. 우리가 수주했다.

실전 PT 이야기 #93

단 10분을 위해 새벽 4시에 일어나 충주 수안보로 향했다. 단 10분을 위해 나는 무려 10시간의 공을 들여 현장에 도착하고 또 대기했다.

심사위원들은 어쩌면 프레젠테이션을 준비하는 이들의 마음을 모를 것이다. 단 10분을 위해 우리가 얼마나 오래 전부터 제안 내용에 대해 치열하게 고민하고, 제안서를 작성하고, 프린트를 해서 100장의 제안서를 제본하고, 회사 이름이 적힌 반듯한 쇼핑백에 넣어 가져가는지.

단 10분의 완벽한 프레젠테이션을 위해 내부적으로 자료를 지속적으로 돌려보고, 내부 리허설을 하고, 이 리허설을 통해 조금이라도 더 나은 방향으로 가기 위해 어떤 논의를 하는지.

그런데 또 어쩌면, 무대 앞에 서는 사람은 이 단 10분 동안 우리가 그동안 얼마나 노력해왔는지, 얼마나 열심히 준비했고, 이 10분의 완벽함을 위해 몇 날 며칠을 준비했는지를, 결의에 찬 눈빛으로 단호한 제스쳐 하나로, 꼿꼿하게 서있는 태도로, 혹은 확신에 찬 목소리로 전해야 하는 역할인 것이다.

햇살이 따스해서인지 새벽같이 일어났는데도 몸이 가뿐했다. 탕탕탕, 소리와 함께 우리가 선정됐다는 이야기를 듣는다. 돌아오는 길 역시 가뿐하다. 돌아오는 길에서야 드디어 만연한 가을 하늘이 보인다. 이 아름다운 하늘이.

***

단 10분을 위하여 얼마나 많은 노력을 하는가. 우리에게 주어진 그 짧은 시간, 가지고 있는 것을 다 보여주기 위하여 얼마나 효율적으로 말을 줄이고 다듬는가. 단 10분을 위하여 많은 사람들이 하는 노력을 떠올리면 나 역시 어깨가 꼿꼿해지고 몸이 바로 선다.

292

실전 PT 이야기 #94

올해 마지막 프레젠테이션을 마쳤다. '마지막'이라는 단어가 들어가면 늘, 이상하게도 아쉬움이 드는 이유는 뭘까. **올해는 나에게 어쩌면 '조금 편안하게', '이 정도로만'이라는 생각과 끊임없이 싸우는 해였다.** 성장이 멈추니 스스로 지루하고 루틴하다고 생각했다. 늘 같은 일의 반복이라는 생각이 들었다. 절대 아닌데.

많은 경험으로 내공이 생기고, 노련함이 찾아왔고, 자신감이 붙었다. 하지만 그로 인한 자만이 늘 나 스스로를 깎아 내렸다. 다행스럽게도 나는 멈칫, 멈칫, 스스로 잘못된 것을 느낄 때 멈출 수 있었다. 나 자신을 돌아보며 선을 넘지 않기 위해 부단히 노력한 한 해였다.

"자영이는 오늘이 마지막 프레젠테이션인가?"

"네, 그렇네요."

"한 해 동안 정말 수고 많았다.

우리 자영이 없으면 어떻게 하니?"

이 말을 듣는데, 지난 시간의 프레젠테이션이 주마등처럼 스쳐 지나갔다. 꽤나 힘들었고, 다른 곳으로 고개를 돌렸던 날들과 다시 마음을 다잡고 태도를 고치니 달라지기 시작한 것들이 떠올랐다. 마음이 몽글몽글해졌다. 감사한 마음이 왈칵 올라왔다. 그리고 다짐했다.

달라질 것이다. 끝에 왔으니 또 새로운 시작이 시작될 것이다. 지루한 반복이 아니라 내 안에서 끊임없는 새로움으로 변화할 것이다.

머문다는 것. 똑같은 모습을 하고는 그 자리에 머물 수 없다는 것을 깨달은 한 해였다. 흐르는 물살을 헤쳐 내고 머물기 위하여 내 안의 나 자신을 새롭게 갈고 닦아야 한다는 것도. 오늘보다 나은 내일을 위해.

2018년의 마지막 프레젠테이션을 마치고.

294

* * *

    2018년도는 유난히 나에게 힘든 해였다. 무엇보다 내 안에서 솟아 나오는 마음과 싸우느라 힘든 한 해였다. 그럴 때마다 주변 사람들의 '말'로 다시 일어섰다. 주변 사람들의 좋은 말이 나를 다시 일으켜 세웠다. 주변에 이런 말을 아끼지 않고 해주는 분들이 있어 참 다행이었다. 늘 식물처럼 성장하는 나에게 성장이 멈춘다는 것은 두려운 일이었다. 그리고 이 한 해는 그 자리에 머물러 있다고 해서 성장이 멈춘 것이 아니라, 정말 치열한 노력을 해야 지킬 수 있는 자리가 있다는 것을 깨달은 시간이었다. 끊임없는 새로움으로 무장해야 머물 수 있는 자리가 분명 있다.

실전 PT 이야기 #95

나와 이미 최고의 순간을 함께했던 사람들에게 칭찬을 듣는 것이 이렇게 힘든 일인 줄 몰랐다.

그러니까 내가 말하는 칭찬은 적당하게 '오늘 고생했어요!' 혹은 '잘했어, 자영이' 정도의 평이한 칭찬이 아니라 '우와, 자영씨, 역시 최고야' 혹은 '진짜 감사해요'와 같은 진심이 느껴지는 칭찬이다.

진짜 고민해서 기획 회의를 수없이 하고, 스스로 완벽하다고 생각이 될 때까지 빔 프로젝터 앞에서 연습을 하고, 리허설을 하고 실전 무대에 섰을 때. 그때, 그 찬란한 영광의 순간을 함께 맞이했던 사람들은 이미 나의 최고의 프레젠테이션 모습을 또렷이 기억하기 때문이다. 그러니까 그들은 이미 그때를 기준으로 나의 프레젠테이션을 평가할 테니 어찌 보면 당연한 이야기다.

전사의 관심사로 모든 팀이 달라붙어 기획 회의부터 프레젠테이션까지 그야말로 '사활'을 걸고 하는 물건의 프레젠테이션을 맡는다는 건 굉장한 부담감일 수 있겠지만 또 다르게 보면 나의 성장에 좋은, 참 감사한 기회이기도 하다.

그리고 오늘이 바로 그런 날이었다. 기획 회의부터 끝없이 이어지는 리허설, 회의, 리허설, 회의. 그리고 떨리는 실전 무대 위.

회사 내에서 '최초' 나 '유일'이란 수식어 따위는 실전 무대에서는 다 필요 없다. 그냥 실전이다. 실전에서는 언제나 항상 내 실력을 증명해내야 한다. 정말 잘해내고 싶은 무대였고, 그리고 나는 오늘 또 한 번 스스로의 기준을 뛰어넘었다고 생각한다. 스스로 만족했다는 뜻이다.

오늘은 적당한 칭찬 말고 진짜 진짜 흥분 가득한 칭찬을 들었다. 나도 너무 기분 째지고 더 대박인 건 새해부터 지금까지 프레젠테이션 수주율 100%다! 사실 입찰을 밥 먹듯이 하는 사람들은 이게 얼마나 개소리인지 안다. 수주율 100%라는 말은 전략적으로 자기 입맛에 맞는 물건에만 참여한다는 소리이고, 결국 될 것만 한다는 말인데, 실제 현장에서는 1년 뒤를 보고 질 걸 알면서 참여하는 경우도 있고 또 고객사와의 관계 때문에 수주하면 안 되지만 들어가는 경우도 있고, 하여튼 수주율 100%는 진짜 말도 안 되는 거다! 하지만 지금 아직 2월 중순까지는 지금까지 했던 PT가 모두 수주했다! 그래서 지금까지만이라도 나도 한 번 말해보고 싶었다...수주율 100%

난 정말 이 마약과 같은 쾌감 때문에 절대 현장을 떠나지 못할 것이다. 아니 떠나지 않을 것이다.

＊＊＊

영광의 순간을 함께한다는 것은, 그동안 알지 못한 동료애를 깨닫는 순간이자 우리끼리만 아는 비밀이 하나 생겼다는 것을 의미한다. 같은 마음으로 무언가를 간절히 바라고 또 그것을 이룬 경험. 이 경험은 말로 표현할 수 없을 정도로 정말 값지다. 영광의 순간에는 직책이고 나이고 상관없이 모든 사람이 아이처럼 순수한 얼굴을 보인다. 그래서인지 나는 그 순간을 함께하는 것이 좋다. 누군가의 가장 순수한 행복을 곁에서 함께할 수 있으니까.

실전 PT 이야기 #96

"자영아, 그래."

전화를 받으며 들려온 목소리는 이미 촉촉하게 젖어 있었다. 예상 밖이었다. 소리 지르며 함께 기뻐할 줄 알았는데 그 반대였다. 눈으로 볼 순 없지만 선배의 눈가에는 아마도 약간의 눈물이 고여 있으리라.

간절히 원했던 것을 이루었을 때, 한 순간 탁! 하고 모든 걸 내려놓듯 감정이 스르륵 풀어질 때가 있다. 아마 선배는 지금 그 감정의 풀어짐을 느끼며 호탕하게 웃어 가볍게 흘려 보내는 것보다 더 깊은 기쁨을 느끼고 있을 것이다.

그 목소리를 듣고 있자니 나 역시 감정이 누그러졌다. 프레젠테이션을 하러 들어가기 전, 경험했던 극한의 긴장감. 하나의 팀을 이뤄 무리 지어 들어가던 순간이 떠올랐다. 약 50m 정도 되는 아주 짧은 거리였지만 어깨를 나란히 걸으며 서로 주고받았던 눈빛을 잊을 수 없다. **서로 '얼마나 긴장하고 있는지 다 안다, 서로 얼마나 간절히 바라는지 다 안다, 서로 얼마나 응원하는지 다 안다.' 마주친 찰나의 눈빛에는 이런 이야기가 담겨있었다.**

우리는 그야말로 하나의 팀이었다. 이전에 어떤 감정을 가지고 있든지 간에, 우리는 한 팀이었다. 이때는 마치 전우애 같은 감정이 솟아오르는데 그래서인지 이런 경험을 한 번 마치고 나면 확실히 이전보다는 조금 더 끈끈해진 관계를 느낄 수 있다. 그리고 그런 선배의 목소리를 들으니 나마저 울컥했다. 이런 극한 감정을 경험할 수 있기에 아마도 나는 이 일을 사랑하는지도 모르겠다. 그리고 돌아오는 길에 바라본 예쁜 울산 하늘.

***

아주 짧은 찰나이지만 나는 우리 팀이 프레젠테이션을 하러 걸어가는 순간이 좋다. 대기실에 긴장감 가득한 마음으로 앉아 있다가 프레젠테이션을 하러 막 회의실

300

로 걸어가는 그 순간. 그 순간만큼은 마치 지구를 지키는 용사 같은 마음으로 당당하게 걸어간다. 어떤 날은 슬로우 모션처럼 그 짧은 찰나가 오래 느껴진다.

실전 PT 이야기 #97

빼앗으려는 자는 판을 다시 짠다. 아예 기존에 있던 판을 새롭게 뒤집고, 완전히 새로운 모습을 가져온다. 당신들의 익숙했던 그것이 결국엔 OOO이었고 우리는 이를 바꿀 솔루션을 가지고 있다고 말해야 한다.

반면 지키려는 자들은 정말 어렵다. 나는 원래 매번 판을 새롭게 짜는 입장이었는데 최근 지키려는 자 입장에서 프레젠테이션을 할 일이 많았다. 양쪽에 모두 서본 나로서는 아쉬운 부분들이 있었다. 오늘은 현재의 서비스를 지키려는 분들을 위한 프레젠테이션 전략 3가지를 이야기하려고 한다.

▶ 지금 현재 우리가 제공하고 있는 서비스를 재정의하여 보여준다.

고객들은 우리가 엄청난 서비스, 그러니까 경쟁사에서는 절대 하지 못할 서비스를 제공하고 있음에도 불구하고 그 서비스가 얼마나 대단한 것인지 모를 경우가 많다. 그들은 지금까지 너무나 '당연하게' 그 서비스를 이용해왔기 때문이다. 지금 고객이 우리를 통해 어떤 서비스를 받고 있는지, 그것이 어떤 혜택을 주는지 다시 명확하게 말해주어야 한다. '재정의'라고 하는 이유는 '지금 우리가 뭘 하고 있는지 지루하게 늘어놓으라'는 말이 아니라 '새로운 단어, 새로운 시선'으로 우리의 서비스를 보여주라는 말이다.

▶ 현재에서 '변화'하는 부분에 포인트를 주어 장표를 구성한다.

지금 우리의 서비스를 이용하고 있는 사람들이 심사위원이라면 누구보다 세세하게 이미 서비스에 대해 잘 알고 있다. 그래서 앞서 '그래서 지금까지 우리가 했던 서비스가 바로 이거였어! 몰랐지? 정말 대단하지?'하고 서비스를 재정의 했다면 그 이후에 장표들은 현재 서비스에 대해 더 이상 말할 필요가 없다. 지금 하고 있는 것들을 (아무리 잘했다고 해도) 열거하지 말라는 말이다.

경쟁사에서는 현상 분석 혹은 지금 잘못되고 있는 것 외엔 현재 서비스에 대해 말하지 않을 것이다. 혹은 아예 언급하지 않을 수도 있다. 그들은 새롭게 펼쳐질 장밋빛 미래를 그려낼 것이다. 우리가 '변화'에 포인트를 두지 않는다면 결국 우리의 프레젠테이션은 매우 지지부진하고 지루해진다. 이때 필요한 것이 바로 '아이디어 제안'이다.

▶ '그래도 알아주겠지'라는 마음은 통하지 않는다. 형식도 중요하다. 과하다 싶을 정도로 형식도 챙긴다.

생각보다 빼앗으려는 자들은 적극적이고 많은 것을 고민한다. 현재 운영자처럼 심사위원들과 면대 면으로 커뮤니케이션을 가진 적도 없고, 인간적으로 감성을 어필할 시간도 가지지 못한다. 그러니 우리는 그 짧은 30분이라는 시간 안에 우리의 모든 것을 보여주어야 한다. 특히 경쟁업체와 업체 규모부터 회사의 안전성, 인력 수급 능력까지 비슷비슷한 수준이라면, 그야말로 '진검승부'라면, 어쩌면 모든 결정은 '형식'에서 비롯될 수도 있다. 심사위원들은 얼마만큼 자신들을 위해 노력했고, 준비했는지 제안서의 커버부터 준비한 따뜻한 차 한 잔

을 통해 평가할 수도 있다. (다시 한번 말하지만 모든 제
안 내용과 서비스 부분에서 비슷한 두 경쟁사가 프레젠
테이션을 하는 상황이다. 그런데 최종 PT에는 이런 업
체만 남기 때문에 결국 이렇게 준비하는 게 맞다.) 그러
니까 내용뿐만 아니라 형식도 완벽하게 준비해야한다.
이것이 곧 우리의 태도로 평가받는 경우를 많이 보았기
에.

* * *

판을 새로 짤 수 없다면 적어도 이 세 가지는 꼭 생각
해봐야한다. 지키려는 사람들은 대부분 '안일하게' 생각
했다가 뒤통수 맞는 경우가 대부분이다. 늘, 결과는 끝
까지 가봐야 알 수 있다. 그러니까 언제나 어떤 상황에
서나 최선을 다할 수밖에.

실전 PT 이야기 #98

진짜 시트콤도 이런 시트콤이 없다. 일단 5월은 우리가 '과거에' 비시즌이라 부르던 달이었다. 보통 프레젠테이션은 계약기간과 맞물려 진행되기 때문에 연말, 연초가 제일 바쁜 시즌이다. 그런데 언제부터인가 (약 2년 전부터?) 시즌/비시즌의 이야기가 무색해졌을 정도로 프레젠테이션이 많다. 요즘에도 일주일에 평균 2건. 오늘도 아침 일찍 울산으로 출장 가는 일정이었다.

그런데 어제 저녁, 오늘 꼭 입고 싶은 옷에 약간의 얼룩이 묻은 걸 확인하고 부랴부랴 빨래를 했다. 잘 말리고 아침에 일어났는데 웬걸, 얼룩이 지워지기는커녕 더 크게 번져 있었다. 아침에 듀가 베이킹소다로 얼룩을 지우고 빨고 드라이기와 다리미를 총동원하여 얼룩을 지우고 입었다. 후!

그런데 SRT로 향하는 택시에 타자마자, 찢어지는 치마. 내 표정은 그야말로 [당황 당황]였지만, 택시에서 내리자마자 눈 앞에 보이는 공원으로 가 잠시 아침 햇살과 풀내음을 들이마신다. 그리고 속으로 말한다.

나는 자연 안의 나뭇잎 같은 존재다.
나는 나뭇잎 같은 존재다.
- 『자기 인생철학자들』, 노은님 인터뷰 중 -

오늘 아침부터 일진이 사납지만, 오늘도 준비한 내용을 그저 잘 보여주고 오자고! 가보자!고 속으로 되뇐다.

역사 편의점에서 반짇고리를 사 아침 7시부터 화장실에 들어가 바느질을 했다. 이쯤 되니 그저 모든 걸 초월한 기분이 든다. 하하하.

프레젠테이션을 하는데 구동상의 문제로 우리가 준비한 동영상이 제대로 나오지 않았다. 예전의 나 같으면 도대체 누가 잘못했냐느니, 왜 이렇게 되었냐느니, 화를 내며 나왔을 텐데 오늘은 PT를 끝내고 나오자마자 누구보다 아쉬워하는 서로의 눈을 바라보며 "고생하셨어요."라며 스스로를 향한 우리 팀을 향한 위로의 말을

던진다. **세상사 모두 내 맘 같지 않고 모든 일은 '그럴 수도 있으니까'**

✻✻✻

세상만사 내 마음처럼 되지 않는다는 걸 알고 나니, 이미 일어난 일이나 작은 것에 연연하지 않게 된다. 말로 보면 아주 쉬워 보이는데 실제 내 마음으로 받아들이기가 참 쉽지 않은 말이다. 모든 걸 내 마음대로 하고 싶으니까. 원래 세상은 그런 곳이라고 생각하면 어떤 일이 일어나도 한 결 마음이 편안해진다.

실전 PT 이야기 #99

지난 7년간 프레젠테이션을 하면서, 발표 점수가 별도로 들어가 있는 평가표는 처음 본다. 발표 점수는 암묵적인 그러니까 '내용도 좋은데 발표까지 좋네' 수준의 평가 항목이었지 프레젠테이션 경진대회가 아니고 서야 평가표에 발표점수가 떡하니 [10점] 하고 들어가 있는 것은 굉장히 이례적이다.

그래서 더 잘하고 싶었다. 나의 전문 분야이고 내가 가장 잘해야 하는 분야이니까. 사실 입찰에서 '프레젠테이션을 잘했다, 프레젠테이션이 좋았다'라는 것은 종합적인 의미를 내포하고 있다.

▶ **솔루션이 좋았다.**

▶ **제안 전략이 좋았다.**

▶ **슬라이드 장표가 좋았다.**

▶ 발표가 좋았다.

그리고 이 모든 것을 충족시킬 때, 비로소 고객의 선택을 받을 수 있는 것이다. 특히 발표가 좋았다는 것은 단순히 말을 또박또박 잘한다는 것이 아니라 조금 더 구체적으로 말하면 이런 의미를 담고 있을 것이다.

▶ 우리가 겪고 있는 문제점을 제대로 말했다.

▶ 왜 그 솔루션이 필요한지 개연성 있게 설명했다.

▶ 임팩트 있게 꽂히는 무언가가 있었다.

발표 스킬만 좋아서는 발표 점수를 잘 받을 수 없는 이유이다. 그래서 이번 제안은 제안서 작성 단계부터 꼼꼼하게 체크했다. 고객사의 특성 분석 장표를 넣으면 좋을 것 같다는 아이디어부터 식당의 네이밍, 그리고 오프닝 클로징까지 직접 작성했다.

마음에 드는 플로우로 장표 작성이 완성됐다고 끝난 건 아니다. 이제 실제로 말을 뱉어 보며 가장 완벽하게 '입에 붙는' 순서로 끊임없이 순서를 바꿔보고 더욱 쫀쫀

한 개연성을 만드는 과정이 필요하다. 물론 이것을 완전히 내 언어로 만드는 연습까지.

어김없이 새벽 5시 반에 일어나서 단장을 하고 출근을 했다. 오후에 있을 프레젠테이션을 위해 긴장감 관리를 하고는 유난히 떨리는 무대 위에 섰다. 머릿속으로 심사위원들의 분위기와 공간을 계속 상상해서인지, 막상 들어가서는 그렇게 떨리지 않았다. 그리고 끊임없이 연습한 오프닝을 막 입에서 떼었다. 기분이 괜찮았다.

열정을 다해 프레젠테이션을 마치고 나오는데 담당자가 엘레베이터에 함께 올라탄 채 이야기했다.

"오우, 발표를 정말 잘하시던걸요!"

이 얼마나 듣고 싶었던 말이었던가. 평생 계속해서 들어도 절대 질리지 않을 말. 이런저런 이야기를 나누며 우리는 엘레베이터에서 내려 마지막 인사를 나누었다. 그 담당자는 되내이듯 마지막으로 말했다.

"발표, 정말 잘하셨어요."

오늘은 내 역할을, 충실히, 해낸 것 같다. 그분은 나를 10점 만점에 10점 주셨을까?

***

그날 들었던 칭찬을 굳이 글로 다시 기록하는 이유
는, 그만큼 현장에서 자신감이 떨어지는 날이 많기 때문
이다. 스스로 마음에 들지 않는 날들도 있거니와 단 한
사람의 무표정한 모습만 봐도 마음이 아쉽고 안타깝다.
주저앉은 스스로를 일으켜 세우기 위해 사람들이 내게
해주었던 좋은 말들을 꼼꼼하게 기록한다. 흔들리지 않
을 수 없는 세상에서 조금이라도 단단해지기 위해서.

실전 PT 이야기 #100

늘 입찰 시즌이 되면 수주의 희열과 패배의 쓴맛을 동시에 본다. 기쁨과 열정, 희망과 용기로 샘 솟았던 마음이 순식간에 실망과 절망, 두려움과 안일함으로 변한다.

뜨겁고 차갑고 강렬한 자극을 좋아하는 나지만, 나도 사람인지라 이러한 일상이 지속되면 지치기 마련이다. 몸도 몸이지만 정신적으로 힘이 나지 않는다고 해야 할까. 그래서 적어보는 실패로 단단해지는 마음. 나는 늘 그래왔으니까.

처음, 실패하면 짜증이 나고 화가 치민다. 우리가 열심히 준비한 걸 알아주지 못하는, 저 안타까운 심사위원들, 하며 경쟁사를 택한 그들의 선택이 결국 후회할 거라 확신한다.

두 번째, 실패하면 스스로를 돌아본다. 이때부터 진짜 시작이다. 약간의 의기소침과 함께 무엇이 잘못되었는지 객관적으로 평가하려고 노력한다. 도대체 무엇이 문제였을까? 무엇 때문일까? 어떤 부분을 고쳐야 달라질까?

세 번째, 실패하면 오기가 생긴다. 꼭 성공하리라, 꼭 성공하고 말겠다는 오기. 힘이 쭉 빠졌다가도 이상하리만큼 오기로 해내는 날들이 이어진다. 두고 봐라, 내가 꼭 가장 멋진 모습으로 돌아오고 말리라. 그런 기분으로 일을 해 나간다.

지난주에 얻었던 그 수주의 기쁨은 이미 사라진지 오래고, 한 주 사이에 나의 감정을 쥐락펴락하는 상황들이 이어진다. 도저히 예측할 수 없는 상황들.

그래서인지 금요일에는 프레젠테이션을 마치고 돌아와 깊은 잠에 빠졌다. 저녁 9시부터 다음 날 오후 2시까지. 하루 종일 정신이 몽롱하여 저녁이 되어서야 정신을 차렸지만 그래도 긴 터널 하나를 빠져나온 기분이다.

그러니, 다시 힘을 낼 수 있어.

언제나 내 마음대로 바꿀 수 있는 것은 '과정'에서의 노력뿐이다. 나의 자유의지대로, 마음껏, 행동할 수 있는 것들은 과정에 있다. 결과는 하늘의 뜻이다. 최선을 다했음에도 우리가 선택 받지 못한다는 건, 우리가 부족한 것이 아니라 그저 우리의 자리가 아니었기 때문이다. 그리고 어딘가에 우리와 잘 맞는 자리가 분명 있다. 이런 마음가짐에도 불구하고 늘 결과를 온몸으로 통과시키는 경험은 쉽지 않다. 분명한 것은 그 경험을 통해 나는 어제보다 오늘 더 단단해진다는 것이다.

실전 PT 이야기 #101

"제일 긴장되는 PT지?"

점심을 먹고 들어온 부문장님이 나를 향해 웃으며 말한다. 회사를 다니는 회사원에게 '제일 어려운' 프레젠테이션은 과연 어떤 프레젠테이션일까?

내 생각엔 아마도 내부 직원들이 평가하는 프레젠테이션, 특히 사장님과 함께하는 PT일 거다. 우리 회사의 최고 경영자와 상대 고객사의 최고경영자가 참석하는 PT. 어제 한 프레젠테이션이 바로 그런 자리였다. 사장님, 총괄님, 부문장님... 높으신 분들이 총출동한 프레젠테이션.

이미 수주는 된 물건이고, 고객사 측에서도 직접 회장님께(이름만 대면 다 아는 그런 분) 보고하기 주저하며 어쩌면 우리에게 '직접' 프레젠테이션 하시라고 자리

를 내어준, 그런 자리였다. 그러니 어찌 부담되지 않을
수 있을까!

보고용 프레젠테이션, 특히 고객사의 가장 높으신 분
이 참여하는 프레젠테이션에서 제일 중요한 것은 뭘까?
바로 그 높으신 분(키 맨)의 니즈를 충족시키는 것이다.

이럴 땐 우리의 전략을 잘 짜야 한다. 전략뿐만 아니
라 '눈치'도 매우 중요하다! 현장감을 살려서 하는 것이
다. 처음에는 바로 운영해야 하는 입장이기에 너무 화려
하게 보여주면 안 되는 입장이었다. 그런데 막상 들어가
보니 분위기는 달랐다.

고객사측 회장님은 우리 사장님을 붙들고 약 30분 동
안 자신이 새롭게 건설하고 있는 건물의 의미와 기대감
에 대해 이야기했다. 우리 모두 그 자리에 앉아 그 이야
기를 들었다. 나는 내가 프레젠테이션 할 타이밍만 기다
렸지만 기다리면서 기존에 생각했던 우리의 전략을 약
간 바꾸었다.

▶ 그분의 기대감에 충족할 만큼 멋지게

▶ 그분이 직접 사용한 언어를 넣어서 화려하게

▶ 중간 중간 들어오는 질문에는 직접 친절하게

그 어떤 프레젠테이션 보다 제안 자료나 운영 상황을 씹어 먹어야 가능한 보고 프레젠테이션. 프레젠테이션을 마치고 회장님이 만족스러운 웃음을 지었고 그제서야 우리 모두 안도의 미소를 띄었다.

***

프레젠테이션을 잘한다는 건, 정말로 어떤 의미일까? 사람들은 어떤 포인트에서 잘한다고 생각하고 어떤 포인트에서 못한다고 생각할까. 나의 입장이 아닌 듣는 사람의 입장이 궁금해졌다. 그간의 경험을 종합해보면 알아야 하는 내용을 알고 있을 때, 그러니까 말하는 내용만 아는 것이 아니라 말 뒤에 숨겨져 있는 행간의 의미와 맥락까지 파악하고 말을 할 때인 것 같다.

318

[피 말리는 프리젠터의 하루]

⏱ 새벽 5:30 | 평소보다 30분 먼저 기상 후 출근

⏱ 아침 7:30 | 출근 후 최종 자료 체크 및
　　　　　　　개인 리허설 및 연습

⏱ 아침 8:30 | 프레젠테이션 준비물 최종 체크
　　　　　　　및 최종 자료 애니메이션 수정

⏱ 오전 9:30 | 부문장님 리허설

⏱ 오전 10:00 | 상무님 참석 전략 회의

⏱ 오전 11:20 | 최종 자료 수정 및 고객사로 출발

⏱ 오전 12:30 | 고객사 도착 후 PT 공간 체크

⏱ 오전 12: 40 | 주변에서 간단히 점심 식사

⏱ 오후 1:30 | 고객사 도착 후 대기

⏱ 오후 2:00 | PT 시작 (경쟁사 파악)

⏱ 오후 2:30 | 당사 PT 시작

⏱ 오후 3:30 | 당사 PT 끝

⏱ 오후 4:00 | 프레젠테이션 피드백

⏱ 오후 5:30 | 사무실 복귀 및 퇴근

실전 PT 이야기 #102

주말 프레젠테이션. 매우 드문 일이다. 오전에 기록 상점에서 스토리워크숍을 마치고 부랴부랴 입찰 프레젠테이션이 있는 곳으로 향했다. 프레젠테이션을 마치고 나면 어김없이 찾아오는 후련함. 그 극도의 긴장감 뒤에 찾아오는 후련함과 나른함이 어느새 나에게 꽤나 큰 감사의 시간이자 영감의 시간이 되었다. 모든 것을 비워둔 타이밍이어서일까. 신기하게도 이 순간, 의도치 않게 많은 것들을 다시 되새기게 된다. 오늘도 역시나.

일을 하는 데 있어 나에게 가장 중요한 것을 꼽으라면, 아마도 '존재의 인정'이 아닐까 싶다. 그 조직에서 그 씬에서 그 그룹에서 내가 가지고 있는 능력과 존재가 얼마나 필요한가. 함께하는 이들이 나의 존재를 얼마만큼 인정해 주고 있나.

아주 오랜만에 보는 얼굴들이었다. 사실 언제 보았는지 가물가물할 정도의 얼굴들이다. 프레젠테이션 대기 중 정신없이 집중하여 자료를 다시 체크하고 있는데 나에게 다가와 살가운 얼굴로 이야기한다.

"자료는 언제 받았어요?
그래도 자영 씨랑 함께하면 언제나 든든하니까."

든든하니까. 이 한 마디가 갑자기 내 가슴에 훅 들어왔다. 늘 당연하게 건네는 이야기 말고, 진짜 나를 믿고 해주는 이야기 같았다. 주말에 프레젠테이션 한다고 툴툴거렸던 마음이 녹아 내린다. 뭔가 진짜 필요한 일을 해내고 있다는 생각이 들었다. 일을 하는데 있어 나에게 가장 큰 힘이 되는 생각.

그리고 나는 어떤 동료가 혹은 리더가 될 수 있을까 생각했다. 적어도 그 사람이 나에게 그리고 우리가 함께하는 일에 꼭 필요하다는 것을 알려줄 수 있는 사람이 되어야지.

＊＊＊

스스로 내가 나의 존재를 인정해주는 단계 이후에는 분명 타인과 관계 맺고 그들의 인정이 필요한 순간이 있다. 세상으로 나아가는 것이다. 누군가가 나의 존재의 필요성을 느끼고 나를 하나의 인간으로 존중해주었을 때, 그때 나는 그 자리에 오랫동안 함께하고 싶다고 느낀다. 나 역시 누군가에게 '함께 해줘서' 고맙다는 말을 더 자주, 더 많이 하고 살아야겠다.

실전 PT 이야기 #103

"이기는 습관은 이기는 준비에서 나온다."

– 조훈현 9단 –

바둑에는 '복기'라는 게 있다. 얼마나 많은 생각을 하면서 그 순간 열심히 바둑을 두었는가, 이번 바둑을 통해서 어떤 이기는 방법을 터득할 것인가.

나는 '실전 PT 이야기'를 쓰면서 오늘 했던 프레젠테이션의 시작부터 끝까지 머릿속으로 다시 한번 느리게 그려본다. **감정이 흔들리는 사람들의 눈빛, 사람들은 어디에서 웃음 짓고, 어디에서 고개를 끄덕였는가.**

특히나 오늘의 클로징은 오랜만에 스스로 감동을 하고, 그 마음을 온전히 전할 수 있었던 거 같다. 말하면서 뭔가 가슴 속에서 울컥해 목소리가 잠기기 딱 그 전

순간까지 오는 때가 있다. 이런 느낌은 나조차도 느끼기가 쉽지 않은데 삼박자가 맞아야 하기 때문이다.

첫 번째는 좋은 콘텐츠, 두 번째는 클로징까지 이어지는 청중의 몰입력, 마지막은 나 스스로의 감정상태, 즉 나의 몰입도이다. 이 삼박자가 맞아 떨어지는 순간은 참 신기하게도, 10명이 넘는 사람들이 한마음으로 내 이야기를 듣고 있다는 느낌이 든다. 그런 직감이 내 마음을 두드린다.

같은 마음으로 마무리 멘트를 하고 고개를 숙여 인사를 한다. 자연스럽게 박수 소리가 흘러나온다. 우리가 느낀 마음만큼 박수 소리에 힘이 실려있다.

힘을 빼고 이야기를 내뱉고 툭, 담담하게 - 특히나 감정선을 건드리는 이야기는 더더욱 그래야 한다. 그리고 마지막으로 여유 있는 미소를 잃지 않는다. 이 미소 하나로 많은 메시지를 전할 수 있다. 우리의 당당함과 자신감, 그리고 신뢰이다.

***

마음은 신비한 힘을 가지고 있어서 어떻게든 겉으로 표현되길 바라는 것 같다. 그래서 우리가 어떤 마음으로

무대에 서는지에 따라 상대방의 태도도 달라진다. 우리
의 말에 고개를 끄덕이는 사람들을 보라. 마음속으로 실
컷 기뻐하라. 그러면 기쁨이 그들에게도 전달될 것이
다.

실전 PT 이야기 #104

우리가 깊이 사랑하는 모든 것들은
언젠가 우리 자신의 한 부분이 된다.

- 헬렌켈러 -

오랜만이다! 이렇게 신나고 째지는 기분, 축하해주세요, 30억 수주했습니다. 15분 프레젠테이션 후 5분 질의응답! 4개 업체 연속 진행 후 110명의 청중 투표. 그리고 저희가 과반수 이상 업체로 선정돼서 수주했습니다.

우루루, 100여명의 청중이 투표를 끝내고 나오며 "프레젠테이션 누가 만들었냐, 아이디어가 좋다", "발표가 귀에 쏙쏙 들어온다"(나는 아직도 이 칭찬이 세상에서 제일 좋다) "프레젠테이션 덕에 몰표가 나왔다"라고 칭찬해 주시며 자리를 떠난다. 어떤 한 청중은 나가는 길에 프레젠테이션 잘했다며 다음부터는 화면을 짚을 때 손 말고 포인터를 사용하라고 조언까지 주신다. 원래는 포인터의 레이저 빔은 거의 사용하지 않지만 생각해보니 한 손에는 마이크, 한 손에는 포인터! 포인터를 든 손으로 화면을 가리키는 게 힘들었는데 이때 포인터를 써도 좋을 것 같다는 생각을 했다.

지난 금요일 프레젠테이션을 위해 출장을 가 아침부터 만들어 놓은 자료 다 뒤집고 순서, 오프닝, 클로징 전략적으로 재배치, 확정하고 저녁 8시까지 야근하다 집으로 왔다. 내 불금. 최종 자료가 나오기 전까지는 너무 바쁜 이번주 일정에 (화, 수, 목, 금 프레젠테이션) 오히려 무기력해졌지만 이렇게 열심히 만든 자료를 꼭 완벽하게 잘 해내고 싶었다.

열심히 하면 이를 망치고 싶지 않아 간절해지고 또 간절하면 잘 해내고 싶어 열심히 하게 되는 것 같다. 그 무엇이 먼저랄 것도 없이.

프레젠테이션이 끝나자마자 그 자리에서 투표를 하고 마치 반장선거 하듯이 업체별로 개표를 하는데! 아, 정말 어찌나 심장이 두근거리고 떨리던지!

이런 쫄깃함, 간절함, 이 맛에 프레젠테이션을 하지.

* * *

　정말 간절히 원하고 바라는 것은 반드시 이루어진다. 청주에서 서울로 발령을 받고 짐을 정리하면서 우연히 그 해 첫 달에 쓴 다이어리를 발견했다. 뽀얗게 앉은 먼지를 훌훌 털고 그 안에 적은 내용을 보았다. 아워홈에 입사하고 이루고 싶은 위시 리스트가 적혀 있었다. 사실 내용도 기억나지 않았다. 그리고 곧 소름이 돋았다. <u>그 안에 적어 두었던 것들을 모두 이룬 상태였기 때문이다.</u> <u>간절히 원하고 바라는 건 반드시 이루어진다. 언젠가 우리 자신의 일부가 되어있으니까.</u>

실전 PT 이야기 #105

하루에 프레젠테이션 2건, 그래도 또 내일 1건 준비.

연말이라고 다른 이들은 친구들, 그동안 보고 싶었던 사람들 만나면서 한 해를 마무리하는데 나는 프레젠테이션 두 건을 모두 마치고 회사로 복귀하니 8시.

하아, 우울하다. 그리고 오늘 있었던 2건의 프레젠테이션 이야기!

오전에 있었던 건 정말 높으신 분이 참여해 함께 평가하러 들어온 위탁사 분들도 모두 초긴장. 이러한 경우에는 오히려 질의응답이 거의 없다. 그 들에게도 어려운 그분이 있기 때문에! 하여튼 오늘 한 장소는 소회의실 정도의 크기였는데 목소리가 굉장히 울리는 곳이어서 목소리 톤을 평소보다 1.5배 줄였다. 내 목소리가 소음처럼 느껴지면 안 되니까! 더 나긋나긋하게.

허세가 가득하고 허영심이 있다는 그 분은, 얼음공주 같았고 일부러 자신의 권위를 우리 앞에서 보이려 했다. 내가 정말 좋아하지 않는 부류의 사람이었다. **'인정받지 못한 권위' 이런 열등감에서 나오는 차가움. 아무리 높은 자리에 있어도 '권위'라는 건 그리 쉽게 얻어지는 게 아니라는 걸 다시한번 깨닫는다.**

오후에 있었던 프레젠테이션은 입찰 프레젠테이션때 스케줄이 안 맞아 듣지 못했던 상무님을 위한 재 프레젠테이션! 엄청나게 쿨 하신 그 분 덕분에 프레젠테이션이 끝나자마자 결과는 바로 그 자리에서 났고 우리가 이번 뿐만 아니라 향후에 있을 프로젝트까지 컨설팅할 수 있게 됐다. 그런데 사장님을 위해 나를 한 번 더 부를 수도 있다고 하셨다. 잘 봐주시는 건 좋지만, 저도 무지 바쁜 사람입니다만... 그렇지만 또 불러 주시면 기꺼이 가겠습니다.

회사로 다시 돌아와 내일 있을 프레젠테이션을 준비하면서 놀지못해, 쉬지못해 우울한 마음을 다잡고 감사한 일들에 대해 생각해본다.

아워홈이라는 회사를 대표해, 대한민국 경찰들 100명 앞에서 직접 PT도 하고 대검찰청에 가서 200여명의 청중 앞에서도 PT를 해보고, 또 내일은 대한민국에서 제일 큰 특수병원에 가서 PT를 한다. 사회의 요직에 있는 분들 앞에서 그 분들과 눈을 맞추며 내 목소리를 낼 수 있다는 건 아무래도 기분 좋고 감사한 일이다.

일을 하면서 내 존재를 다시한번 확인할 수 있는, 그런 순간. 그러니 우울해말아야지, 요즘엔 정말 심하다 싶을 정도로 프레젠테이션이 많지만! 그래도 힘을 내야지. 감사해야지.

***

우리는 늘 너무 바빠서 감사한 일들을 놓치고 살아간다. 사실 세상은 자세히 바라보고 곱씹어보면 감사한 일 투성이다. 나에게 감사한 순간을 기꺼이 감사하면서 살아가고 싶다. 아무리 바빠도 그런 마음의 여유는 만들며 살아가고 싶다.

실전 PT 이야기 #106

프로의 향기는 복장에서부터 시작된다. **우리가 흔히 말하는 비즈니스 매너의 기본은 상대방을 향한 '존중'과 '배려'이다.**

사람과 사람이 만나 비즈니스를 하는 자리, 그 첫 만남에서 중요한 것은 상대방을 향한 배려이고 이것을 표현할 수 있는 방법이 바로 비즈니스 매너라고 생각한다. 프레젠테이션에서도 매우 중요한 것 중 하나이며 프리젠터로서 가장 단적으로 보여줄 수 있는 비즈니스 매너는 '복장'이다.

경쟁사와 함께 대기를 하거나 공지내용을 듣기 위해 모든 업체가 한 자리에 모이는 시간이면, 누구나 상대편의 '프리젠터'가 누군지 유심히 보게 된다. 나 역시 그런 편인데 이번 PT에서는 상대 프리젠터가 '프로'가 아님을 단박에 알 수 있었다.

하늘로 높이 솟은 아이라인, 차갑다 못해 매서워 보였다. 첫인상으로 상대방의 호감을 사야 하는데 굳이 왜 '강한 인상'을 줄 필요가 있을까. 치렁치렁하게 내려온 최근 유행하는 테슬 귀걸이, 트렌드에 민감한 것은 알겠지만 대표이사까지 참석하는 프레젠테이션 자리에 어울리지 않는다. 손바닥 한 뼘정도는 돼 보이는 허리벨트와 현란한 레이스 장식의 치마, 누가봐도 자신이 예뻐 보이기 위한 옷을 입고 왔다.

경쟁사의 프리젠터는 타인 앞에 서는 자리라고 있는 힘껏 자신을 치장하고 왔다. 하지만 안타깝게도 프레젠테이션을 하는 자리는 자신의 미모를 뽐내는 자리가 아니다.

의상을 고르거나 옷을 입을 때 가장 기본이 되는 것은 단정함과 깔끔함이다. 여기에 열정, 신뢰, 새로움 등의 메시지에 맞춰 의상의 컨셉을 정할 수 있다. 하지만 앞서 말했듯이 기본은 무조건 '상대방에게 호감을 줄 수 있는가?'이다.

정갈하게 차려 입은 의상은 상대방에게 예의를 차렸다는 의미이기도 하다. 또 단정한 옷차림은 입은 사람의 몸가짐과 마음가짐을 다르게 한다.

멀리 출장을 가는 프레젠테이션에서는 보통 있는 옷 중 가장 편안한 옷을 선호하기 마련이지만, 오늘은 대표 이사가 직접 참여한다는 이야기를 듣고 단정한 원피스 보다는 자켓을 꼭 입어야겠다는 생각을 한 것도 그 이유이다.

프레젠테이션은 나를 뽐내는 자리가 아니다. 옷을 입기 전에도 우리가 전달하려는 메시지에 대해 한 번 더 생각해야 한다. 프레젠테이션이 있기 하루 전날, 내가 옷을 고르는 이유이다.

✳✳✳

지금도 프레젠테이션 하루 전 날, 내일 입을 옷을 미리 정해 둔다. 아침에 조금 더 여유로운 마음으로 하루를 시작하기 위한 마음이자 우리가 전하려는 메시지와 가장 잘 맞는 옷이 무엇인지 한 번 더 생각하고 고르고 싶은 마음에서다.

실전 PT 이야기 #107

똑같은 내용을 반복해서 똑같은 청중 앞에서 프레젠테이션을 하는 일은 거의 드물다. 하지만 오늘은 세 번째 동일한 프레젠테이션을 했다. 주변 사람들이 이야기했다. "또 거기야? 그 정도 했으면 이제 담당자가 알아서 해야지, 그 먼데까지 가서 또 PT를 하래?"

팀장님 이외 나를 생각해주시는 분들의 이런 말을 듣고 나도 살짝 짜증이 났다. '아 진짜 똑같은 내용으로 내가 왜 또 가서 해야 하는 거지! 으! 하기 싫다.' 오전 내내 하기 싫다는 생각이 만연했다. 저번엔 어떤 이사님이 못 들으셔서, 이번엔 본사 직원들이 들어야 해서 나는 몇 번씩이나 그 업체에 가서 프레젠테이션을 하는 것이다.

따스한 봄바람을 맞으며 현장에 도착하고 나를 아주 살갑게 맞아 주시는 그 업체의 이사님을 보며 나의 마음은 다시 바뀌기 시작했다. 그 특유의 현장감을 느끼며 다시 스멀스멀 '잘 하고 싶다'는 마음이 들기 시작했다. 그리고 오전에 했던 나쁜 마음을 사죄하듯 내용 하나하나에 정성 들여 이야기를 시작했다.

이미 내용을 몇 번씩 늘은 분 들도 있으니 조금 스피디하게 강조할 부분만 짚으며 프레젠테이션을 했다. 모두 화기애애한 분위기에서 계약서 진행까지 이야기를 마칠 수 있었다. 특히나 살갑게 맞아 주시던 그 이사님은 진행 내내 우리 쪽을 옹호해주며 우호적인 방향으로 협상할 수 있게 도와 주셨다.

나오는데 본사 직원 분들이 모두 문 앞까지 직접 나와 배웅을 해 주신다. 그러며 그 이사님이 아쉬워하며 말씀하신다. "이제 프레젠테이션이 다 끝나서 오실 일이 없으시겠네요" 웃으며 자주 오겠다고 말을 하고 돌아서며 나는 깨달았다.

그 이사님 역시 우리 업체로 선택을 하고 그 당위성을 본사 직원들에게 보여주기 위해 '프레젠테이션'을 부탁했다는 것을. **자신들의 상세한 설명 보다도 짧지만 임팩트 있는 프레젠테이션 한 번이 더 좋다고 생각한 것이다.** 그 이사님의 얼굴을 보며 오전에 스스로 했던 생각이 창피하고 죄송할 정도였다. 현장에 오면 이렇게 '살아있다'고 느낄 수 있으면서 오기 전에 '싫다'는 생각을 하는 건 참 어리석다. 진짜 봄이 왔으니, 나를 믿어 주는 사람들에게 모두 최선을 다해 보여 줘야지! 멋진 Showing 을.

***

타인을 설득하는 가장 좋은 'showing'은 프레젠테이션이다. 프레젠테이션을 할 때 특유의 '공기'가 그 공간을 감싸는 것이 느껴진다. 그건 그 공간 안에 있었던 사람만이 알 수 있다. 많은 사람들이 같은 마음으로 무언가를 몰입하거나 염원하거나 할 때의 에너지 같다. 프레젠테이션은 가장 공정하게 모두 앞에서 함께 평가하는 자리이다.

실전 PT 이야기 #108

실로 오랜만이다. 우리 업계는 시즌, 비시즌이 나눠져 있는데 대부분의 PT가 계약 기간에 맞춰 입찰이 진행되기 때문이고 대부분의 계약은 1년 단위 혹은 반 년 단위로 성사되기 때문이다. 그래서 계약이 만료되는 연말 연초에는 눈코 뜰 새 없이 바쁘고, 조금 한가했다가 다시 중반 즈음 슬슬 바빠지기 시작한다. 지금이 딱! 그 타이밍이다!

한 차례 방학과도 같은 휴식기 (사실은 이때 다양한 인문학적 감각과 케이스 스터디가 필요하다) 후에 찾아온 프레젠테이션은, 나답지 않게 긴장이 많이 된다. 오랜만에 느껴지는 이 심장의 쫄깃함!

이 쫄깃함을 진정으로 즐기는 나같은 사람이 있는가 하면 그저 어깨에 무거운 돌멩이를 올려놓은 것처럼 빨리 벗어나버리고 싶은 사람이 있을 게다. 이 두근거림은 적응이 될 듯하면서도 오늘처럼 절대 적응되지 않는데, 곰곰이 생각해 보니 이 쫄깃함이 적응되는 순간은 긴장감이 무뎌질 만큼 많이 무대 위에 설 때다.

그러니까 긴장감을 이겨내는 가장 좋은 방법은 이 긴장감이 무뎌질 만큼 많이 부딪히고 도전하는 것이다. 일단 경험해 보는 것이 제일 중요하다.

만약 긴장을 너무 많이 해서 자신의 이야기를 제대로 펼치지 못하는 콤플렉스가 있는 사람이라면, 기회가 있을 때마다 사람들 앞에서 말하는 연습을 하라고 말한다. 타인 앞에 서기 전 심장의 쿵쾅거림, 내 심장이 뛰는 소리를 느껴보자. 어느새 그 파동을 자연스럽게 여기게 될 것이고 그때 즈음, 아마도 그동안 느끼지 못했던 좋은 발표를 펼치게 될 것이다. 딱 그 한 번의 경험. 그거면 된다.

한 번 성공한 경험을 얻고 나면 자신감도 생기고 스스로에 대한 믿음도 생긴다. 정말로, 딱 그 한 번의 성공적 경험이 너무나도 소중하고 중요하다. 그러니 포기하지 말고 무대에 설 것. 내 안에 있는 목소리를 마음껏, 세상에 말할 수 있을 때까지! 당신의 그 경험을 채수주가 응원합니다.

＊＊＊

단 한 번의 성공적인 경험. 나는 많은 사람들에게 이 경험을 만들어주고 싶다. 지금까지 내가 커뮤니티와 스피치 클래스를 하는 이유이다. 나의 이야기가 누군가의 마음을 울리고, 그 사람의 시선이 나에게 다시 오는 경험. 진정한 소통의 경험이 얼마나 마음을 풍요롭게 하는지 느껴본 사람만 알 수 있기 때문이다. 무대 위에서 그 경험을 단 한 번이라도 해본 사람이라면 그 다음 무대는 생각보다 어렵지 않을 거다.

실전 PT 이야기 #109

후아, 후련하다. 드디어 중요도 '상'인 물건의 프레젠테이션이 끝났다. 이런 물건은 역시나 PT 하루 전날에도 가차없이 자료 수정에 수정에 수정. 하아

연속되는 프레젠테이션에 컨디션은 난조였지만, 그래도 공들여 열심히 만든 프레젠테이션은 꼭 '잘 해내고 싶은' 마음이 든다. 그런데 컨디션 때문일까, 리허설할 때 스스로도 당황할 만큼 말이 매끄럽지 못했다. 혼자할 땐 이정도면 됐다, 싶을 정도로 술술 평소처럼 해냈는데! 잘 사용하지 않는 단어들이 많기도 했지만 너무나 피곤한 마음에 '아, 빨리 해치워버리고 밥이나 먹으러 가고 싶다'라는 마음이 있었던 듯하다. 실제로 너무 배가 고프고 지친 상황이었다.

리허설인데 뭐 어때, 라는 생각은 내 실전 PT에도 엄청난 영향을 주었는데 리허설에서 버벅댔던 단어가 자

꾸만 내 심리에 영향을 주었다. '아, 또 버벅대면 어떡하지?'라는 생각이 계속해서 들었던 건 물론이고 마음이 평소와 같이 안정되지 않았다.

마인드 컨트롤. 무대에 들어가기 전에 계속해서 오프닝을 속으로 되내이고 (오프닝만 완. 벽. 하게 성공해도 거의 다 한 거다!) 피곤한 몸 때문에 자꾸만 늘어지려는 정신을 잡으려 일부러 긴장을 바짝 해보려 했다. 이럴 땐 긴장감이 필요한 순간!

아주 덥고 숨소리까지 들리는 회의실에 모여 앉아 프레젠테이션을 시작했다. 오프닝과 클로징, 심혈을 기울여 만든 만큼 한 글자 한 글자 힘주어 말했다. 한 사람, 두 사람, 세 사람....! 고개가 끄덕이는게 보이기 시작한다. 다시 안정적인 페이스를 찾아 잘 마무리했다.

프레젠테이션이 끝나고, 부문장님은 만족스러운 표정으로 모두에게 "고생했다" 라고 하시더니 "오, 자영 씨 옷이 멋진데!" 라며 칭찬하신다. 옷이.... 옷이.....

"옷걸이가 멋져야 옷도 멋지지, 오늘 멋졌어!" 하신다. 끝나고 신나게 막걸리 타임. 오랜만에 먹는 술인데, 진짜 술술술 잘 넘어간다. 난 또 기분이 날아갈 것 같다.

＊＊＊

　사실 고백하자면 나는 회식을 좋아한다. 특히나 한 마음으로 준비했던 프레젠테이션을 잘 마치고, 팀원들과 회포를 풀며 이야기를 나눌 수 있는 회식은 더더욱 좋아한다. <u>무대 위의 희열을 오랫동안 붙들고 이야기하는 것이 좋다.</u> 같은 마음으로 같은 경험을 한 사람들과의 이야기는 언제나 즐겁다.

실전 PT 이야기 #110

드디어 우리 차례다. 어떤 경우에는 프레젠테이션 현장에 딱 들어서면 우리보다도 더 경직되어 있는 심사위원의 표정을 볼 수 있다. 그럴 때의 묘약은 '말랑한 오프닝'!

나는 가벼운 질문을 던지며 오프닝을 시작한다. 이번 프레젠테이션의 키 맨인 부회장님의 눈빛이 흔들리며 입가에 미소를 띄운다. 그러더니 앞으로 조금 더 당겨 앉아 우리의 제안에 귀를 기울인다. 오예, 반은 성공!

사실 프레젠테이션 들어오기 전 대기실에서 경쟁사 프리젠터가 하는 걸 잠깐 볼 수 있었다. (회의실이 통유리여서_물론 불투명지가 붙어있긴 했지만 얼굴이 보였다) 보고 든 생각은 '예쁜 척한다'였다. 그리고 생각했다. 아직 프로는 아니구나. 그리고 나의 입사 초기 프레젠테이션이 떠올랐다. 나도 그때 무진장 예쁜 척을 했었는데....

　미소를 띌 부분이 아닌데 웃고 있고, 처음부터 끝까지 시종일관 예쁜 표정을 지으려고 노력했었다. 하지만 지금은 표정에 전혀 신경 쓰지 않는다. **내용에 몰입하기 때문에 진중한 부분에선 진지한 표정이, 실제로 즐거운 내용이나 밝은 내용이 나올 땐 내 표정도 밝아진다. 덩달아 목소리까지도 그렇다.** 그러니 사람들도 내 발표에 더 몰입하게 되고 "귀에 쏙쏙 들어온다"고 말해주는 것 같다.

　마지막 순서였던 우리는 담당자가 갑자기 들어와 준 조언도 그냥 놓치지 않았다. 실제로 그 담당자는 우리의 순발력을 보고 싶었다며 PT 시작 전에 조언을 주는 이유를 설명했다. **우리는 재빨리 장표 한 장을 새롭게 만들어 중간에 끼어 넣었다. 프레젠테이션 할 때, 마치 미리 준비된 것인냥 더욱 강조하며 그 장표를 설명했다.** 그리고 또 부회장님이 웃는다.

　프레젠테이션을 마치고 회사로 돌아오는 길에 전화 한 통이 걸려왔다. 우리가 선정됐다는 전화다! 그리고 함께한 담당자는 나에게 이렇게 말한다.

"나의 수주 제안 포인트, 채자영"

아, 정말 박장대소했다! 더 신기한 건 바로 다음 날, 방문한 다른 업체에서 그 부회장님을 우연히 만났다고 한다. 우리의 프레젠테이션을 엄청 칭찬하셨는데 옆에 있던 그 업체 담당자가 "부회장님이 선택하신 업체면 믿을만 하다"며 우리와 바로 수의계약을 하자고 했단다! 와, 이게 바로 일타쌍피? 믿음도 전염이 되나봅니다. 채수주, 기분 좋습니다.

***

끝날 때까지 끝난 게 아니다. 현장에서 이 문장을 종종 떠올린다. 현장에서 예상치 못한 다양한 난관을 계속해서 만난다. 그럴 때엔 당황하지 않고, 불평하지 않고, 그저 해결책을 찾으면 된다. 불평불만 할 시간에 어떻게 하면 더 좋은 방향으로 해결할 수 있는지 고민하는 것이 생산적이다.

실전 PT 이야기 #111

안티(Anti-) 청중에게 대처하는 법. 벌써 긴 시간 '전문 프리젠터'라는 이름으로 일하다 보니, 이제 제법 매년 입찰이 열리는 물건의 PT에서는 익숙한 얼굴들이 보인다. 특히 근속연수가 높은 회사나 직무 부분에서는 더욱 낯익은 얼굴들이 보이는데 그럴 때면 생판 모르는 심사위원들 앞에서 할 때보다 긴장도 덜 되고 왠지 모르게 힘이 된다. 물론 그들도 분명 나를 기억하고 있을 것이다! 몇 년 째 아워홈을 대표하는 얼굴로 찾아왔으니 말이다.

특히 이번 물건은 2013년 내 이름으로 직접 미팅부터 제안서 작성, 프레젠테이션까지 해서 수주를 했었다. 무척이나 뿌듯했다. 하지만 올해 초에는 당사 내부 전략으로 심기를 불편하게 한 점(?)이 있어 거의 팽 당하다시피 했다. 프레젠테이션 도중 높으신 분 한 분이 자리

347

를 박차고 나갔으니 말 다했다. 그리고 나는 그분의 얼굴을 정확히 기억한다. 그래도 비즈니스 관계인데 너무하다는 생각을 했었다.

그리고 어제 있었던 프레젠테이션 13명의 심사위원 중 그 분의 모습이 보였다. 자리를 박차고 나갔던! 역시나 표정은 시니컬하지만, 지난번처럼 노골적으로 무시한다거나 무례하게 굴지는 않았다. 하지만 여전히 나에겐 트라우마처럼 그 얼굴이 각인되어 있다.

프레젠테이션에 열중하다 그 분과 눈이 딱 마주쳤는데 잘됐다는 듯이 나를 보며 일순간 표정을 일그러뜨린다. 나는 어떻게 했을까?

프리젠터 일을 한 초반에는 그런 사람과 무언의 눈싸움을 했을테지만, 지금은 다르다. 나는 그 청중의 눈빛과 충돌되지 않도록 바로 눈길을 돌렸다. 실제로 그 분 뒤에는 나의 이야기 하나하나에 고개를 끄덕여주는 매우 우호적인 청중이 있었다. 나는 그분에게 집중했다. 그 분의 표정에 몰입하며 나만의 플로우를 잃지 않으려 내용에 더 열의를 더했다.

"꽃들은 천재지변이 있더라도 아랑곳하지 않고 자신에게 몰입한다."

이것이 바로 나만의 비법이다. 어차피 편견과 불만으로 가득 차 있는 청중에게 신경쓰느라 나만의 플로우를 놓치기 보다는 우호적인 청중, 우리가 준비한 발표내용에 몰입한다. **가식적이지 않아도 충돌하지 않아도 스스로에게 몰입한다면 저마다의 아름다움이 자연스레 묻어날 것이고, 청중은 이에 감동할 것이다.**

**

어떤 날은 벽과 대화하는 기분이 들 때가 있고, 어떤 날은 노골적으로 우리에게 싫은 표현을 해서 마음이 힘들 때가 있다. 물론 흔하지 않은 일이다. 그럼에도 불구하고 있는 일이다. 처음엔 굉장히 당황했다. 그리고 내용에 몰입하기 힘들었다. 하지만 이제 극복하는 나만의 방법을 찾아냈다. 그냥 무시하는 것. 나를 싫어하는 사람보다 나를 좋아하거나 혹은 중립적인 사람에게 더 호소하는 것. 프레젠테이션에서뿐만 아니라 관계 맺기에서도 그렇다.

실전 PT 이야기 #112

다음날 프레젠테이션을 위해 담당자와 열심히 전화 통화를 하고 있는데 느닷없이 사무실 한 켠에서 박수와 함성 소리가 들린다. 사근사근 조용하고 나른한 오후의 사무실에서 들리는 커다란 함성 소리와 사람들의 박수 소리, 그리고 웃음 소리! 알고 보니 지난번 했던 프레젠 테이션의 수주소식이다!

꺄악!! 이 조용한 침묵을 깨는 짜릿한 함성소리. 강남의 널찍한 사무실에서는 어울리지 않는 이 소리가 너무 좋다. 특히나 이번 PT는 질의응답까지 모두 나홀로 진행했던 물건이라 더욱 부담감을 안고 있었던 건이기에 더더욱 벅찬 감정이 끓어오른다. 싱글벙글한 팀장님이 다가오더니 "자영이, 수고했다" 하신다. 곧이어 담당자가 오더니 "자영아, 고마워! 네 덕이야, 흐읍!" 한다. "아니에요!!!! 고생 많으셨어요 정말"

서로가 얼마나 애쓴지 알기에 그간의 고생을 보듬어
주는 말을 하기 바쁜 오후다. 그리고 저녁엔 부문장님
돌아와 자리를 돌며 고생한 팀원들에게 하나하나 찾아
가 "고생했다!"하신다. **이 말 한 마디가 뭐라고. 가슴
을 뛰게 하고 살아있음을 느끼게 한다.**

짧은 프레젠테이션에서 내 이야기에 크게 동조해주
고 눈을 반짝여준 청중은 오래도록 그 얼굴이 기억나듯
이, 나와 진심이 통한 청중도 나를 기억해줄 거라 믿는
다.

"오, 저희 회사 CI색으로 의상을 입으셨네요! 센스있
는 심사위원 분들이 좀 알아봐 주셔야 할텐데" 라고 말
했던 담당자가 자꾸만 내 이야기를 하신단다. 조만간 찾
아가서 감사인사를 해야겠다. 과거엔 일로써 만난 인연
은 거기서 끝이라 생각했는데, 지금은 생각이 많이 달라
졌다. **모든 인연은 다 하나로 연결된다.** 프레젠테이션
하러 가던 날, 차 안에서 감탄하던 맑은 하늘이 아른거
린다.

＊＊＊

　내가 프레젠테이션을 하는 이유. 아마도 내가 이 일을 사랑하는 이유. 혼자만의 기쁨이 아닌 함께 누릴 수 있는 기쁨이라는 것. 모두가 한 마음으로 하나의 목표를 향해 달리고 그 결과를 마음껏 충분히 기뻐할 수 있다는 것. 나는 이 일이 좋다.

실전 PT 이야기 #113

누구 말마따나 나라도 요상, 날씨도 요상, 내 정신도 요상하여 요즘 계속 무기력하게 축 처져 있었다. 갑자기 차가워진 바람이 코로 들어오니 마음도 센치해지고 약간의 감기 기운이 찾아왔다. 그래, 나는 매년 가을을 탔던 거 같다. 하지만 이 모든 것이 오후 2시 반을 기점으로 감쪽같이 사라졌으니.

2시 반부터 화상회의가 시작됐다. 서울에서는 나 홀로, 내일 있는 PT를 위해 화상 회의를 진행했다. 부문장님이 보시고 3시간 반 동안 제안서를 뜯어고쳤다는 소문이 자자했는데, PT자료를 보고 나 역시 경악했다.

당장 내일인데, 내용은 뒤죽박죽이고 포맷조차 통일성이 없었다. 헤드 타이틀은 친구에게 말하듯 구어체로 격의 없는 말들로 이어졌고, 자신이 한 제안 내용도 명확하게 설명해주지 못했다.

속에서 무언가가 부글부글하더니 나른한 몸이 번쩍 깨이고 2시반 동안 화상회의로 자료를 수정했다. 생각 해보니 어느 일정 나이 이상 되고 나니, 화나는 일이 어릴 적 만큼 많지 않은 게 사실. 하지만 이 감정 역시 내 가슴을 뜨겁게 하는 감정임을 분명하게 느꼈다. 왜 그런가 다시 생각해보니 '잘하고 싶다'는 마음이 들었는데 자료가 안 따라줘 화가 난 것이다. **화도 열정이 있는 상태에서 나는 것이구나!** 생각하고 잠시 조폭 마누라에 빙의하여 했던 조언 몇 가지를 끄적여 본다.

1) **PT자료는 '문어체'로 쓰는 것이 깔끔하고 이해하기도 쉽다. 반면에 발표는 '구어체'로 풀어서! 자료에 구어체를 쓰면 격이 없어지고 말이 길어진다. 문어체로 요약하여 간결하게 적는다.**

2) **요약하여 적다 보니 '비문'이 많아질 수 있다. 문법적으로 말이 되는지 안되는지 다시 한번 더 확인한다.**

3) 헤드 타이틀(우리의 솔루션에 대한 제안내용)에는 되도록이면 긍정적인 표현을 사용한다.

4) 하나의 프레젠테이션 안에서 배경화면, 네비게이션 디자인을 변화시키려면 그만한 이유가 있어야한다. 무턱대고 바꾸면 '여기저기서 짜깁기 했구나'하는 느낌을 줄 것이다.

5) 큰 그림부터 보여준다. 큰 그림에서 점점 세부적인 그림을 그리면서 제안 내용을 설명할 수 있게 장표를 구성한다.

그리드, 안내선만 활용해도 정말 깔끔한 자료를 만들 수 있는데.... 그 쉬운 것을 왜 사용하지 않는 것인가!

내일은 새벽 6시 기차를 타고 이동한다. 오랜만에 정신이 번쩍! 뜨이게 해준 이 프레젠테이션, 잘 하고 싶다! 집에 가서 더 많이 연습하고 자야지.

* * *

    내 안에서 끌어 오르는 감정. '화'도 원동력이 될 수 있다. 또 어떤 날에는 '오기'라는 감정이 나를 이끈다. 이 모든 감정은 다 '잘 하고 싶다'는 마음에서 비롯한다. 인간이니까 당연히 다양한 감정이 생기기 마련이다. 하지만 <u>어떤 감정이든지 간에 어떤 에너지로 쓰느냐에 따라 나에게 돌아오는 결과가 달라진다. 화를 내든 오기를 가지든 더 나은 방향으로 나아갈 수 있는 원동력이 된다는 점에서 괜찮다.</u>

실전 PT 이야기 #114

"또 혼자 연습이야?"

요즘 일주일에 2건 이상씩 프레젠테이션을 하는, 살인적인 스케쥴을 한달 내내 이어오며 나의 멘탈은 [지침 ▶ 힘듦 ▶ 짜증 ▶ 해탈 ▶ 일이 즐거움 ▶ 그냥 기분 좋음 ▶ 정신은 맑고 몸은 지칠대로 지침(하지만 스스로 의식하지 못하다가 프레젠테이션이 끝나는 순간 턱 풀림)]의 과정을 지나오고 있다.

경쟁사를 봐도 나처럼 모든 프레젠테이션을 다 - 하는 프리젠터는 없다. 보통 이틀 연달아 PT가 있다면 둘 중 중요한 물건 혹은 가능성이 큰 물건을 프리젠터가 전담하여 진행한다. 선수보호 차원 뭐 그런 느낌이다.

종종 나를 너무 배려하지 않고 다 시키는 거 아니가 하는 서운함도 있지만, 또 나이기에 할 수 있는 일인 것 같아 은근 뿌듯하기도 하고 그만큼 철벽처럼 믿어 주셔서 고맙기도 하다.

커다란 회의실에서 홀로 연습을 하고 있으면 빼꼼히 문을 열고 들어와 "또 연습이야? 힘들지?"라며 간식과 선물까지 사다 주니, 힘을 내지 않을 수 없다.

"자영아, 여기 네가 가면 수주 100%야"이 말은 '내가 사전 영업은 최선을 다해 해 놨으니 가서 멋지게 마무리를 해달라'라는 뜻이다. **그동안 팀원들의 노력이 허투루 사라지지 않도록, 나는 오늘도 내일도 커다란 회의실에서 가상의 청중을 대상으로 연습을 한다.**

✱✱✱

혼자만의 싸움. 연습은 치열한 자신과의 싸움이다. 나태해지고 귀찮아지면 절대 할 수 없다. 보는 사람이 없기 때문이다. 하지만 그 무엇보다 '또 혼자 하는 연습'이 나를 성장시킨다. <u>아무도 보지 않을 때, 나만 알 때 하는 것들의 힘은 크다.</u>

실전 PT 이야기 #115

우리 회사에 '츤데레(무심한 척 챙겨줌)' 과장님이 산다. 진짜 그분은 '츤데레'라는 단어가 너무나도 잘 어울리는 분이다. 평소의 얼굴 표정이나 말투나 모든 것이 '츤데레'라는 단어를 연상시킨다.

그저 무뚝뚝한 분인 줄 알았는데, 1년 전 함께 들어간 프레젠테이션 후 같은 팀 후배에게 나의 프레젠테이션을 엄청나게 칭찬했다는 소리를 들었다.

"자영 씨 프레젠테이션은
마치 그 현장에 있는 것처럼 느껴져!"

와, 뒤에서 듣는 칭찬은 이런 기분이구나! 앞에서 듣는 것보다 나름 기분이 좋네, 하고 생각했었다. 그리고 오늘 과장님의 프레젠테이션 리허설이 끝나고 처음으로 대놓고 나에게 칭찬을 해주셨다.

"좋아, 아주 좋아. 자영씨는 이제 대체 불가야."

대.체.불.가! 대체 불가라는 단어가 내 귀에 와 쏙 박혔다. 와, 이 단어를 듣고 어찌나 기분이 좋은지. 그저 웃었지만 속으로 하늘 위를 방방 뜨고 있었다. 나를 필요로 하는 곳이 있다는 건 참으로 기분 좋은 일이구나. **누군가의 대체불가가 되기 위하여 나는 그동안 어떤 노력을 해왔던가.**

어떤 노력이든지 간에 결국 하나의 그릇에 담기게 되어있다는 것, 나라는 사람 안에 차곡차곡 하나도 빠짐없이 나름의 모습으로 쌓여 언젠가 멋진 작품이 된다는 것. 믿어 의심치 않을 또 하나의 신념이 그렇게 쌓여간다. 칭찬은 역시 대놓고 하는 것이 최고다!

***

칭찬도 능력이다. 칭찬하려면 그 사람의 상황과 맥락을 정확하게 알고 있어야 한다. 오랜 시간 애정 어린 눈으로 관찰해야 한다. 요즘 더더욱 칭찬은 아무나 하는 게 아니라는 생각이 든다. 은유 작가는 칭찬도 권력이라고 했다. 특히 리더의 자리에 오른 사람이라면 이 칭찬의 능력을 길러야 한다. 누군가와 함께 오래하고 싶다면 칭찬의 말을 아끼지 않아야 한다. 세상에 당연한 건 없다. 칭찬도 그렇다. 칭찬은 아무리 자주 들어도 언제나 똑같은 강도로 기쁘다.

실전 PT 이야기 #116

　주말에 출근해, 스크립트 정리하고 플로우 위주로 상무님께 발표했는데 프레젠테이션 끝나자마자 이런 말씀을 하셨다.

　"죽어있는 자료가 확 살아났네?"

　프레젠테이션을 자주 하지 않는 팀과의 협업이었다. 자료 한 장 한 장 컨펌받기가 그렇게 힘들었다는데 1시간도 안 돼서 전체 자료 컨펌을 완료 받았다.

　원래 프레젠테이션 자료는 보조이다. 발표자를 보충해주는 자료! 그러므로 말없이 그 자료만 보면 50%만 완성된 내용이므로 부족하게 느껴질 수밖에 없다. 말로써 그 자료가 어떤 의미인지 알려주어야 한다. 내가 프레젠테이션을 잘해서가 아니라 자료에서 어떤 부분이 중요하고 중요하지 않은지 나의 발표를 통해 알 수 있어서 최종 컨펌을 빠르게 받을 수 있었던 것이다.

우리는 늘 고민한다. 가독성을 높이고 심플하게 메시지를 뽑자니 장표 내에 모든 내용이 들어갈 수 없고, 그러다 보니 워딩이 마음에 들지 않아 반복적으로 수정을 한다.

자료에서 굳이 눈에 보이지 않아도 발표자의 멘트로 충분히 어떤 내용이든 강조할 수 있다는 걸, 이번 리허설의 반응을 보며 깨달을 수 있었다. **마치 화석처럼 죽어있는 자료를 살리는 것이 프리젠터의 역할이다. 발표자가 없으면 자료의 매력과 메시지가 완벽하게 살아날 수 없다.**

홀로 큰 사무실에서 머리를 쥐어짜며 연습한 뒤 퇴근하는 중. 힘내야 하니까 집에 가서 고기를 구워 먹을 거다.

***

나는 원래 스크립트는 쓰지 않는다. 하지만 타 팀과 협업이 있을 경우에는 내용확정을 위해 작성하기도 한다. 이번에도 그랬다. 스크립트는 개인의 취향이고 정답은 없지만 만약 스크립트를 쓴다면 <u>연습을 모두 마친</u>

후 내 말을 받아 적는 수준으로 적어보는 걸 추천한다.

그렇게 하면 입말(구어체)로 쉽게 작성하실 수 있다.

실전 PT 이야기 #117

"별일이네, 네 입에서 어렵다는 말이 다 나오고!"

프레젠테이션 리허설을 마치고 홀로 늦은 저녁까지 PT연습을 하는데도 도대체 입에 붙질 않는다. 5분 프레젠테이션이 힘든 이유는 시간이 워낙 짧기 때문에 손으로 꾹 누르면, 탁 하고 말할 정도로 숙련이 되어있어야 시간제한을 맞출 수 있기 때문이다. **그만큼 전체 플로우에 대한 정확한 이해와 한 단어 한 단어 내재화되어 있어야 하고, PT를 진행할 때앤 짧은 시간, 깊은 몰입이 필요하다.** 그런데 도대체 여느 때처럼 입에 착, 감기질 않는다.

그 이유 첫 번째는 물론 나에게 주어진 시간이 짧기 때문이고 두 번째는 평소 자주 하던 프레젠테이션과는 조금 다른 언어를 써야 하기 때문이다. 그나마 PT의 전체 플로우를 잡는데 내 의견을 반영할 수 있었고, 직접 전체 스크립트를 작성했기 때문에 빠르게 습득할 수 있었다. 집으로 돌아가 엄마에게 처음으로 '어렵다'라는 말을 했고, 잠들기 전까지 자료를 손에서 놓지 않고 연습했다. 신기하게도 잠을 자고 일어난 다음날 아침, 어제저녁보다 훨씬 더 자연스럽게 단어들이 몸에 배어 있다. 그렇게 최종 리허설을 무사히 마칠 수 있었다.

누구에게나 쉬운 길은 없다. 모든 처음 시작하는 것들은 어렵고 힘들다. 이 계단을 딛고 올라서기 위해서는 단단한 내 두 다리의 힘이 필요한 법이다. 다리의 힘을 키우는 것이 힘들다고 포기해버리면 그 다음 역시 없을 것이다.

* * *

매번 새로운 프레젠테이션을 준비한다. 처음 시작하는 마음으로 그렇게 자료를 보고 이 발표를 함께 들을 사람들을 생각한다. 쉽지 않은 일이다. 모든 처음 시작하는 것은 어렵고 힘들기 때문이다. 이제는 단련이 되서일까, 그 시작이 마냥 두렵지만은 않다. 설레기도 하고 기대되기도 하고 또 재미있기도 하다. 시간이 흐르면서 어느정도 내 두 다리에 힘이 생긴 것 같다.

실전 PT 이야기 #118

마음에 안 드는 요즘, 시작은 많이 하는데 제대로 된 끝맺음은 없다. 뭔지는 알겠는데 아직까지 몸이 움직일 만한 확신이 없다. 본격적으로 무언가를 하기 전에 선택에서의 고민과 피로가 나를 잡아먹는다.

주말에 나와 프레젠테이션 한다며 선물까지 챙겨 주셨는데, 나는 프로답지 못하게 스스로에게 만족하지 못한 프레젠테이션을 했다. 더 연습해야 했는데 자만했고, 나는 잘 할 수 있을 거란 생각에 매번 꼼꼼하게 하던 체크도 설렁설렁했다. 다시 마음을, 생각을 가다듬어 본다.

▶ **체력관리를 할 것.**

▶ **일의 중요도로 우선순위를 정할 것.**

▶ **'프로다움'을 잃지 말 것.**

여기서 '프로다움'은 나를 믿고 맡겨 주시는 분들에 대한

예의와 내 스스로 부끄럽지 않을 만큼의 최선.

그리고 열심히 하는 걸 넘어서서 잘할 것.

▶ 타인의 평가에 휘둘리지 않도록

스스로에게 당당할 만큼 준비할 것.

▶ 신뢰를 저버리지 말 것.

▶ 차근히, 할 수 있는 것들부터 확실하게, 욕심내지 말 것.

그나마 엉망이 되어버린 줄 알았던 눈상태가 생각보다 매우 괜찮았고, 시력도 여전한 걸 위로 삼아본다. 홀로 사무실에 와서 난 무얼 했는지. 오늘은 너무 속상하네, 채자영. 정신 차리자.

＊＊＊

생각만큼 안될 때가 있다. 괜시리 우울하고 마음도 안 잡히고 의욕이 없다. 그런데 그럴 때 자세히 내 상태를 살펴보면 대부분 체력이 문제다. <u>마음의 문제라고 생각했던 많은 문제들이 실은 몸의 문제인 경우가 많다.</u>

실전 PT 이야기 #119

프레젠테이션에서 우리의 제안, 우리가 전달하려는 느낌, 톤 그리고 매너, 뉘앙스를 제대로 말하기 위해 가장 쉽게, 자주 사용하는 방법이 아마 '비유'일 것이다. 우리는 일상생활에서도 알게 모르게 비유를 많이 사용하고 있고 추상적일 수 있는 것을 이미지화해서 전달하는 방법으로 이만큼 좋은 것이 없다. 하지만 비유는 자칫하면 우리가 생각한 것과 전혀 다른 의도로 해석될 수 있는 위험요소를 가지고 있다.

아워홈 신입사원을 대상으로 프레젠테이션 교육을 하는데, 꽤나 많은 사람들이 비유하는 대상의 본질을 놓치고 있다는 사실을 깨달았다.

비유를 할 때, 고려해야할 **첫 번째 사항은 '보편성'이다.** 일반적으로 사회에서 통용되고 있는 이미지가 있을텐데, 그걸 무시하고 내가 개인적으로 생각하는 이미지를 차용한다면 내가 생각하는 이미지와 전혀 다른 의미의 비유가 이루어진다.

　두번째는 '본질'이다. 다른 말로하면 대표성이라고 봐도 좋을 듯하다. 예를 들어, 우리가 '도둑'이라는 단어를 처음 마주했을 때, 떠올리는 단어와 느낌은 여러가지이다. '훔치다'라는 단어가 생각날 수도 있고, '타인의 물건을 몰래 빼앗는' 이라는 단어가 생각날 수도 있다. 어떤 단어든지간에 '도둑'이라는 단어가 가지고 있는 본질은 부정적인 느낌을 줄 수 있다. '훔치다'라는 단어를 이용해 재미있게 풀어내고 싶더라도 본질적으로 비유대상이 의미하고 있는 것과 내가 말하고 싶은 부분이 딱 들어맞는지 고민해볼 필요가 있다. 비유대상이 가지고 있는 여러가지 중 내 맘대로 대표성을 지정하고 차용하는 오류를 범하지 말아야 한다.

　논리적으로 이를 풀어내 청중을 설득하는 방법도 있지만, 기존에 청중이 가지고 있던 경험과 편견, 그 외의 생각들 위에서 설득하기란 여긴 쉬운 일이 아니다. **1초만에 들어도 직관적으로 떠오르는 이미지가 어느정도 맞아떨어져야 짧은 시간, 우리가 원하는 메시지를 효과적으로 전달할 수 있다.**

***

비유는 현장에서 가장 많이 사용하는 방법이다. 짧은 시간 가장 직관적으로 우리가 원하는 이야기를 할 수 있기 때문이다. 하지만 그만큼 오해를 불러일으킬 수도 있다. 그래서 쉽지만 또 쉽지 않다.

실전 PT 이야기 #120

열심히 달려가고 있다. 보고 듣고 느끼고 배우고, 일하고- 일하고 일하고 일하고.

분명 내가 선택한 일이고 좋아서 하는 일들이지만 몸이 지치면 금세 기분이 우울해진다.

내가 하는 일의 대부분이 무대 위에 올라서 이야기하거나, 다른 사람이 무대 위에 선 것을 분석하는 일이라 조금이라도 딴짓을 할 여유가 없다. 이런 날에 마주치는 프레젠테이션은 솔직히 빨리 해치워버리고 싶은 생각이 든다.

새벽 5시에 눈 비비고 일어나 회사에 제일 먼저 출근해 오전 리허설을 준비하고, 지친 상태로 현장에 도착한다. **그런데 항상 현장에서 내 마음이 다시 바로 선다.** 현장에서 일 하시는 여사님들이 함께 지나가는 팀장님께 빙그레 웃으며 묻는다.

"결과 나왔나요?"

순간, 내 짧은 프레젠테이션의 결과가 누군가에겐 생존의 문제라는 것이 피부로 와 닿는다. 식당에서 조리하고 있는 조리사 분과 홀에 나와 열심히 식탁을 닦는 어머니, 지나갈 때마다 살갑게 인사해주시는 분들. 식당 안을 가득 메우고 있는 '식구'가 보인다.

등을 곧추 세우고, 마음을 가다듬는다. 몸은 지쳤지만 정신을 바짝 조여본다. 클라이언트가 만족스럽게 고개를 끄덕이는 모습을 보고서야, 마음이 확 놓인다.

신기하게 긴장이 풀리면서 피로도 같이 풀리는 듯하다. 끝나면 두둥실 떠오르는, 그런 느낌. 피곤하지만, 전혀 피곤하지 않은 그런 느낌.

＊＊＊

신규 입찰 프레젠테이션 보다도 재계약 프레젠테이션이 어려운 이유는, 함께하는 사람들이 더 많기 때문일 것이다. <u>냉혹한 결과를 삶으로 받아들여야 하는 사람들이 있기 때문일 것이다. 늘, 현장에 가면 마음을 다잡는다.</u>

실전 PT 이야기 #121

　모든 순간의 '처음'은 아름답다. 나는 언제부터 프레젠테이션을 처음으로 즐기게 됐을까, 어제도 사람들의 박수 소리와 눈빛, 끄덕거림, 나의 말에 대한 청중의 반응을 하나하나 살피고 느끼며 내 마음 속에 꾸욱, 담아두었다. 이렇게 충분히 무대를 즐기고 난 다음엔 결과가 어떻든지 간에 마음은 충만하다. 모든 결과가 프레젠테이션만으로 결정될 수는 없기 때문이다.

　하지만 어김없이 내 마음이 충만했던 프레젠테이션은 결과도 좋다. 누구도 예상치 못한 좋은 결과를 가져다 주기도 한다. 나는 언제부터 사람들의 눈빛을, 고개의 끄덕거림을, 이 무대를 즐기게 되었을까.

　그 즐김의 시작으로 어렴풋이 돌아가 보면, 겉이 아닌 속에 충실했던 순간부터였다. 내가 말하는 겉이란 발표 스킬이고, 속은 콘텐츠이다. 진짜 말하고 싶은 내용이 가슴 속에서 꾸물꾸물 올라오기 시작했을 때, 그때부터 청중이 보이기 시작했다.

청중이 보이고, 그들의 표정이 보이고, 뉘앙스가 느껴지고, 그에 따라 나의 발표 내용도 약간씩 바뀌었다. 나는 이를 진정한 '소통'이라 말하고 싶다. 굳이 내용이 바뀌지 않아도 말하는 어조가 변화한다. 내 말에 동의하는 듯한 눈빛과 몸짓을 보이면 나는 더욱 강한 어조로 우리의 내용을 어필한다. 만약 조금은 자극적인 우리의 이야기에 거부반응을 보인다면 조금 빠르게 내용을 스치듯 지나가거나 강한 어조로 말하지 않는다.

그렇게 쫄깃하게 청중을 느끼다 보면 어느새 마지막 클로징 문구로 향한다. 물론 내가 이런 몰입 상태라면 청중 역시 나의 프레젠테이션에 함께 몰입해 있는 경우가 대부분이다. 마치 어제처럼 말이다.

클로징 멘트에서 함께 웃어주고, 프레젠테이션을 마무리하는 인사를 건네자마자 '호'라는 탄성이 나오도록 하는 것. 이러한 경험을 내가 직접 느꼈다는 것. 이러한 순간순간들이 자꾸만 나를 설레게 하고, 열심히 준비하게 하고 즐기게 만든다.

내가 처음으로 프레젠테이션을 즐기기 시작했을 때, 아니 비단 프레젠테이션뿐만이 아니라 내가 하고 있는 무언가를 즐기기 시작했을 때엔 어김없이 마음속에 이러한 다짐이 울리기 시작했을 때다.

"됐다, 이제 준비는 다 끝났다.
빨리 무대에 서서 내 능력을 보여주고 싶다."

***

의무감이나 잘 해내야 한다는 부담감이 아니라 진짜 잘 하고 싶은 마음과 재미있다는 마음으로 무대에 오른 날을 기억한다. 그런 날은 내게도 꽤나 역사적인 날이었다. 그런데 생각해보면 그런 순간은 내가 혼자 만든 것이 아니라 함께 들어간 우리 팀과 함께 프레젠테이션을 들어준 청중들이 만들어 준 것이었다. 나 스스로 준비가 됐다면, 이제 이 마음을 알아줄 사람들을 만나기를 바라면 된다. 준비가 되었다면 분명 어느 때에 그런 사람들은 내게 온다.

실전 PT 이야기 #122

회사 내에서도 다양한 팀과 일을 한다. 나는 FS소속이지만, 운영팀, 외식부서, 해외사업지원, 총무팀 등등 특히나 일을 할 때 서로에게 시너지가 나는 팀들이 꼭 있다. 그런 팀들과 일을 할 때면 몸이 힘들더라도 얼마나 감사한지!

"정말 자영 씨가 이야기하는 것과 장표만 보는 건 느낌이 아주 달라요, 말하는 순간 장표가 살아 움직이는 것 같아요."

"우리가 만들었지만 이걸 도대체 어떻게 풀지? 하는 걸 풀어 오더라고요, 신기해요!"

좋은 프리젠터란, 화석처럼 딱딱하게 굳어 있는 말들을 살아 생생하게 움직이는 지금 막 튀어 오르는 파닥거리는 물고기처럼 만들어내는 것이라고 항상 말한다.

오늘 또 다시 함께 일한 이분들의 말 덕분에 내가 믿고 있던 신념이 틀리지 않았다는 걸 다시 확신할 수 있었다. 맛있는 것도 먹고 큰 프로젝트도 끝이 났으니... 이제 쉬고 싶지만, 내일도 프레젠테이션! 그리고 다음 주에는 처음으로 해외출장을 간다! 프레젠테이션으로 가는 첫 해외출장! 잘 다녀오겠습니다!

＊＊＊

요즘 회사 내에서나 사회에서나 가장 중요한 것은 '문제 해결 능력'이라는 생각이 든다. 어디에서나 문제는 발생하고 이 문제를 어떤 방법이든지 간에 해결하는 사람. 특히 자신만의 방법이나 시선으로 해결하는 사람이 중요해졌다. <u>사람은 누구나 각자 자신만의 강점과 개성을 가지고 있다. 내가 가장 잘할 수 있는 것, 내가 가장 잘 할 수 있는 방법으로 문제를 해결하려는 태도가 내 삶의 많은 것들을 바꾸어 놓았다.</u>

실전 PT 이야기 #123

사람은 누구나 현재 아닌 다음에 대해 꿈꾸고 생각한다. 5년 전, 프리젠터를 하며 먼 미래에 해외를 다니며 프레젠테이션을 하는 꿈을 꾸었다. 그러려면 난 유창하게 영어를 해야겠지, 라는 생각과 함께.

올해로 두 번째, 해외 출장이다. 베트남 하이퐁에 도착해 프레젠테이션 준비를 한다. 여전히 나의 영어는 PT할 정도로 유창하지 않다. 그럼에도 불구하고 해외에 나와 고생하는 한국인들에게 나의 프레젠테이션을 할 수 있어 얼마나 감사하고 기쁜지 모른다. 감사한 마음으로 이번 출장도 마음껏 즐겨 보기로 한다.

때론, 격식(格式)을 차리는 것만으로도 우리의 마음을 전할 수 있는 순간이 있다. 격이란 '주위 환경이나 형편에 자연스럽게 어울리는 분수나 품위'를 말한다. 너무 과하지 않게 하지만 정중하게 진심을 전하는 것. 그 것이 우리의 역할이다.

프레젠테이션 중간 중간을 비집고 까칠한 질문들이 쏟아진다. 이럴 땐 차분하게 상대방의 이야기를 듣는 다. 서두르지 않고, 하고 싶은 이야기를 맘껏 하시라고 정중한 자세로 경청한다. 현장 분위기라면 누구라도 긴 장하지 않을 수 없는 분위기지만 그 사람과의 대화라고 마음가짐을 먹는다면 생각보다 쉽다. 옛날에 '난 한 놈 만 팬다'라는 영화 대사가 유행했는데 (와우, 나 언제적 사람? 주유소 습격사건이라는 영화에서 유오성이 한 대 사였지 아마!) '난 키 맨만 잡는다' 그냥 키 맨과 내가 1:1로 대화를 한다, 라는 생각으로 질문을 듣는다는 말 이다. 어쨌든 맨날 을의 입장에 서다 보니 어깨가 나도 모르게 공손히 45도 굽은 느낌이다.

다른 문화, 외딴 곳에 있다는 외로움, 열악한 지원 환경, 이 모든 걸 이겨내며 현장에서 꿋꿋하게 일하시 는 분들을 보며 대단하다는 생각을 한다.

그리고 고생하신 분들과 함께 세계 5대 진미라는 베 트남 음식을 먹는다. 달고 맛있는 생 망고 주스 외에도 참새구이와 자라탕은 영원히 잊지 못할 것이다. 생각보다 맛있잖아. 너무 반갑고, 감사하고, 즐거웠던 베트남 출장. 다음은 또 어디가 될까.

***

현재를 살아가는 것도 중요하지만 우리에겐 내일이 있다. 오늘이 지나 또 다른 내일이 온다는 것이 어떤 날에는 큰 위로가 된다. 지금 어렴풋하게 꿈꾸는 것들, 어쩌면 불가능하다고 생각하면서도 마음 속에서 놓지 못하는 꿈들을 어느 순간 실제 내 삶에 해낼 수도 있다. 정말이다. 인생이란 그런 것 같다.

실전 PT 이야기 #124

프레젠테이션 중에서도 가장 까다롭고 어려운 PT는 10분 PT이다. **제안하는 입장에서는 전체적인 내용을 전달하기에 턱없이 부족한 시간이지만 심사위원 입장에서는 중요한 내용은 충분히 전달할 수 있는 시간이라고 생각할 것이다.** 오늘 프레젠테이션은 정확하게 초시계를 켜고, 10분이 지나면 마이크를 꺼버린다. 나는 오늘 정확히 15초를 남겨두고 마지막 인사까지 여유롭게 했다.

✱✱✱

10분 PT가 힘든 이유는 그만큼의 연습이 필요하기 때문이다. 한번 입을 떼면 그냥 실전처럼 끝까지 쭉 가는 거다. <u>오로지 연습을 통해 그 감각을 길러야 한다.</u>

['10분 프레젠테이션' 잘하는 법]

① **연습할 때는 시간을 9분 30초 정도로 맞춘다.** 현장에서는 어떤 변수가 발생할지 모른다. 또 30초 정도의 여유를 두는 것은 오프닝과 클로징을 제대로 하기 위함이다. 10분 PT의 가장 큰 적은 발표자의 조급함이다. 이로 인해 말도 굉장히 빨라지고 발음도 씹히고 말도 잘 안 나온다. 30초 정도 여유를 꼭 마련하길 바란다. 오늘 PT도 연습 때엔 9분 25초 정도였다. 하지만 실전에선 15초밖에 남지 않았었다. 그 대신 나는 아주 여유롭고 당당하게 인사와 오프닝, 클로징 멘트와 마지막 인사까지 마칠 수 있었다.

② **연습할 때마다 무조건 초시계를 둔다.** 내가 어떤 내용을 이야기할 때, 대략 몇 분 정도의 시간이 흘러갔는지 가늠하기 위해서다. 연습함과 동시에 초시계를 누른다. 그러고 수시로 초시계를 체크한다. 이렇게 하면 시간에 대한 강박증도 어느 정도 극복할

수 있으며 (실제로 발표 현장에서 줄어드는 시간을 바라보는 것은 엄청난 고문이다!) 시간에 대한 '감각'을 기를 수 있다.

③ 별로 중요하지 않은 내용을 체크한다. 이 장표에서는 단 1초의 지체도 없이 빠르게 넘어가 버린다. 하지만 단호하게 정확하게 짚고 넘어가야 한다. 모든 것이 중요한 발표는 아무것도 없는 발표이다. 우리에겐 '더' 중요한 내용이 있다. 나는 실제로 3초 만에 넘기는 장표도 있다! 하지만 내용은 분명하게 짚는 것이 포인트다. **주의: 장표가 있는데 말하지 않고 넘어가는 것은 정말 큰 실례다. 그냥 넘기려면 그 장표는 삭제하는 것이 맞다!

④ 무조건 스토리로 엮는다. 가장 중요하다. 프레젠테이션에서 가장 스토리가 필요한 PT를 꼽으라면 단연 10분 PT다! 시간이 짧아 목차별로 끌고 갈 시간도 부족하다. 전체 내용은 나만의 덩어리와 컨셉으로 재정립해야 한다. 만약 RFP 때문에 불가능하다면 오프닝에서라도 전체적인 내용을 아우를 수 있는 작은 스토리라도 보여줘야 한다.

실전 PT 이야기 #125

　조금은 지치고 화가 났다. 1월 내내 힘쓰던 프로젝트가 뒤로 밀리거나 무산되었다. 온 마음을 쏟아내던 것들인데 허무하게 사라지니 마음이 온전할 리 없다. 이상하게 붕붕 뜨는 마음 때문에 오늘은 머리를 이리저리 써야 함에도 불구하고 아침부터 유유 출판사의 <어휘 늘리는 법>이나 박노해 시인의 시를 찾아보고 있었다.

　나도 사람인지라 어떤 일말의 가능성이라도 보여야 마음이 움직일 텐데 오늘 준비해야 하는 프로젝트는 그 가능성이 너무 가벼웠다. 청중을 휘어잡을 첫 마디를 고민하면서도 어쩌면 영혼이 실리지 않았다. 제일 괴로운 순간이다.

　그렇게 억지로 2건의 프로젝트 일을 마무리하고 집으로 돌아왔다. 숲을 보지 못하고 당장 닥친 일에 급급해 나무만 흠씬 두들겨 패고 있는 담당자에게 몇 가지 물음을 던졌으나 돌아온 대답은 너무나 무책임 했다. 그래, 그런 태도에 화가 난지도 모르겠다.

여느 날처럼 밥을 차려 먹고 기운이 쭉 빠진 상태로 샤워를 하는데 갑자기 정신이 번쩍 뜨였다! 내 마음을 감싸고 있던 뭉게구름이 걷힌 기분이랄까. 아 무언지 모르겠지만 진짜 가고자 하는 방향이 어딘지 문득 깨달아졌다. 그래, 정말 신기하지만 그냥 알아졌다는 게 맞다. 이런 생각을 하려했던 순간도 아니었다. 다만 연말부터 새해까지 붙들고 있던 질문으로 늘, 찜찜한 마음만 가득했다. 그런데 오늘 별안간 샤워하다 이 마음이 걷힌 것이다! 오 마이, 생의 두 번째 유레카다!

이 기분은 꼭 남겨야겠어서. 그리고 박노해의 시. 어쩌면 이 시가 나에게 깨달음을 안겨준 것일까?

***

박노해 시인을 좋아한다. 절망 끝에서도 끝끝내 희망을 찾아내고야 마는 그 특유의 끈질김이 좋다. 그래서인지 박노해 시인의 시를 읽으면 속상하거나 억울했던 마음이, 단박에 풀어진다.

진실

큰 사람이 되고자 까치발 서지 않았지
키 큰 나무숲을 걷다 보니 내 키가 커졌지

행복을 찾아서 길을 걷지 않았지
옳은 길을 걷다 보니 행복이 깃들었지

사랑을 구하려고 두리번거리지 않았지
사랑으로 살다 보니 사랑이 찾아왔지

좋은 시를 쓰려고 고뇌하지 않았지
가슴 아픈 이들과 함께하니 떨려왔지

박노해 시집 『그러니 그대 사라지지 말아라』 수록 詩

실전 PT 이야기 #126

"물론 인생은 꼭 언어를 통해서만 말하지는 않는다. 행동과 반응, 직관과 본능, 감정과 몸의 상태를 통해서 어쩌면 말보다도 더욱 심오한 표현을 하고 있는지도 모른다. 사람에게도 식물처럼 어떤 특정한 경험의 방향으로 스스로를 끌어당기고 도움이 되지 않는 것들을 멀리하려는 지향성이 있다. 만약 우리가 자기 경험에 대한 스스로의 반응을 읽어낼 수만 있다면, 더욱 진정한 삶으로 나아가게 될 것이다."

『삶이 내게 말을 걸어올 때』중 한 구절이다. 모르겠다. 우연히 찾아간 서점에서 나는 덜컥 듣지도 보지도 못한 이 책을 집어왔다. 그냥 최근의 경험들을 통해 어떤 생각이 서서히 윤곽을 드러내는데, 아직은 명확하게 뭐라고 던질 수가 없다.

확실히 '지금 내가 말하려고 하는 것'이 '과거 내가 말하던 것'과 다르다고 느낀다. 과거에 비해 지금 말하고자 하는 것은 조금 더 어려워졌고 말로써, 짧은 시간 안에 나누기에는 부족한 무언가를 느낀다. **과거 피상적인 현상들에 대해 이야기하고자 했다면 이제는 그를 넘어선 본질을 함께 바라보기를 바란다.**

오늘 집으로 돌아오며 본 안개 낀 산의 신비한 모습처럼, 생에는 말로 표현하지 못할 신비로운 경험투성이다. **나는 사람들이 조금 더 자신의 직관을 믿기를, 내면의 무언가를 단단하게 가져가기를 바란다.**

내가 그동안 생으로 경험했던 이 신비로운 느낌을 무엇으로 증명하고 보여줄 수 있을까?

*＊＊

지난 시간 동안 삶의 많은 것들이 빠르게 변화했다. 하지만 그 안에서 변하지 않은 것들도 있다. <u>나는 빠르게 변화한 것들 사이에서 무엇이 변하지 않았는지 그 지점을 붙들고 오래 서있다. 그런 것들은 시간의 힘을 견뎌낸 것들이다.</u> <u>변화 속에서도 묵묵하게 자신의 자리를</u>

지켜온 것들, 그러니까 어쩌면 내가 가장 소중하게 생각하는 것들일지도 모르겠다. 우연히 어떤 순간, 만나게 되는 문장들이 있다. 이 문장 역시 우연히 나에게 찾아와 오랜 시간 내 삶 속에 함께하고 있다.

실전 PT 이야기 #127

제안 준비를 하다가 도저히 아이디어가 나오지 않거나 시간에 쫓기게 되어 더욱 안절부절못하게 되면, 당연히 과거의 잘 만들어진 제안서를 짜깁기하고 싶어진다. 비슷했던 업태와 상황을 보고 좋았던 것들을 이것저것 조합한다. 여기저기 그럴싸한 단어와 문장들로 채워지니 멀리서 보면 소위 '있어 보이는' 왠지 '윗분들이 좋아할 것 같은' 제안서가 완성된다.

하지만 막상 제안을 받는 고객들은 이 제안이 우리만을 위한 차별화된 제안인지 기존에 좋았던 것들을 짜깁기한 것인지 귀신 같이 알아본다. 그 **이유인즉, 사실이 제안서는 겉으로 보기엔 굉장히 그럴싸해 보이지만 촘촘하게 짜여진 기존의 맥락에 진짜 우리 고객이 원하는 새로운 니즈를 넣을 공간이 사라져버린다. 결국, 고객이 원했던 니즈를 담아 차별화된 우리만의 무언가**

를 제안하기 보다는 누구나 보기에 '좋아 보이는' 제안
서를 만든 셈이다.

출산 휴가를 앞두고 또 제법 큰 제안 준비를 하고 있
다. 이것저것 인수인계를 하고 바쁘게 정리를 하던 중,
제안 컨셉을 잡는 데 도와 달라는 말에 함께 기획 회의
를 한다. 다시 처음부터, 처음부터 생각한다.

그래서 그 공간엔 어떤 고객이 올까?

그 고객은 어떤 상황에서 그 공간을 마주칠까?

누가 이용하고 왜 이용할까?

어떤 느낌을 원할까?

무엇이 그들에게 특별함을 안겨줄까?

그곳만이 가진 특성은 뭘까?

그 특성을 어떻게 구현할까?

그제서야 조금씩 우리가 만들어갈 공간이 어떤 모습
일지, 어떤 사람들이 올지 그림이 그려지고 상상이 된
다. **뜬구름 잡는 이야기를 하지 않으려면 실제처럼 아
주 구체적으로 상상하는 것.** 이게 제일 중요하다. 그리

고 우리는 이 상상을 묘사하듯 제안서를 만들고 프레젠
테이션을 하는 것이다. 이제 목요일이면 짠이를 만나기
전, 진짜 마지막 프레젠테이션이다. 짠이를 만나기 위
해 나에게 주어진 휴식기. 이 시간에 나는 무엇을 채워
나갈 것인가, 생각하고 있다. 더 깊이 있게 단단하게 나
의 일을 해나가고 싶다. 지금보다 한층 더 성장한 모습
으로 돌아오고 싶다. 참으로 감사한 사람들.

❋❋❋

힘든 날도 지치는 날도 많았지만, 역시나 이 일을 참
좋아한다. 이렇게 하면 어떨까? 저렇게 하면 어떨까?
사람들과 대화하고 생각을 나누면서 점점 발전해 가는
과정을 만드는 일이 좋다. 꽉 막혀 있던 생각이나 아이
디어가 아주 작은 단서를 시작으로 술술 풀리기 시작할
때 큰 쾌감을 느낀다. <u>우리에게 주어진 것들 속에서 개
연성을 발견하고 맥락을 짓고 의미를 부여하는 일.</u> 이
일이 참 재미있다.

실전 PT 이야기 #128

집으로 돌아오자마자 도망치듯 화장실로 향한다. 집 밖에서 얻은 먼지와 검은 거짓과 약간의 피로함은 샤워기에서 쏟아져 나오는 따스한 물줄기에 흘려보낸다. 멍하니- 그저 있는 그대로- 쏟아지는 물줄기를 온몸으로 받아내며 눈을 감는다. 온순해진 마음 뒤에 잔잔하게 떠오른 생각들을 바라본다.

내가 제일 좋아하는 시간. 쏟아져 나오는 따스한 물줄기에 새로운 내가 되는 시간.

내일, 그리고 또 내일, 나를 위한 전쟁이 준비되어 있다. '진짜' 시작조차 하지 않았는데 지치면 안 돼. 그러니 몸과 마음을 잘 다스려야지. 끊임없이 쏟아지는 회의와 리허설 회의와 리허설 속에서 나는 살아남아야 한다. 아니 살아내야 한다. 이것은 준비 과정에 불과하니까.

그러니. 힘내자.

* * *

   프레젠테이션이 연달아 있는 날이면 몸이고 마음이
고 지쳐버린다. 그럴 땐 오랜 시간을 정성 들여 몸을 씻
는다. 약간 뜨거울 법한 물로 몸을 덥힌다. <u>손끝에 있는
에너지마저 빠져나간 듯 차가워진 몸이 따뜻해지고 이
내 마음도 따뜻해진다.</u>

실전 PT 이야기 #129

도대체 진짜가 뭔데? 본질이 뭔데?

이런 물음이 내 안에 가득 찬 시절이 있었다. 특히나 '말'을 업으로 살아가는 나에겐 더더욱 '진짜 말'과 '말의 본질'에 대한 갈급함이 있었다. 말의 포장이 아니라, 말을 그럴싸하게 꾸미는 것이 아니라 그 알맹이가 너무 알고 싶고 배우고 싶었다.

그러다 알게 된 것이 바로 Rhetoric 수사학이고, 나는 조금은 절박한 마음으로 2년 전, 한국 수사학회에 무작정 찾아갔다. 이 학회에서 학사는 나뿐이었다. 하지만 이분들은 나를 무시하기는커녕 "채 선생은 현장에서 배우는 것이고, 우리는 학교에서 배우고, 배움의 터가 다를 뿐이다."라는 말과 함께 온화한 표정으로 반겨주셨다.

그리고 나는 오늘, 한국 수사학회의 홍보이사가 되었다.

나는 다만, 짧은 대화만으로도 큰 울림을 주는 교수님들의 생각과 말을 더 많은 사람들이 알았으면 했다. 정말, 정말, 위로의 학문이니까. 앞으로 더 많은 사람들이 수사학에 관심을 가지고 위로를 찾길 바란다.

어쨌든 얼마 전 영화 '말모이'를 봐서일까 각 부문의 대표급인 임원들이 모여 회의하는 장면이 마치 한 편의 영화와 같았다. 그것도 세상의 더 좋은 생각과 말을 위해 모인 모임이라니. 오늘 역시 회의를 시작하기 앞서 전 수사학회 회장인 하병학 교수님이 이런 말씀을 하신다.

"오늘날 말이 낳는 갈등과 상처는 계속해서 생겨나고 있습니다. 그럴수록 우리는 위로의 말, 용기의 말, 따뜻한 말을 찾아야 합니다. 세상에 더 많은 '명문'을 탄생시켜야 합니다. 이를 통해 '말'이라는 것이 어떠한 따뜻한 밥 한 끼보다도 더 좋은 식사이구나! 라는 것을 느낄 수 있도록 해야 합니다. 그것이 저희의 역할입니다."

바른말이 공론의 대상이 되고, 이를 통해 편향된 시각으로 이루어진 성난 말에 스스로 부끄러움을 느낄 수 있는 사회. 바른말이 서면 자연스레 그런 사회가 될 것이다.

위로의 수사학, 함께 공부해요. 제발 같이해요. 판은 제가 만들겠습니다!

* * *

수사학회 교수님들은 늘 놓쳤던 무언가를 툭, 하고 던지신다. 교수님들과 이야기를 나누면 가슴에 휑하니 뚫려 있던 구멍이 메워지고 텅 빈 속이 가득 채워진다. 누구보다 '말'의 힘과 중요성을 잘 알고 계신 분들이 하는 말은 그 무게가 상당하다. 어떤 날에는 그 깊이를 가늠할 수 없어 대화에 끼지 못하고 메모장에 교수님들의 대화를 열심히 적어 내려간다. 위로의 말, 용기의 말, 따뜻한 말을 들었을 때 한 사람의 마음이 얼마나 충만해지는지 나는 이 모임을 통해 알게 되었다.

실전 PT 이야기 #130

오늘, 짠이를 낳기 전, 마지막 프레젠테이션을 마무리했다.

마지막까지 정말 최선을 다했기에 미련은 없고 약간의 후련함과 홀가분함이 나를 감싼다. 뱃속에서 자신의 존재감을 더욱 드러내는 짠이는 프레젠테이션 대기를 하면서 나를 툭툭 차기도 하고, 꾸물대며 움직인다. 나는 또 그런 짠이가 신기해서 배를 쓰다듬고 있으면 주변 동료들이 웃으며 배에 대고 외친다. "짠아, 잘 부탁해!"

나는 지금, 나이자 동시에 한 아이를 품고 있는 임산부이자 또 짠이이기도 하다. 한 몸에 두 명의 생명체가 있는 신비로운 경험. 나는 그 소중한 시간을 통과하고 있다. 4명의 인원 제한이지만 우리는 5명이 들어간다. 나의 배 속 든든한 지원군 짠이가 나와 함께 무대에 오른다.

확실히 임신 전보다 숨은 조금 가빠졌지만, 어째서인지 전보다 긴장감은 덜하고 마음 깊은 곳에서 우러나오는 배짱 같은 게 한층 두둑해진 느낌이다.

짠이의 존재를 처음 알고는 이제 더는 배부른 모습으로 무대 위에 오르지 못할 거라 스스로 재단했다. 조금 침울한 마음으로 걱정하며 무대 아래에서 할 수 있는 일을 부지런히 찾았던 그 날의 나를 기억한다. 그때엔 그동안 해오던 일을 더이상 하지 못할 거라 생각했고, 그렇게 되면 그동안 쌓아왔던 나를 한순간에 잃어버릴까 두려웠다.

그때 내가 걱정하던 일들은 실제로 일어나지 않았다. 나는 이전과 같이, 짠이와 함께 많은 무대 위에 오를 수 있었다. 덕분에 무대 아래에서도 내가 할 수 있는 일이 많다는 걸 알게 되었고 덕분에 이전보다 더 강한 스스로에 대한 '믿는 구석'이 생겨날 수 있었다. 그렇게 짠이는 내 안에서 성장하며 나를 더 큰 사람으로 만들어 가고 있다.

오늘, 프레젠테이션에서 만난 심사위원들의 눈빛을 하나하나 다시 복기하며 마음에 담아내 본다. 작은 숨소리 하나 나눌 수 있을 것 같은 분위기에서 모두가 나를 바라보고 있다. 나의 말 한마디 한마디에 고개를 끄덕이고 서로를 바라보고 반응하고 있다. 이 작은 무대의 희열. 나는 이 무대를 사랑한다.

나에게 주어진 시간은 제한되어 있지만, 자꾸만 회의 때 나눴던 이야기들이 머릿속에 떠오른다. 중요한 부분에서 더 말을 하고 싶기도 하고 어떤 부분은 과감하게 덜어내기도 한다. 모든 것이 내 의지대로 흘러간다. 무대에 오르는 이상, 그 누구도 나를 제지할 수도 나무랄 수도 없다. 온전히 내가 되고 모두는 그런 나를 바라본다. 그러니 하나라도 허투루 준비할 수 없는 것 아닌가.

무대 위에 오르는 순간 누구도 나를 나무랄 수 없다는 것은 누구도 나를 지켜줄 수 없다는 말이다. 그러니 홀로 단단해져야 한다. 단단해질 때까지 홀로 연습하고 또 연습하는 지겹도록 고독한 시간이 필요하다.

그리고 당분간은 아마도 이 준비의 고독과 기다림의 지겨움과 짜릿한 긴장감과 홀로 무대에 오르는 무게감을 느끼지 못할 것이다. 모든 것을 완벽하게 해내고 무대 아래로 내려왔을 때의 희열도. 아마도 6개월 뒤에 더욱 새로워진 마음으로, 그리고 더 큰 긴장감과 뻣뻣함

401

혹은 다시 시작하는 초심자의 마음으로 이 무대를 맞이할 것이다.

고생했다, 오늘도
2020년 1월 17일 금요일,
짠이를 낳기 전
마지막 프레젠테이션을 마무리하며.

* * *

처음 임신한 사실을 알았을 때 많이 놀랐고 또 내심 걱정했다. 갑자기 찾아온 축복에 정말 기쁜 마음이 컸지만 한 번도 경험하지 못한 상황이 두렵기만 했다. 당연히 볼록하게 부른 배로는 프레젠테이션을 할 수 없을 거라 생각했고, 실제로 회사에 임신 사실을 알리기 전까지 나는 무대 아래서 내가 할 수 있는 일들을 찾아내기 바빴다. 하지만 이 모든 것은 내가 나를 한정 짓고 제한 짓는 일이었다. 오히려 주변 사람들은 나에게 무례한 요구를 하지 않았고 그 후로는 '단지 임신했다는 사실만으로' 누군가가 나의 가능성을 제한하려고 할 때 오히려 화가

402

났다. 그건 스스로 판단하고 스스로 결정할 문제이니까. 회사에 있는 많은 여성 선배분들이 그 사실을 행동으로 일깨워주었다. 참 감사했다. 작은 생명을 품고 무대 위에 오를 땐 신기하게도 마음이 든든했다. 그야말로 배짱이 두둑해졌다. 짠이와 함께 담대한 마음으로 마지막 프레젠테이션을 끝내고 긴 휴식기를 가진다고 생각하니 지겨울 만큼 했을 이 순간이 새롭게 다가왔다. '끝이 시작이다'라는 말을 좋아한다. 끝이 있어야 새로운 시작도 있다. 내 삶의 한 챕터가 마무리되어 가는 순간을 마음에 소중히 담았다.

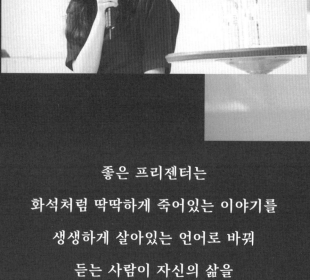

좋은 프리젠터는

화석처럼 딱딱하게 죽어있는 이야기를

생생하게 살아있는 언어로 바꿔

듣는 사람이 자신의 삶을

새롭게 상상할 수 있도록 만들어주는 사람이다.

마치며.

나의 일과 삶, 그리고 이야기에 관하여

한 장의 품의서에 사인을 받기 위해 얼마나 많은 노력을 했는지 알고 있다. 단 한 번의 기회, 그 한 번의 기회를 잡기 위해 얼마나 많은 리허설을 했는지 안다. 주어진 시간 안에 준비한 모든 것을 보여주기 위해, 우리는 보이지 않는 곳에서 얼마나 많은 고민을, 노력을 해왔던가. 알고 있다. 누가 알아주지 않아도, 우리는 모두 스스로가, 알고 있다. 따뜻한 말 한마디만으로도 무릎이 탁- 하고 풀리는 이유지.

전문 프리젠터라는 직업이 그토록 하고 싶은 일이었다는 걸 깨달은 순간, 나는 이 일을 잘하고 싶음과 동시에 이 일이 과연 어떤 일인지 잘 알고 싶다는 간절함이 찾아왔다. 내가 가진 모든 지적 호기심이 '프리젠터'라는 이 한 단어에 집중되고 있었다. 이 직업에 대한 탐구가 매 순간의 경험을 포착하게 했다. 그러면서 자연스럽게 나름의 시선으로 해석을 하게 됐다. 그러니까 이 모든 과정을 보자면, 나는 이 직업과 사랑에 빠졌다는 말이다. **어느새인가 이 일은 온전히 나의 삶이자 나의 일상이자 나의 모든 것이었다.**

어딜 가나 무대 위에 오른 사람들을 눈여겨보았고 평소에 주변 사람들이 하는 말을 관찰했다. 어디에서나 좋은 것을 보면 감탄하거나 감동하는 일을 서슴지 않았다. 그리고 치열하게 기록했다. 최대한 구체적으로 현장에서 느낀 감정과 경험의 실체를 만지려는 노력으로 글을 썼다. 그래야 내 삶 속으로 들어오니까. **8년 동안 160편의 글을 쓰는 과정에서 '모호함은 섬세함으로, 속상함은 당당함'으로 바뀌었다.**

어느 날, 지난 시간 쓴 글을 돌아보는데 하나의 생각이 섬광처럼 번쩍였다. 내가 하는 이 모든 일이 누군가가 가장 하고 싶은 '이야기를 발견하고, 구조화하고, 전달하는 일'이라는 생각이었다. 가슴이 두근거렸다. 나도 모르는 사이, 가장 좋아하는 단어로서 살아가고 있었다. 이 생각은 내 삶의 태도에도 많은 영향을 주었다. **그렇게 나의 일은 '말'에서 '이야기'로 확장됐다.**

일의 본질은 깊게 행하되, 가능하다면 가장 넓게 확장하고 싶었다. 갈 수 있는 만큼, 멀리 가보고 싶다. 그리고 가능한 범위 내에서 자유롭게 움직이고 싶다. 나에겐 이것이야말로 자유(freedom)였다. 하고 싶은 일을 하고 싶을 때 하는 것. 선택하고 싶은 것을 마음에 따라 선택하는 것. '이야기'라는 미지의 세계이자 내가 가장 잘하는 일 위에서 자유롭게 살아가고 싶다.

지난 8년간의 기록을 책으로 만들고 싶은 이유는 그동안 성장한 내러티브를 사람들과 나누고 싶었기 때문이다. 차곡차곡 Facebook을 통해 기록한 이 글은 많은 사람에게 공유되었고, 또 누군가는 이 기록을 보며 무대 위에 설 용기를 얻었다고 했다. 1장을 보면, 나는 그저 보통의 열정만 가득한 신입사원이니까. 누구에게나 처음은 있으니까. 나의 처음, 그리고 지금까지의 이 성장 기록을 보며 누군가는 타인에게 기꺼이 자신의 이야기

를 꺼낼 용기를 얻을 수 있지 않을까 하는 작은 희망을
품어본다.

모르니까 무심해지고
무심하게 무례해지고,
남의 불행에 둔감해지면서
자신의 아픔에도 무감각한 사람이 되는
악순환에 말려 들어간다.

- 『다가오는 말들』, 은유 -

　그저 아는 것만으로 마음이 누그러지는 순간이 있다.
혐오 가득한 세상에서 멀어지기 위해서는 지금 나의 상
황과 마음을 열심히 타인에게 말해야 한다. 아주 구체적
으로 솔직하게 말해야 한다. 그래야 조금이라도 타인의
마음을 이해할 수 있으니까.
　더 많은 이들이 자신만의 이야기를 만들고 또 타인에
게 전하기를, 그래서 더욱 다채로운 이야기로 가득차는
세상이 오기를 꿈꾼다.

Special Thanks to

하고 싶은 일을 마음껏 할 수 있도록
늘 응원해주는 가족과
남편 듀에게 감사의 인사를 전한다.
프레젠테이션할 때마다
간절하게 기도하는 우리 엄마,
사랑이 무엇인지 알려주는 작은 천사
서진이에게도 고맙다고 말하고 싶다.
특히 이 책을 쓸 수 있었던 것은
아워홈에 있는 멋진 분들 덕분이다.
늘 현장에서 고군분투하는, 프로라는 이름이
부끄럽지 않은 분들 덕분에
지난 8년간 많은 걸 배울 수 있었다.
나는 그저 그분들의 생각과 말을 글로 옮긴 것뿐이다.
함께 해주셔서 진심으로 감사합니다.

실전 프레젠테이션 이야기

스토리젠터 채자영

초판 1쇄 발행 2020년 12월 27일
초판 3쇄 발행 2021년 3월 5일

지은이 | 채자영
펴낸이 | 필로스토리
이메일 | s@philostory.com
인스타그램 | storysenter_jy
유튜브 | 스토리젠터 채자
주소 | 서울특별시 마포구 성미산로 29길 24-6
        기록상점 3F 필로스토리

http://philostory.com